A Rake's Guide to Pleasure
by Victoria Dahl

冬の公爵の愛を手に

ヴィクトリア・ダール
水野 凜［訳］

ライムブックス

A RAKE'S GUIDE TO PLEASURE
by Victoria Dahl

Published by arrangement with Kensington Books,
an imprint of Kensington Publishing Corp.,New York
through Tuttle-Mori Agency, Inc.,Tokyo

冬の公爵の愛を手に

主要登場人物

第八代サマーハート公爵（ハート）……無慈悲な放蕩者として有名な公爵
エマ・ジェンセン……自分は第一〇代デンモア男爵未亡人と周囲に偽っている。本名、エミリー
第一〇代デンモア男爵……エマの大おじ
オズボーン夫妻……エマをかわいがっている老夫婦
ランカスター子爵……エマのよき友人
マーシュ……エマの知人
ベス・スマイス……エマのメイド
マシュー・ブロムリー……エマの求婚者

1

一八四四年一二月　ロンドン郊外

嵐《あらし》は数時間前におさまり、田舎の風景が広がるあたり一帯には深さ一五センチほどの雪が降り積もっていた。月が冴《さ》え、冷え冷えとして見える庭園にたいまつの炎がはぜている。その光景が冷たい窓ガラスを通してエマ・ジェンセンの心の琴線に触れた。蔓棚《つるだな》は静けさを取り戻し、通路は白く覆われ、鋭く刈りこまれた生け垣の角は雪で丸みを帯びている。誰かが手塩にかけて造った庭園だろうに、緩やかな丘の下にあるため、今は雪だまりと化していた。こんなふうになにかにすっぽりと覆われてしまうというのはどんな気分がするものなのだろう。なんという静寂。

深いため息をついたせいで窓ガラスが曇り、荒涼とした景色がぼやけて見えた。エマは背筋をのばし、にぎやかな舞踏室に視線を戻した。倦怠《けんたい》感が押し寄せ、いたずらに物憂い気分になる。いろいろなことがあったが、こうして思いかえしてみると、つまるところ、わたしの人生はそれほど悪くはなかったのかもしれないという気がしてくる。あるいは、心からそう感じられる日がいつか来るのだろうとも思う。

「レディ・デンモア！」

エマは作り笑いを顔に張りつけ、いくらか酔っているその声の主へ顔を向けた。

「あなたじゃなくちゃだめなんだそうですよ。玄関ホールへ来てください」

「あら、どうしたの？」エマは明るく、かわいらしい口調を装ってみせた。

「メイザートン卿《きょう》とオズボーン卿が勝負をしようということになって、レディ・デンモアに開始の合図をさせろと言っているんです」

気が紛れてちょうどいいかもしれない。エマは笑みをこぼし、ミスター・ジョーンズの瘦《や》せた腕に手をかけた。雪景色を見ながらぼんやりしていたが、もう現実に戻らなくてはいけない。

洞穴を思わせるような造りのウェンブリー邸の玄関ホールはざわついていた。みんなが顔をあげて、緩やかな弧を描く階段のてっぺんを見あげている。そこでは常軌を逸した光景が繰り広げられていた。メイザートン卿とオズボーン卿の御大ふたりが銀製の大皿とおぼしきものの上に腰をおろし、細長いペルシャ絨毯《じゅうたん》の上をずるずると階段のきわまで進んでいたのだ。

「これが勝負？」エマは笑い声をあげながら、頭の片隅で冷静にふたりを見比べた。「オズボーン卿に五〇ポンド賭《か》けるわ」

周囲が一瞬固唾《かたず》をのんだようにしんとし、ついでみんながいっせいにがやがやと賭け金の額を口にしはじめた。エマはにっこりとほほえみ、開始の合図を出すために二階へあがろうと、階段の一段目に足をかけた。そのとき誰かが大声で言った。

「おいおい、金を賭けた人間が勝負を始めさせるのはおかしいぞ！」

エマは肩をすくめ、階段からおりると、芝居がかった手振りでほかの女性にその役を譲った。エマとは違い、機会があるたびに賭《かけ》をする必要には迫られていない女性だ。

やがて合図のハンカチが落とされ、男性ふたりが階段のてっぺんから飛びだした。銀製の大皿がガス灯の光を反射しながら恐ろしい速度で滑りおりてくる。エマを含む誰もが息をのみ、危ないとばかりにさっと着地場所を空けた。

ふたりが痛い思いをして終わることは目に見えていた。エマは思わず目をつぶりそうになったが、この勝負に五〇ポンドを賭けていることを思いだし、しっかりと形勢を見守った。オズボーン卿のほうがメイザートン卿よりはるかに体重があり、それが有利に働いている。オズボーン卿が目の前を通り過ぎるのを見て、エマはよしとうなずいた。そしてすぐに顔をしかめた。オズボーン卿がけたたましい金属音とともに壁に激突し、うめき声をあげたからだ。

客人たちがめいめい飲み物や噂話《うわさ》に戻っていくなか、エマは人の流れに逆らって進み、オズボーン卿の様子を見に行った。メイザートン卿はすでに体を起こし、立ちあがりながら友人たちと笑いあっている。

「オズボーン卿」彼を取り囲んでいる数人の背中越しにエマは声をかけた。「怪《け》我《が》をされたんですか？」

「肘をちょっとな」苦しげな声だ。

「まあ」顔を真っ赤にしているオズボーン卿を見て、エマはため息をついた。「まさか骨折されたわけじゃないでしょうね？」

「いやいや、それはない。ただの打ち身だよ」

「ああ、よかった。オズボーン卿が大怪我をされるようなことにわたしも一枚嚙《か》んだとわかったら、奥さまから大目玉を食らってしまいますわ」

「わしも叱《しか》られるだろうな」

「さあ、氷をもらいに――」

「ヘンリー！」

「まずい」オズボーン卿がはっとした。

「まあ、いけない」エマも慌てた。「えっと……レディ・オズボーンがいらしたのなら、もう大丈夫ですわね。じゃあ、わたしはこれで」

「ちょっと待って――」

「ヘンリー！　いったいどういうつもりなの！」

エマは首をすくめてその場をあとにした。酔っぱらいのご老体と、その体を心から案じている奥方との夫婦喧嘩《げんか》には巻きこまれたくない。

ジョーンズがエマの腕に手を置き、にっこりと笑って賭の勝利を宣言した。勝ち金は七〇ポンド。思っていたより少ない。最近ではエマの勘の良さが知れ渡り、賭の実入りが減りつつある。誰もがエマと同じほうに賭けようとするからだ。だが幸いにもカードゲームはまだ利益をもたらしてくれる。

エマは手袋に紙幣を押しこむと、ジョーンズのしまりのない笑顔から視線をそらし、首をのばしてメイザートン卿を捜した。メイザートン卿はカードゲームの部屋へと戻るところだった。すれ違う客人たちに愛想よく手をあげながら挨拶《あいさつ》している。エマはあとを追った。途中、レディ・メイザートンに呼びとめられ、ペルシャ絨毯が台なしだわと愚痴をこぼされた。エマは相手の手をぽんぽんとたたいて慰め、同情の言葉を惜しみなく述べたあと、じりじりと後ろにさがり、やがてカード室のほうへと足を速めた。

廊下の突きあたりの薄暗い明かりの下に見慣れたもじゃもじゃの白髪頭が見え、エマは思わずほほえんだ。メイザートン卿なら上手に敗者の役まわりを演じてくれるだろう。きっと、オズボーンに賭けるなんて薄情じゃないかと言うに違いない。彼の傷ついた自尊心を満足させるために、一度くらいはカードゲームで負けてあげたほうがいいのかもしれない。

名前を呼ぼうと息を吸いこみ、唇を開きかけたとき、メイザートン卿がわきにどき、話し相手の顔が見えた。そのとたん、エマは凍りついた。誰かが背中にぶつかった。

「おっと、これは失礼」

エマは壁に手をつき、相手に体を支えられながらも、廊下の奥にいる黒髪の男性から目を離せなかった。「いいえ、こちらこそ」

「いや、ぼくがちゃんと前を見ているべきだった」

「ごめんなさい。急に立ちどまったりして」ようやくエマはぶつかった相手の顔を見た。「提督、あちらの方に見覚えがあるのですけど。ほら、メイザートン卿と一緒にいらっしゃる方。でも、どなただったか思いだせなくて」

「どれどれ」ハートフォード提督は目を凝らすと、エマに向かって同情のほほえみを浮かべた。「サマーハート公爵だ。筋金入りの独身主義者だよ、残念ながら」

「サマーハート公爵」エマはその名前をつぶやいてみた。「ああ、思いだしました。そうそう、そうでしたわね。どうもありがとうございます、提督」

エマはきびすを返して急ぎ足で玄関ホールへ戻った。そして女性用の控えの間に入ると、カーテンで仕切られた一角にすばやく隠れ、クッションの利いた椅子に力なく腰をおろした。

公爵ですって？　それほど身分の高い男性だとは知らなかった。

彼はわたしに気づいただろうか？　たとえこちらを見たとしても、果たしてわたしだとわかったかしら？

「わかるはずがないわ」エマはひとつ息を吐いた。なにしろ一度しか会ったことがないのだから。それも……あれはいつ？　一〇年前？　そうよ、あのときわたしはまだ九歳だったもの。わたしの顔など覚えているわけがない。そもそも会ったことさえ記憶に残らなかっただろう。

わたしの計画はこの茶番劇にかかっている。第一〇代デンモア男爵の未亡人というかりそめの姿に。もし、サマーハート公爵に正体を見抜かれたらすべては終わりだ。第一〇代デンモア男爵はわたしの大おじだ。わたしが妻になれるはずはない。

あと二カ月ぐらいは世間をだましおおせると思っていた。わたしが暮らしていた地方にはたいした貴族はいないし、まだ社交シーズンの前なのでどのみち誰もロンドンには来ていない。せめて、あと二、三週間は欲しい……。

エマは背筋をのばし、壁の鏡に映る自分の姿に目をやった。大丈夫、わかるわけがない。今のわたしは茶色い髪をしているが、当時は濃いブロンドだった。それに、あのときのわたしは白いネグリジェを着て、三つ編みをしていたし、注目されるような立場にもなかった。公爵が今のわたしを見て、あの日の少女だなどと気づくはずがない。

だが、わたしの胸には彼の姿が刻みこまれている。彼が廊下の暗がりから姿を現したその瞬間から。

「どうした、お嬢さん」彼はそう言った。あの夜、わたしは父親の奇妙なパーティを盗み見しに行こうと、広い廊下をこっそり進んでいた。

わたしはびくっとしてすくみあがった。暗がりに幽霊でも浮かんでいるのかと思ったからだ。すると、ひとりの男性が明かりの下に出てきた。わたしははっとした。

「遅くまで起きているんだね」低くて優しい声だった。天使かと思った。父の友人たちに比べると、はるかに美しい顔をしていたからだ。天使にしては赤いベストを着て、細い葉巻を吸っているのが不思議な気はしたが。「もうベッドに入っている時間だろう?」

「あの……ダンスを見たくて。寝ていたら音楽が聞こえたの」

彼は薄いスカイブルーの瞳でわたしのはだしのつま先からおさげ頭のてっぺんまで眺め、きれいな顔を曇らせた。「お嬢さんに見せるようなパーティじゃないんだ。こんなところへおりてきてはいけないよ。部屋に戻りなさい」

「はい……」わたしは驚いた。彼の口調が思いやりに満ちていたからだ。やっぱりこの人は天使だ、これまで出会った人たちのなかでいちばん美しい存在だと思った。わたしは召使い用の階段へ戻ろうと、一歩後ろにさがった。だが、その優しいブルーの目を見てふと気が緩み、涙がこみあげそうになって足をとめた。

ひとつ息を吸いこんだ。「でも……」わたしが少し前のめりになったのを見て彼はほほえんだが、目に涙がにじんでいるのに気づいたらしく、その顔から笑みが消えた。「誰かがわたしの部屋に入ってきたの」

「なんだって?」長身だとは感じていたが、彼が背筋をまっすぐにのばすと、さらに身長が高く見えた。彼はぎゅっと口を結んだ。「どういうことだい?」

わたしはあとずさった。「あの……わからない。ゆうべ、わたしが眠っているとき、誰かが寝室に入ってきたの。だから自分の部屋にいるのがいやで……」じっと見られているのがわかり、頰が熱くなった。「そのとき、キスをされたの」

男性が険しい顔をした。わたしは怖くなり、逃げだそうとした。だが彼は表情を緩めて、口元に笑みをたたえると、片手をのばしてわたしの手を握りしめた。

「それはいやな思いをしたね」彼は身をかがめ、小さくほほえんだ。「お嬢さんはとてもかわいいから、きっと誰かがキスをしたくなったんだろう。でもね、そういうことをしていいのは結婚した相手だけなんだ。わかるかい？」

「ええ」

「痛いようなことはなにもされなかった？」

わたしはうなずいた。

「それはよかった。部屋のドアに鍵《かぎ》はあるのかい？　あるんだね。じゃあ、寝室へ戻って鍵をかけなさい。それからドアの取っ手の下に椅子を置くんだ。言っていることはわかるね？」

わたしはまたうなずいた。

「きみのお父さんのパーティがあるときはいつもそうするんだよ。もうこっそりおりてきちゃだめだ。いいかい？」

「はい」わたしはその場から逃げ去った。それからも盗み見はやめなかったが、その一方で、あの夜に出会った名前も知らぬ男性に対しては四年間も恋心を抱きつづけた。そしていつのまにか彼のことは忘れていた。今夜までは。

公爵か。しかも、あまり評判のよろしくない公爵だ。優しい人だという噂は聞こえてこない。それにしても、相変わらずなんと美しい顔立ちだろう。

取るべき方法はひとつしかない。これからの二、三週間、こそこそと隠れて過ごしていたのでは目的は達成されないのだから。エマは重い腰をあげ、昔、自分を守ってくれた男性と対峙《たいじ》するために控えの間を出た。

「これはこれは、裏切り者のレディ・デンモアじゃないか!」メイザートン卿がよく響く声で大袈裟《おおげさ》にそう言うと、ハートの後ろから女性のくすりと笑う声が聞こえた。

ハートはメイザートンの視線の先を見やり、おやと思って眉をつりあげた。社交界でまったく知らない女性に出会うのは珍しいことだし、それが若くて美しい人妻となればなおさらだ。

「なんのことでしょう?」その女性ははしばみ色の目をきらきらさせながら笑い、ほんの一瞬、ちらりとこちらを見た。

「つれないじゃないか、わたしではなくオズボーンに賭けるなんて」

女性は手袋をした手をのばしてメイザートンの腕に触れた。「まあ、ひどいおっしゃり方ね。わたしはもちろんメイザートン卿が勝つと信じていましたわ。でも、大差で負けたらオズボーン卿があまりにかわいそうだと思ったから、そちらに賭けましたのよ」

メイザートンは鼻を鳴らした。「レディ・デンモア、きみは外交官になるといい。さぞや、お国に貢献できることだろう。そんな愛らしい口調ですらすらと言い訳されたら、その言葉が本当かどうかなどどうでもいいと思えてくるよ」

女性はまた笑った。なんと耳に心地よい笑い声だろうとハートは思った。甘美で深みのあるなまめかしい声だ。見た目にそぐわない。魅力的な顔立ちをしてはいるが、決して妖艶《ようえん》というタイプではないからだ。

「レディ・デンモア、ご紹介しよう。この方はサマーハート公爵だ。閣下、こちらのかわいらしい女性はデンモア男爵夫人とおっしゃる」

レディ・デンモアは濃い藤《ふじ》色のドレスの裾《すそ》を揺らしながら、膝を曲げてお辞儀をした。ハートがその手を取ると、女性はしばしばみ色の目を細くしてほほえんだ。

「お会いできて光栄です、レディ・デンモア。あなたがわたしを呼ぶときは〝閣下〟はなしですよ。たんにサマーハートと呼んでください」

「まあ、爵位など関係ないとおっしゃるの？」からかうような口調だ。

「とんでもない。自分は爵位が高いと思っているからこそ、相手にこちらをどう呼べと指図しているんですよ」

「ご自分の身分をうまく利用していらっしゃるのね」

ハートはほほえみながら、相手がにっこり笑うのを見ていた。今夜は夫も同伴しているのだろうか？　もし、ひとりで来ているのなら……。

「マダム」メイザートンがちらりと左へ目を向け、ドアの開いている部屋を見やった。「そろそろカードゲームに戻りたいので、きみのことはサマーハートに任せてわたしは失礼するよ」

「わたしもすぐにメイザートン卿のお金をいただきに参上しますわ」

メイザートンがため息をつくのを見て、ハートは笑みを浮かべた。こんなにすてきな女性とふたりきりにされるのなら望むところだ。「ご主人のところまでお送りしましょうか？」

「主人は……亡くなりましたの。だからわたしは、正確にはデンモア男爵未亡人ですのよ」

ハートはその事実に驚き、さらには自分が不用意な言葉を口にしたことに気まずさを覚え、目をしばたたかせた。「それは申し訳ないことを言ってしまいました」こんなに若い女性が未亡人だと？　わたしの妹とたいして違わない年齢に見えるのに。「お悔やみを申しあげます」そういえばデンモア一族は今どうなっているのだろう？

デンモア男爵。第九代なら知っている。好色漢の、どうしようもない飲んだくれだった。だが、もう何年も前に他界したはずだ。爵位は誰が継いだのだろう？　少なくともわたしの知りあいに第一〇代はいない。召使いがそばを通ったので、トレーからシャンパンのグラスをふたつ取りあげた。

「ロンドンにはもう長くいらっしゃるのですか？」

ハートが一方的に手渡したグラスを見て、レディ・デンモアはピンク色の唇に笑みを浮かべた。「いいえ」

「社交シーズンのあいだもこちらに？　またどこかでご一緒できたらいいですね」

〝またご一緒できたらいいですね〟というくだりでレディ・デンモアは顔をあげ、一瞬、驚いたような色を浮かべた。こちらの思わせぶりな言葉を理解したようだ。よろしい。露骨な反応を見せないところが気に入った。女性は慎み深いのが好みだ。少なくとも今はそう思っている。

「ええ、まだしばらくはロンドンに滞在するつもりですから」レディ・デンモアはつぶやくように言い、グラスを口へ運んだ。

ハートは思わず目をみはった。上品そうなうら若き乙女はどこへやら、レディ・デンモアはシャンパンを一気に飲みほすと、ハートの手にぽんとグラスを返したのだ。

「ごちそうさまでした」

そう言うとレディ・デンモアはくるりと背を向け、かすかなシトラスの香りと、驚いた公爵ひとりをあとに残し、足早にカード室へ入っていった。

2

カードを見るためにうつむいたのか、水晶の髪飾りがガス灯の明かりを反射してきらりと光った。ハートはふとそちらに目をやった。レディ・デンモアは「スプリット」と低い声で告げ、賭け金を倍に増やした。

とにかく強かった。ブラックジャックのテーブルについて三〇分ほどたつが、着々と勝ちつづけている。だが、今は少し気が散っているようだ。そろそろ飽きてきたのか、勝負の最中だというのに、別のゲームが行われているテーブルの顔ぶれをちらちらと見ていた。

「レディ・デンモアというのはどういう人なんだ?」ハートは隣にいた男に尋ねた。

マーシュはくっくっと笑った。「なかなか、そそられるだろう? 一年間ほどじいさんの嫁を務め、今じゃのびのびと金儲《もう》けにいそしんでいる後家さんさ」

「じいさん?」

「そうだ。デンモア男爵は少なくとも御年七〇は超えていたはずだぞ。もう隠居していた。彼女のほうは結婚したとき、せいぜい一九くらいだったんじゃないか。まだ社交界にデビューもしていなかったからな」

ハートはさまざまな可能性を考えてみた。「ロンドンへ連れてきたのは誰なんだ?」

「それがひとりで来たのさ。よりによって一〇月などという中途半端な時期に、しかもまだ喪中だってのにな。そんなころにロンドンにいたのはメイザートン夫妻ぐらいのものだ。おっと、もちろん、オズボーン夫妻もいたな。彼女は両夫妻にかわいがられているんだ」

レディ・デンモアは勝ち金を回収して立ちあがり、先ほどから気にかけていたテーブルへうつった。いあわせた数人の男たちが勘弁してくれという顔をした。

「彼女、いい腕をしているようだな」

「ああ。腑《ふ》抜けのブラッシャーなんぞはもう逃げ腰になっている。ほら見ろ、震えているぞ」

ハートは軽く笑ってみせた。たしかに男たちはうれしくなさそうな顔をしている。一方、レディ・デンモアは上機嫌で余裕たっぷりの表情を見せていた。

「なかなか大胆な女性のようだな」

「そのとおり」マーシュはにやりと笑った。「あっちのほうも大胆なことをぼくは願っているのさ。あの唇を見ろよ」

ハートは不愉快さを顔に出した。自分が女性遍歴の多い男だと噂されていることは承知している。だが、私生活に干渉されるのを嫌うことでも知られているのだ。わたしは娼婦《しょうふ》を品定めするような口調で女性を評したりはしない。それに、他人が種馬を値踏みするような目でわたしを見ることも許さない。

「さてと」マーシュはこちらのいらだちをまったく感じとっていないらしい。「ぼくもあそこのテーブルでひと勝負してくるとするか。あわよくば彼女から有り金を奪いとって、別のものを賭けさせられるかもしれないからな」

マーシュが近づくと、レディ・デンモアは顔をあげ、ハートの視線に気づいた。そして驚いたように目を見開いた。わたしがあとについてカード室に入ったのを、彼女は知らなかったのだろうか？　レディ・デンモアは妙な様子でまばたきをすると、顔をそむけ、自分のカードに視線を落とした。

まるで、わたしのことを以前から知っているかのような反応だ。おそらくわたしの噂を耳にしていて、それで緊張しているのだろう。しょせんは田舎の小娘だ。寝乱れたシーツや、汗に濡《ぬ》れた髪を思い起こさせるような声をしてはいるが。

七〇歳の夫か。ハートは頭を振り、もたれかかっていた書棚から体を離した。ドアへ向かおうとそばを通ったとき、レディ・デンモアが体をこわばらせたのに気づいた。意識されているのだとわかり、思わず背後に立とうかと思ったが、結局、そのまま通り過ぎた。

彼女はわたしには少し若すぎる。もちろん、未亡人は好みだし、今は愛人もいない。だが、育ちのよい、世間知らずの女性はベッドでおもしろみがなくて好きではないのだ。愛の告白を刺激と感じるなら別だが、わたしはそういう男ではない。純真無垢《むく》な女性をそれほど相手にしたことがあるわけではないが、いろいろな話は聞こえてくる。

ハートは足早に舞踏室へ向かった。途中、こちらの気を引こうとする人間が大勢いたが、すべて無視した。公爵というのは貴重な種馬と同じだ。ましてや若い独身の公爵となればなおさらだ。ハートは苦々しい思いを押し殺しながら、踊る人々の端にいる目的の人物へ目をやった。

「オズボーン卿」隣に立ち、ご老体に声をかけた。

「おやおや、サマーハートじゃないか。領地からロンドンに戻る途中か？」

「ええ。レディ・メイザートンが泊まっていくようにとおっしゃったので、この雪のなかを進まずにすみますよ」

「社交界デビューする娘たちがまだ来ていない時期でよかったな。これが四月なら、きみは婿探しに必死な母親たちに取り囲まれていたぞ」

「まったくですね。そういえばお友達のレディ・デンモアとお近づきになりましたよ」

「そういや、エマはどこだ？　どうせまたカード室だろうが」

エマという名前なのか。「ええ。男たちがひるんでいました」

「それはそうだろう。いやあ、今年の冬は彼女のおかげで刺激的な日々を過ごしとるよ。わしはカードゲームというものについてひとつふたつ考えを改めた。きみ、エマと勝負するなら間違っても自分の領地なんぞを賭けちゃいかんぞ。自尊心が傷つくだけではすまなくなる」

オズボーン卿が愉快そうに笑うのを見て、ハートはほほえんだ。

「わたしは彼女の亡くなったご主人であるデンモア卿という方を存じあげないんですよ」

「デンモア卿なんて男には、わしだって会ったことはない。わしが知っていたころのあいつは、ただのミスター・ジェンセンだったからな。本人もまさか自分が爵位を継ぐとは思っていなかったはずだ。やつとは昔、よく一緒に町へ繰りだしたもんさ。最後に会ったのはもう……」オズボーン卿は肩をすくめた。「たしか一五年も前のことだ」

「本当に？　では、レディ・デンモアとも面識がなかったということですか？」

「ああ、そうだ。エマの亭主は晩年、庭いじりに夢中になりおったからな。手紙さえよこしてこなくなった」オズボーン卿はもじゃもじゃの眉をひそめた。「エマみたいな若い娘をめとるというのはちょっと解せんが、爵位を継いだからには跡取りを残さなくてはいかんと考えたんだろう。それでも、仲のいい夫婦だったようだ。エマはデンモアからわしの昔の話をよく聞いている。知らんでもいい出来事までもな」オズボーン卿はくっくっと笑い、それから同情するようにため息をもらした。「それに亭主のことを話す言葉には愛情があふれている」

「なるほど」

レディ・デンモアのことを怪しいと感じているせいでハートの口調に冷ややかさがにじんだ。それを感じとったのだろう、オズボーン卿がハートをぎろりとにらんだ。

「エマはわしよりデンモアのことをよく知っとる。亭主と一緒に暮らしたのは一年ほどしかなかったというのにな。優しい娘だし、間違いなくいい妻だったと思うぞ。たしかに賭事にのめりこんではいるが、そんなのはほかにいくらもいる。エマはいい子だ」

「反論するつもりは毛頭ありませんよ。彼女はすてきな女性です」

「ふん」

「腕の具合はいかがですか」

「ずきずき痛むよ。だが、それを口にするわけにはいかん。うちのやつが不機嫌になるからな」

「奥さまのご機嫌を直すのはお手のものでしょうに?」

オズボーン卿はいたずらっぽい笑みを浮かべた。「ああ、そうとも。慣れとるからな」


エマは出し抜けに立ちあがった。同じテーブルの男性たちが驚いた顔をしている。まだ二〇ポンド賭けたままだが、二〇〇ポンドというわけではないのであきらめることにした。不覚にも気が散ってしまい、ゲームのことではなく、あの黒髪の男性のことばかりを考えている。

廊下をのぞいて彼がいないかどうか確かめ、音楽室へ急いだ。まさかこんなところで出会い、話をすることになるとは思ってもいなかったため、まだ狼狽《ろうばい》している。あの夜、なぜ彼を天使だと思ったのか、今ならよくわかる。彼は美しく、独特の雰囲気があり、謎《なぞ》めいているのだ。黒いまつげに縁どられたアイスブルーの瞳、セクシーな口元、冷静な態度。そして記憶にあるとおり長身でこのうえなく優雅だ。

彼はわたしのことを覚えていなかった。だから安堵《あんど》こそすれ、動揺する必要などないはずだ。だが、こともあろうに彼は思わせぶりな言葉を口にした。そしてこちらもまんざらではない素振りを見せてしまった。

わたしは何度ばかなまねをすれば気がすむのだろう。過去にあれほど痛い思いをしたというのに。

音楽室は女性たちであふれかえっていた。エマはなかに入り、客人たちのあいだを縫うように進んだ。ただでさえ室内が息苦しいところへ、ふと気になる名前が聞こえ、エマは呼吸がとまりそうになった。

サマーハート。なんでもいいから彼のことをもっと知りたかった。折しも音楽室にいる女性たちは彼が姿を見せたことに興奮し、しきりに噂話をしている。

サマーハートといえばよく話題にのぼる公爵であり、エマもその評判は耳にしていた。夏の心《サマーハート》ならぬ冬の心《ウィンターハート》、もしくは心ない人《ハートレス》と呼ばれていることも知っている。まさかあのときの男性だとは夢にも思っていなかったため、これまで彼の噂を気にかけたことは一度もなかった。だが、こうしてわかってみると……残念ながら本当の彼は、昔、わたしが心のなかで思い描いていた男性とはずいぶん違うようだ。

あの夜の短い出会い以来、わたしは彼をひどく美化していた。たしかに彼は、わたしの父がしょっちゅう催していたいかがわしいパーティに顔を出したような人物だ。だが、あのあとすぐに帰ったと聞いている。家政婦にせっついたもののほとんどなにも聞きだせず、ただ彼が父と言葉を交わしたあと、その日のうちにデンモア家を立ち去ったということだけがわかった。だから、彼がいたのにはきっとなにかほかに理由があったのだろうと思っていた。なにも知らずに来てはみたものの、どのようなパーティだかわかり、父につめ寄ったのかもしれない、もしかすると、力ずくでもやめさせてやると、捨てぜりふのひとつも残していったかもしれないなどと考えていた。

一〇年前はその想像が飛躍しすぎだとは思っていなかった。それが真実に違いないと信じていたのだ。もしかしたら、わたしのことを心配して戻ってきてくれるのではないかとさえ期待していた。こんな人生から救いだすために。

だが……もちろん、そんなことは起きなかった。きれいな顔立ちはしているが、彼はあのときも今も天使などではない。それはちょっと噂を聞けばわかることだ。エマは音楽室にいる女性たちのあいだをぶらぶらと歩きながら、手の届くところにぶらさがっている果実をもぐように、サマーハートを評する言葉を拾った。〝冷たい男性〟〝酷なことをする人〟〝情け容赦ない性格〟

現在の彼の印象からはかけ離れているような昔の話を、ひそひそ話している声も聞こえた。なんとも放埒《ほうらつ》で不道徳きわまりない、恥知らずな内容だ。

彼は人格者でもなければ、高潔の士でもない。今でこそ行動には慎重になっているが、若いころは評判のよろしくないパーティにもずいぶんと出かけていたようだ。堂々と表には出さなくなっただけで、享楽を追い求めていることに変わりはないらしい。つまるところは父と同じ、堕落した人間なのだ。そんな男性が幼い少女のことを心配するわけがない。

「きっと今は愛人がいらっしゃらないのよ」レディ・シャーボーンが友人にささやく声が聞こえた。「あの方がこういうところにお見えになるのは、新たにベッドのお相手を求めているときぐらいだもの」話しかけられた女性がその言葉にぱっと顔を輝かせたのにも気づかず、レディ・シャーボーンは軽蔑《けいべつ》するように言った。「キャロライン・ホワイトはきっと余計なことをぺらぺらしゃべって公爵のご機嫌を損ねたのね。彼は秘密を守れない女性が大嫌いだもの。その理由はあなたもご存じよね？」

相手の女性は考えこむようにうなずき、興味津々といった目でレディ・シャーボーンを見た。「例の手紙を実際にご覧になったことはあるの？」

エマは耳をそばだてたが、聞きとれたのはひと言だけだった。「恥さらしだわ」

彼は本当に新しい愛人を探しているのだろうか？　だからわたしの気を引くようなことを言ったり、こちらを見たりしたの？　ふいに下腹から胸へと熱いものがこみあげ、耳鳴りがした。

彼にベッドへ誘われることを想像すると胸がときめいたが、感情を押し殺し、そんなことは不愉快に感じるべきだと自分に言い聞かせた。われながらいやでたまらないが、危険のにおいがするとわたしは気持ちが高ぶる。父親の血だ。心のおもむくままに生きれば、わたしはきっと父と同じ道を歩み、次々と危ない橋を渡っては戦利品を求めることになるのだろう。そして最後は欲に溺《おぼ》れ、魂が窒息する……。

父の轍《てつ》は踏みたくない。享楽に身を任せるようなまねはするものですか。

エマは表情を引きしめ、サマーハートや、スキャンダルを起こしたその妹の噂話はもう無視し、人ごみのなかをさっさとカード室へ戻った。

ほかのことに気を取られている余裕はない。あと数週間で目的を達成し、ロンドンを離れなくてはいけないのだから。今はまだ、それほど危険はない。オズボーン夫妻は思っていた以上にあたたかくわたしを迎え入れてくれた。ふたりの後ろ盾があるおかげで、わたしはすんなりと社交界に入ることができた。だが、もうしばらくすればほかの貴族たちが領地からロンドンへ戻ってくる。

チェシャーから来た人間に正体を気づかれるかもしれないし、そうでなくても誰かから鋭い質問を受けるはめになるだろう。そうなればわたしのもくろみはそこで終わりだ。

カード室へ向かう途中、庭園を見渡せる窓際でふと足がとまった。雪に覆われた静かな庭をじっと見つめながら、エマは自分に言い聞かせた。サマーハートがわたしを覚えていなかったのは喜ぶべきことだ。天使のような人でなくてかえってよかったのだ。

社交シーズンが始まるまでは、今の芝居を続けていたい。そして、時が来たら賭で得た金を持ってロンドンを去るのだ。上品なことばかりだとは言いがたいこんな上流社会には、二度と戻ってきたくない。

もしサマーハートが本当にわたしの父親と同じ冷たい男性だとしたら、なおさらかかわらないほうがいい。もう、望みはひとつしか残っていないのだから。幸いなことに、その望みは誰かにこの人生から救いだしてもらえなくても、自分でかなえることができる。

ハートはいつになく期待に気持ちを高ぶらせながら朝食の間へ向かった。本当はほかの客人たちと一緒に食事をするのは好きではない。だから、いつもならこのようなパーティの翌朝は自室で朝食をとることにしている。だが、今日は捜したい相手がいた。ただし、会える見こみは低そうな気もしていた。彼女は昨夜、夜食《サパー》の時刻も待たず、日付が変わるころには寝室へ入っていった。今はもう昼前だ。きっと、とっくのとうに起きているだろう。

左手に並ぶ縦長の窓にちらりと目をやった。明るい日の光が差しこみ、窓に張りついた雪に違和感さえ覚えるほどだ。昨晩、彼女はここに立ち、窓ガラスに指先を押しつけ、せつなげな表情で外を見ていた。その様子が一枚の印象的な絵のように思え、わたしはそばへ行かず、離れたところから眺めていた。そのあと彼女は人々のほうへ視線を戻すと、客人たちの陰になっていたわたしには気づかず、決然とした足取りで通り過ぎていった。わたしは声をかけられなかった。彼女の目に人を寄せつけないような表情が浮かんでいるのを見て、ためらいを覚えたからだ。たとえわたしが行く手に立ったとしても、彼女は気づかなかっただろう。

それから彼女はしなやかな身のこなしで階段をのぼり、そのあとはもう姿を見せなかった。もしかすると、ただ酔っていただけなのだろうか。孤独で思いつめているように見えたが、それは気のせいだったのかもしれない。

ハートは頭を振った。なにを感傷的になっているのだ。コーヒーの香りにふとわれに返り、それに誘われるように朝食の間へ入った。そしてテーブルにつき、これまで何年もそうしてきたように、ほかの多くの客人たちとどうでもいい会話を交わした。ここにいるのはどうせ、わたしの爵位をあがめたり、ねたんだりしている男たちか、わたしの噂を聞いてあざわらう女たち、あるいは自分も愛人になりたいと思っている女たちばかりだ。もしここにスキャンダルのあった妹が入ってくれれば、誰もが軽蔑のまなざしを向けるのだろう。どいつもこいつも、赤の他人か、ただの知りあいか、友達のふりをしてくるだけの輩《やから》でしかない。そして、エマはここにいない。

「雪は解けはじめたようだな」ハートが座ると、隣にいた頬ひげの男性が言った。

「ええ、ハートフォード提督」

「だが、まだ道は相当ぬかるんでおるだろう。きみは、今日、ここを発《た》つつもりなのか？」

ハートは肩をすくめて考えた。ここからロンドンまではわずか三〇分ほどだ。道が悪いことを考慮しても、せいぜい一、二時間だろう。逃げだしたいと思えばいつでも逃げだせる距離だ。今朝いちばんにそうしなかったのが自分でも不思議だった。

「妻はここへ来なかったことをさぞや後悔するだろうな。娘のリズベスが、今年、社交界にデビューするんだよ。きみもそろそろ身を固めようなどとは思っていないかね？」ハートの淡々とした表情を見て、ハートフォード提督はひとりでうなずいた。「もしやと思ってきいてみたまでさ」

「まだ、そんな気はありません。それに、わたしがお嬢さんにとってよい夫になるとは思えませんよ」

提督はそうだなというようにもう一度うなずき、残念そうに目を細めた。公爵という地位の男性でさえあれば、どんな夫になろうが、娘と結婚してくれるだけで親としては満足だと考えているのだろう。当の娘の気持ちなどおかまいなしに。

ハートはコーヒーを飲みほすと、手をつけていない皿にちらりと目をやり、それを押しやった。そして「失礼」とほかの客人たちに挨拶し、足早に朝食の間をあとにした。

もう帰るとしよう。まだうら若い未亡人のことはきっぱりと忘れ、ロンドンの屋敷へ入り、他人とかかわるわずらわしさのない気ままな暮らしに戻るのだ。そう心が決まると、ハートはくるりと向きを変えて階段へ向かった。一刻も早いほうがいい。今すぐ召使いに荷物をまとめさせれば、一時間後には出発できるだろう。あるいは、この悪路では馬車はそれほど速く進めないから、メイザートン卿から馬を借りて自分は先に帰ったほうがいいかもしれない。

背後にある窓の向こうからどっと笑い声が聞こえ、ハートは三歩ほど進んで足をとめた。眉をひそめ、昨晩、レディ・デンモアがたたずんでいた窓辺のほうへ視線を向ける。また、笑い声と、今度は奇声も聞こえた。若者たちだろう。わたしには関係ない。そう思いつつも、屋外に出ているらしいその集団が気になった。もしかすると、彼女もあのなかにいるのだろうか？　だが、なぜそんなことを気にする？　ハートは葛藤《かっとう》を覚えながらきびすを返し、窓辺へ寄って、顔を近づけた。窓ガラスを通して冷気が伝わってきた。

解けかけた雪が日光を反射し、一瞬、まぶしさに目がくらんだ。やがて少しずつ景色がはっきりしてきた。数人の人影が見てとれたとき、また歓声があがった。

若い男性たちにまじって女性の姿もあった。ハートは目をすがめ、さらに窓へ顔を寄せた。冷たいガラスに額を押しつけている自分が愚かに思えてくる。女性は三人いるようだ。風を避けるように寄り添い、毛皮のついたウールのフードを目深にかぶっている。ひとりはレディ・デンモアにしては明らかに背が低い。青いマントを着たもうひとりの女性も、ちらりとのぞく明るいブロンドの髪を見る限り、彼女ではなさそうだ。では三人目は？

全員がこちらに背を向け、雪でびしょびしょになった庭園の端にある大きな池を眺めていた。凍った池の向こう側では、何人かの男たちが互いをつついたり、ときおり氷の上にのって硬さを試したりしている。

そのとき三人目の女性がこちらに顔を向けて笑い、天を仰いだ。ハートはどきっとし、窓ガラスから顔を離した。レディ・デンモアだ。マントは黒いシンプルなものだったが、笑顔が生き生きとしていた。

「さて、どうする」別れの挨拶をしたいという衝動がこみあげた。そんな自分を抑えるために、ハートはポケットから時計を取りだし、早くここから逃げだす算段をした。ふたたび窓の外へ目をやると、レディ・デンモアはすでにフードを後ろにおろしていた。秋の葉のような色の髪がつややかに輝いている。

ほんの少しだけ……。ただし、彼女を捕まえられればの話だが。レディ・デンモアは池をまわって反対側へと歩きだしていた。そちら側にいる男たちがうれしそうな顔で待っている。

ハートは体の向きを変えて玄関へ急ぎ、前夜、外套《がいとう》を預けた従僕を捜した。

「レディ・デンモア！」

ハンサムな顔立ちの若者がわざとらしくとがめるのを聞いて、エマは笑った。ジョーンズがつつくと、その男性はにやりとした。

「ミスター・キャントリー、まさかわたしのことを、悪ふざけをとめに来たおばさんだと思っているんじゃないでしょうね。たしかにわたしは未亡人だけど、あなたより二、三歳は若いはずよ」

「多分ね」キャントリーはくすんだ緑色の目でエマの全身を眺めた。まるでマントの下に着ているブルーのドレスも、さらにはその下の裸も見通せると言わんばかりの視線だ。キャントリーはきらりと目を輝かせた。「いや、間違いなくそうだろうな」そしてエマにいたく興味を覚えたという顔で笑みを見せた。

「ねえ、この池、人が歩いても大丈夫なくらいに凍っていると思う？」

「ああ、思うよ」キャントリーはばかにしたような顔で肩越しにちらりと後ろを見た。「こいつらは腰抜けだから、足を踏みだそうとしないけどな」

「あら、そうなの？　わたしには充分に厚そうな氷に見えるけど？」

「でも、ほら、池の真ん中はまだ黒っぽいですよ」ジョーンズが言った。

「中央は水が深いから黒く見えるのよ。でしょう、ミスター・キャントリー？」

「そのとおり」

エマはえくぼを作ってキャントリーの目を引きつけた。「わたしたちの言い分のほうが正しいということを、この人たちに見せつけてやりましょうよ。わたしと競走でもする？」

「競走？」

エマはにっこりと笑った。ほかのふたりより年上だと思われるもうひとりの男性は意味がわかったのだろう。驚いた顔でエマを見て、笑いを押し殺すように咳払《せきばら》いをした。エマはその男性にうなずいてみせた。

「兄のランカスター子爵だ」キャントリーが面倒くさそうに紹介した。

「お目にかかれてうれしいわ」

「こちらこそ光栄ですよ」本当にそう思っているのだろう、視線が彼女の口元をさまよっている。男というのはなんとわかりやすい生き物なのだろう。

「ミスター・キャントリー、お兄さまにまいったと言わせましょうよ」

「望むところだ」

「勝負をおもしろくするために賭をしないこと？　池の反対側まで競走して、負けたほうが……そうね……五〇ポンド払うというのはどうかしら」

「おいおい、女性を相手に本気を出せるわけがないだろう」

「誘ったのはわたしのほうなのだから、あなたは真剣にやってもべつに不名誉なことじゃないわ。それとも、わたしに負けるのが怖いの？」

キャントリーはまさかというようにくっくっと笑った。

「それに、わたしを楽しませることにもなるんだから、いいじゃない？」

「なるほど」キャントリーは準備運動を始めながら、にやりと笑った。「だが、やっぱり女性から金を取るわけにはいかないよ。代わりになにか記念になるようなものをもらえるとうれしいんだが……」

「まあ、たとえばキスとか？」エマは一瞬目を伏せ、ためらっているふりをした。「いいわ、キスにしましょう。交渉成立よ。あなたが勝ったらキスを一回、わたしが勝ったら五〇ポンドよ」

キャントリーが得意気な顔をしたのを見て、より賢そうな兄のランカスターが頭を振った。弟がまんまと賭にのせられたことがわかったのだろう。ジョーンズはといえば、ただおろおろしている。

「危ないですよ」ジョーンズはエマをとめようとした。

「彼の言うとおりだ」ランカスターも真顔で言った。

「まあ、おふたりとも心配性なのね。わたしは田舎育ちだもの。この程度のことはいくらでもしてきたわ。これくらいの池なら、真ん中まで行っても深さはせいぜい一メートルよ。怖がることはないわ」相手にそれ以上言葉を差しはさむ隙《すき》を与えず、エマはさっさと池の縁の土手をおりはじめた。力強い手で肘を支えられ、驚いて顔をあげた。「ありがとう、ランカスター子爵。ねえ、わたしのマントを持っていてくださらないこと？」

「いいとも」ランカスターは顔を近づけてマントの紐《ひも》をほどきながら、エマの耳にささやいた。「やめておいたほうが無難じゃないのか？　きみが肝の据わった賭け方をする人だとは聞いているが、もし池の氷が割れたりでもしたら……」

「大丈夫よ」エマはランカスターの手を借りてするりとマントを脱ぎ、寒さで体が震えそうになるのをこらえた。キャントリーがそばへ来たため、幸いにもランカスターは口をつぐんでくれた。キャントリーは顔を紅潮させ、気の早いことにもうほくそえんでいる。

「同じ条件というのもなんだから、きみは三メートルくらい前方から始めるかい？」

「お気遣いなく」

説得されてジョーンズがスタートの合図を出した。エマのハーフブーツはよく滑ったが、やはりキャントリーの脚の長さがものを言った。池の向こう側にいる友人たちがキャントリーのことをなじるのを聞き、エマは必死にあとを追いながら、息が苦しいのに笑ってしまった。

池の三分の一ほど行ったところでキャントリーの動きが急にゆっくりになった。一〇メートルほども後方にいるエマの耳にも、氷のきしむ音が聞こえた。エマは必死に足を速めた。「とまれ」キャントリーは進むのをやめ、自分を追い越していくエマに注意すると、口を開けたままじっと固まった。足元で鋭い音が響いた。エマは速度を緩め、池の中央を避けて岸側へ寄り、両足に均等に体重をかけながら慎重に進んだ。

キャントリーがどちらかの足に体重をかけたか、一歩前に踏みだしたかしたのだろう。ぴしっという音が響いた。エマでさえはっとし、振りかえって相手が池に落ちていないかどうか確かめた。キャントリーはまったく身動きのできない状況ながら、とりあえずは無事だった。エマがほほえみかけると、目を見開いてこちらを見た。

「それ以上行ったら危ないぞ」また前方を向いたエマにキャントリーが警告した。

「わたしはあなたより軽いもの。大丈夫よ」

エマは池の中央を通り過ぎ、ほっとして脚の力を抜いた。だが、次の一歩が致命的だった。氷が陥没し、片脚が冷たい池の水に吸いこまれた。エマはつんのめり、鈍い音を立ててもう一方の膝をついた。叫び声があがった。

池に落ちたほうの脚がふくらはぎにかけて鋭く痛んだ。すぐに感覚が麻痺《まひ》し、痛みは膝から腰へのぼってきた。エマは口をついて出そうになった悪態の言葉をのみこみ、近くで叫んでいる声の主へ笑顔を向けた。ランカスターだった。三メートルほど先の土手で、水っぽい雪のなかに立っている。

「来ないで。あなたの体重じゃ氷がもたないし、助けてもらったら賭に負けたことになるわ」

「ばかばかしい」ランカスターは小声で毒づいたが、こちらに来ようとはしなかった。自分がのれば氷が割れるとわかっているのだ。

「わたしなら大丈夫よ」エマは嘘《うそ》をつき、感覚の麻痺した脚を池から引き抜こうと、手袋をした手に体重をうつした。

「なにをやってるんだ！」

その声にはっとし、いやな予感を覚えて顔をあげた。サマーハートが端整な顔をしかめながらこちらに近づいてくる。エマは彼をにらんだ。

「どうしてこうなるの」そうつぶやき、全身の力をこめて脚を引きあげた。脚は氷にこすれながら池から出たが、そのはずみで体が前に倒れ、彼女は濡れた氷の上に頬を打ちつけた。

「ああ、もう」

氷がきしみ、まどろみを邪魔された獣のようにゆっくりと動いた。右のほうからサマーハートの激しくののしる声が聞こえた。ランカスターのそばまで来たらしい。

「いったいなにをしているんだ」

自分には叱る権利があると言わんばかりの口調だ。エマは怒りを力に変え、手と膝をついて四つんばいになった。

「動くな。今、そっちへ行く」

「来ないで！」エマは叫び、きっと顔をあげた。すらりと背の高いサマーハートを見て胸が高鳴ったが、かまわずに言った。「賭がふいになるわ」

サマーハートはランカスターでさえ目を丸くするような汚い言葉を吐いた。

「ぼくの負けでいい」背後からキャントリーが怒鳴った。

サマーハートが池に足を踏みだした。

前方に広がる安全そうな白い氷を目指して、エマは少しずつ前に進んだ。そのとき氷の割れる音と水のはねる音が同時にした。サマーハートが氷を踏み抜いたのだろう。うなり声が聞こえ、エマは思わずほくそえみそうになった。

「女性にだって意地はあるの。相手がこれ以上進めないとわかっているのだから、わたしはここで賭をおりたりはしない」

氷の厚そうなところまではっていき、ずきずきとうずく脚が持ちこたえてくれることを願いながら、そろそろと立ちあがった。鋭い痛みが走り、それに気を取られたが、我慢して一歩、また一歩と足を前に出す。そして二分後には、反対側の土手であっけに取られている知人たちのもとへたどりついた。

おめでとうと肩をたたいてくる者もいたが、結婚しているふたりの女性は唇を引き結び、少し離れたところから非難がましい目でこちらを見ていた。なんとでも思わせておけばいいとエマは思った。これで五〇ポンドを手に入れたのだから。男性たちがふいに口をつぐんだ。誰かが近づいてきたのだと悟り、エマは口元に笑みを張りつけた。

「あら、公爵」目の前にぬっと現れた相手を見て、エマは小さな声で言った。

「怪我をしたのか？」

「いいえ、大丈夫よ」

「レディ・デンモア」ランカスターが口をはさんだ。「ほら、マントを着るかい？」

「ランカスター、きみがついていながら、こんなまねをさせるとは思わなかった」

叱責《しっせき》めいた口調だ。ランカスターはエマの肩にマントをかけながら、彼女にしか見えないように顔をしかめてみせた。その茶色の目がいたずらっぽく輝いているのを見て、エマは笑いを噛み殺した。

「べつに、ぼくがさせたわけじゃありませんよ。彼女がどうしてもやると言って聞かなかったんです」

「レディ・デンモア」サマーハートが怒った。「わずかな金のために、きみはみずから進んでこんなばかなまねをしたのか？」

　ランカスターがどいた。エマは体をこわばらせ、サマーハートと目を合わせた。まわりの人々が黙りこみ、いっせいにサマーハートのほうへ顔を向けた。

　エマは顔に血がのぼるのを感じたものの、無理やり笑みを浮かべてみせた。サマーハートはわれに返ったらしく、顔を赤くした。

「さて、わたしの勝ち金をちょうだいしたいわ」

　キャントリーが慌てて進みでると、エマの手にさっと硬貨を握らせた。

「きみの勇気には敬服するよ」そう言ってお辞儀をしたが、恥をかかされたことを恨んでいるのか口元は笑っていなかった。

　エマは軽くうなずき、サマーハートの突き刺すようなアイスブルーの瞳を避けるように体の向きを変えた。「楽しかったわ。まだ、お昼前なのね。ミスター・キャントリー、わたしのばかな申し出をお受けくださってどうもありがとう。ランカスター子爵、お会いできてうれしかったわ」

サマーハートが近寄り、エマの肘をつかんだ。「屋敷まで送ろう」

エマは歯を食いしばった。楽しげな表情をなんとか装っていたというのに、それがすっと消えてしまったのが自分でもわかる。淡い色の袖《そで》をつかむ浅黒い手を見おろし、冷ややかな笑みを浮かべた。それを見たサマーハートは手の力を緩め、やがて肘を放した。周囲がざわめいた。

「ランカスター子爵、スカートが少し濡れてしまったの。玄関まで一緒に来てくださらないこと？」

「喜んでお供しましょう」ランカスターはのんびりと答え、腕を差しだした。

この二日間でレディ・デンモアがわたしに背を向けて立ち去るのはこれで二度目だ、とハートは思った。今回、彼女は仲むつまじそうにランカスターの腕に手をかけている。しかも、わたしが人前で彼女を侮辱したあとで。

「なかなか追いかけがいがありそうな女性ですね」

ハートは険しい顔で声のするほうを振りかえった。話しかけてきたのは生意気そうな若者だった。「なんだと？」

「あの……」若造は足元の雪に視線を落とした。「なんでもありません」

こちらを向いている人々の顔をハートは見渡した。男性たちは目を丸くしてときおり視線を交わし、女性ふたりは忍び笑いをもらしている。上出来だ。きっと昼食の席はこの事件の話題でもちきりになるだろう。わたしは理不尽なほどぶしつけな態度をとった。彼女は傷ついた様子をみじんも見せなかったが、あれほど顔を真っ赤にしたところを見ると、本当は相当気分を害していたのだろう。

結局、わたしはすっかり悪者になり、おかげでランカスターの紳士ぶりが目立つ結果となった。ランカスターといえばブロンドの二枚目だが、しょせんは財産目あての結婚をもくろんでいる男だ。

ハートは怒りを押し隠し、そばにいた数人の若者に冷ややかな視線を投げかけた。腕を組み、じろりとにらみつけると、若者たちはまずいと感じとったのか、横歩きでそろそろと遠ざかり、そのまま屋敷へ戻った。ほかの客人たちもそれにならい、ふたりの女性も姿を消した。レディ・デンモアがみっともない事件を起こし、サマーハート公爵がそれをなじったと、早速、大喜びで言いふらしに行ったのだろう。ハートは寒さのなかにひとりぽつんと立ち、真っ青な空の下で自分の吐く白い息を見つめた。

先ほど庭に出てきて、彼女が正気の沙汰《さた》とは思えない興奮ぶりで氷上を進んでいるのを目にしたときは、斧《おの》で頭をかち割られたような衝撃を受けた。彼女の片脚が池に落ち、顔が痛みにゆがんだのを見たときは、頭に血がのぼって脚がもつれた。どうしてあんな身勝手な若い娘のことがこんなに気になるのか、自分でもさっぱりわからない。

ハートは大きく頭を振り、くるりと向きを変えると屋敷へ戻りはじめた。こんなもやもやした気持ちは振り払い、早くここを発とう。そう思ったとき、なにか気になるものが視界に入った。雪景色にはふさわしくない目立つ色だ。ハートはまばたきをして目をすがめ、三〇センチほど先の、足跡だらけの雪をじっと見た。白いなかに深紅の点が四つある。それはみるみるうちに色が薄まり、ピンク色の染みに変わった。

血だ。間違いない。ほかにもないかと探してみると、レディ・デンモアが屋敷に入るときに通ったあとに、ふたつ赤い点が見つかった。やはり怪我をしていたのだ。割れた氷で切ったのだろう。くそっ。

大股《おおまた》で玄関ホールに入ると、ちょうどランカスターの遠ざかる背中が見えた。またいらだちがこみあげてきたが、それにこだわるのはやめ、急ぎ足で階段をのぼり、客用寝室の並ぶ廊下に入った。ドアの開いている部屋をのぞくと、運よくメイドが見つかった。はっと驚いたその若いメイドに、ハートは尋ねた。

「レディ・デンモアの部屋を教えてもらえないか？」

「あの……」メイドはおびえ、目をしばたたいた。「ふたつ先の左側でございます」

「では、その部屋へ湯と石鹸《せっけん》を持ってきてほしい」

ぎこちなく膝を折り曲げてお辞儀をするメイドを尻目《しりめ》に、ハートはさっさと廊下を進み、その部屋のドアをノックした。

「どうぞ」手をおろす前に返事が聞こえた。ハートはドアを開けた。「ちょっとお願いが――」息をのむ音とともに言葉が途切れ、さっとスカートがおろされた。だが、その一瞬で、膝から向こうずねの真ん中まで切り傷があったことをハートは見てとった。

床には赤い染みのついたブーツと、絹の靴下が丸めて置かれている。

「今、メイドが湯と石鹸を持ってくる」

レディ・デンモアはとげとげしい声で言った。「なんのご用？」

「雪に血がついているのを見つけたので、きみが大丈夫かどうか見に来たんだ」招かれはしなかったが、ハートは勝手にドアを閉めて奥へ進み、相手の脚の前で膝をついた。

レディ・デンモアはさっと脚を引いた。「ご覧のとおり、わたしはなんともないわ」

「とてもそうは見えないな。ひどい怪我だ」

「ただの擦り傷よ。それにあなたの意見なんて聞きたくもないわ」

その言葉にハートは思わず笑いだしそうになった。これまで自分にそんな口の利き方をした人間はひとりもいなかった。もちろん父親は別だが、とうの昔に他界している。

「ただの擦り傷には見えなかったぞ。縫う必要があるかもしれない」

「そんなことはないわ。いいから出ていって」

口調の強さに面食らい、ハートはいくらか体を引いた。こちらを見据えるはしばみ色の目に侮蔑の色が浮かんでいる。「さっきはひどいことを言ってすまなかった」

「それはもういいから、早く行って」

「危ないと思ったらついかっとして――」

「いったい、なにをおっしゃりたいの？　わたしとあなたはお互いのことをろくに知りもしないのよ。それにわたしは、あなたの愛人になろうなどという野心を持った人たちとは違う。

だから、どうぞこの部屋から出ていってちょうだい」

「いいだろう」ハートは怒りに任せてすっくと立ちあがった。「邪魔をしてすまなかった」

「わざわざいらしたのに、ベッドに連れこめなくて残念だったわね」

話が飛躍したことに驚き、ハートは目をしばたたかせた。「違う、そんなつもりは……」

わかっているわよと言わんばかりの冷笑を見て、ハートは理解した。「失礼する」彼がそう言うと、レディ・デンモアは無愛想に短くうなずいた。

ハートはもう一度、相手を見おろした。レディ・デンモアは鉄柱のように背筋をまっすぐのばし、身をこわばらせてベッドに座っている。片手はベッドカバーを、もう一方の手はスカートをつかんでいた。どちらもあまりに強く握りしめているため、手の甲が白くなっている。よく見ると、歯を食いしばり、顎をかすかに震わせているのがわかった。

ハートは自分も歯を食いしばっていることに気づいた。いらいらさせられる相手ではあるが、彼女が不機嫌な理由はわたしに対して怒っているからではなく、傷が痛むからではないだろうかという気がしてきた。ちょうどそのときドアをノックする音が聞こえ、それ以上の口論は避けられた。

ハートがドアを開けると、先ほどのメイドがお辞儀をした。彼はポケットからソブリン金貨を一枚取りだし、湯の入った水差しとタオルの束を受けとると、代わりにその金貨をメイドの手に握らせた。

「手間を取らせてすまないが、もうひとつお願いがあるんだ。包帯になりそうな清潔な布と、なにかいい軟膏《なんこう》があったら、持ってきてもらえないだろうか？」

「かしこまりました」メイドはうれしそうな顔をして、もう一度お辞儀をした。ハートはドアを閉めた。

レディ・デンモアがこちらをにらんでいた。「出ていくんじゃなかったの？」

ハートは肩をすくめ、和解を求めるように彼女の脚の前で膝をついた。レディ・デンモアが口を開きかけた。それは、また大声で毒舌を吐くだろうと思われるような口の動きだった。だがハートはかまわずにスカートの裾を膝までめくりあげた。手を払われそうになったが、負けずに膝の上で生地を押さえた。

「こんなことを許した覚えはないわよ」

レディ・デンモアは目を細め、こちらをにらんだ。ハートは黙って視線をそらし、血だらけの傷口を見て顔をしかめた。それと同時に、長くてきれいな脚だとも思った。

「自分でできるわ」ハートがタオルを湯に浸すのを見て、レディ・デンモアは抗議した。

「痛い！」

「すまない。少し染みるぞ」

「少しですって？」

ハートが濡れタオルをそっと傷口にあてると、レディ・デンモアは歯を食いしばり、荒い息を吐いた。彼は顔をしかめた。彼女の目に涙が光ったのに気づき、いっそのことタオルを押しつけて逃げだしたい気分になった。だが、そんな情けないまねをするわけにはいかない。

相手が目を閉じて仰向《あおむ》けに寝たので、これでもうつらそうな顔と直面せずにすむと思い、ほっとした。

スカートを握りしめているこぶしは気にしないように努めながら、相手に痛い思いをさせずに傷口を洗うという両立不可能な行為に精いっぱい取り組んだ。

「傷跡が残りそうだな」

レディ・デンモアがふんと鼻を鳴らした。「これでわたしは立派な傷物になったわけだから、さっさと見捨ててお帰りになってちょうだい」

口の減らない小娘だ。「たしかにこの脚では、もうもらい手はないな。塔に閉じこもって隠遁《いんとん》生活でもするか？」比較的、傷の浅いところはすべてきれいにした。残るはざっくりとえぐれている部分だけだ。レディ・デンモアは痛みをこらえているらしく、胸を小刻みに上下させている。この先はしばらく気をそらせておいたほうがよさそうだ。「最近どういうわけか、わたしのまわりには傷物の女性が多くてね。それが不思議でしようがない」

「そんなの不思議でもなんでもないわ」タオルが触れるとレディ・デンモアは体をびくっとさせたが、ハートの試みは功を奏したらしく、話に食いついてきた。「あなたが遊び人だからでしょう」

「そんなことはないと思うぞ」いちばん傷の深いところをタオルで押さえると、レディ・デンモアはうめき声をもらし、黄色いベルベットのベッドカバーをきつく握りしめた。「すまない」

ようやくすべてを終えると、ハートはほっとして腰をおろし、新たに血のにじみはじめた傷口を眺めた。傷跡が残りそうだと言ったのは決して冗談ではない。だが、彼女はそのことをちっとも気にしていないと見える。まったく、おかしな女性だ。

「さっき、包帯になりそうな布をメイドに頼んでおいた」レディ・デンモアがうなずいたのか、ベッドカバーのこすれる音がした。「そろそろ持ってくるだろう」

傷の痛みが増しているらしく、レディ・デンモアはハートをなじる余裕さえなくなり、ただベッドでじっと身をこわばらせていた。その脚を見ながら、この女性はわたしになにひとつ求めてはいないのだと思うと、ハートは妙な居心地の悪さを覚えた。ふと、その赤らんだつま先が絨毯をつかむように丸まり、脚がかすかに震えているのに気づいた。痛いのか、あるいは寒いのかもしれない。足の甲に沿って手を滑らせ、そのつま先を握ってみると、驚いたことにひどく冷たかった。

ハートは自分の上着のボタンをはずし、相手がどう思うかはかまわずに、その足を持ちあげて自分の腹に押しあてた。そして、赤くなっているつま先をてのひらで包みこんだ。シャツを通してつま先の動きが肌に伝わり、男心をくすぐる。レディ・デンモアがもらした小さなため息が、甘い吐息のように聞こえた。

「もしかすると……」不覚にも声がかすれた。ハートはひとつ咳払いをした。「きみは借金取りに追われているのか？」

「そんなことはないはずよ。窓の外にそれらしき人でもいるの？」また足先が動いた。ハートはつま先から足首にかけてなでた。レディ・デンモアの脚に鳥肌が立つ。

ハートは首を振った。「きみはわずかな金のためにずいぶん無茶をしているように見える。だから、ご主人が亡くなったせいで金に困っているのかと思ったんだ」

またレディ・デンモアの態度が冷たくなった。

「なにをおっしゃりたいのかさっぱりわからないわ」

「本当に?」

「それに言うまでもないけれど、どちらにしてもあなたにはなんの関係もないことよ」

ハートは苦笑した。相手がどれほど裕福だろうが、あるいは爵位が高かろうが、レディ・デンモアはそんなことに屈するつもりはまったくないらしい。だが、こちらのてのひらの動きは無視できないようだ。ハートは土踏まずを握っていた親指の力を緩め、小さな円を描くように足の甲をさすった。それに反応するように、赤みを帯びたつま先が丸まり、膝が少し立った。それを見て刺激的な光景がハートの脳裏に浮かんだ。想像のなかでは、その膝がさらに立ち、そして少し傾き、白くて柔らかそうな腿が見えた。腹に押しあてていたもう一方の足がわき腹へ滑り、腰を引っかけ、彼を引き寄せる。一度も日光を浴びたことがない真っ白な腿のあいだに腰をおろしたら、さぞやしっくりくることだろう。

ハートはため息をついた。たしかに自分は奔放な人間だが、男としての誇りと責任を考えると、今はとてもそんな行為におよぶことはできない。自分がまだ二〇歳で、世間のことなどかまわず、社会から縛られる気などさらさらないころだったら勢いで突っ走っただろうが、この年齢になるとそういうわけにもいかないのだ。それに、たしかに昨日はレディ・デンモアが慎み深い女性に見えたが、今日になってまったく違うことがわかった。おかげでふたりそろって恥をかくはめになった。

ハートはなごり惜しさを覚えながら、最後にもう一度足をさすると、床におろした。「さっきのメイドを捜してくる」

「ありがとう」声がいささかかすれている。レディ・デンモアは毛足の長い絨毯にこすりつけるように足を動かした。それを見ながら、ハートはドアを開けた。

メイドはちょうど大急ぎで廊下をこちらへ向かってくるところだった。帽子からブロンドのほつれ毛が落ちている。「申し訳ございません。お許しください。実はちょっと――」

「ああ、よかった」包帯代わりの布と、茶色い小さな陶製の入れ物を、ハートはひったくるように受けとった。

ハートがドアを閉めるまで、メイドは何度も頭をさげていた。

レディ・デンモアは両肘を後ろについて体を起こし、皮肉な笑みを浮かべながらこちらを見ていた。「まあ、メイドをあんなにおびえさせるなんて、あなたはヴィクトリア女王もびっくりするほど尊大なのね」

「きみという人は、自分より身分の高い相手に敬意を払うということをまったく知らないんだな」

レディ・デンモアは笑いだした。おかしくて仕方がないという笑い方だ。そのハスキーな響きを聞き、ハートは昨夜と同じくなまめかしい笑い声だという印象を受けた。

「そのとおりよ」レディ・デンモアはまだ笑っていた。「そんなことをする気はまったくないわ」

ハートは女性から小ばかにするような笑い方をされた経験がなかった。一度もだ。それを考えると、つい笑みがこぼれた。「きみを見ていると妹を思いだすよ」

「それはどういう意味だ?」

レディ・デンモアは笑うのをやめ、目をぱちぱちさせた。「わかるような気がするわ」

ハートは相手の脚の前に膝をつき、すでにおろされていたスカートをまためくりあげた。ペチコートに黒ずんだ血の染みがついている。「わたしの妹に会ったことはないだろう」

「ええ。でも噂は聞いているもの。なんというか……とても型破りな人みたいね」

「そうだな」ハートは慎重に答えた。四角い布を軟膏に浸し、薄黄色のどろりとした液体のついたその布を傷口にあてる。「たしかに妹は型破りだ」

うめき声をもらすか、ため息でもつくかと思いきや、意外にもレディ・デンモアは脚の力を抜いた。「あら、ちっとも痛くない。かえって気持ちがいいほどだわ」

「それはよかった」

「妹さんだって大胆な賭のひとつやふたつはしたことがあるんじゃないの?」

「まあね」ハートは包帯をふくらはぎに巻いていった。わざと膝の裏に触れてみると、信じられないほど柔らかかった。「だが、うちの妹はどちらかというと金よりもっと大事なものを賭ける傾向がある。まあ、そんなことはどうでもいい話だがね。さてと、できるだけきれいに包帯を巻いておいたぞ」

　ハートの手がまだ脚にかかっているというのに、レディ・デンモアはさっとスカートをおろした。そのためハートが別の目的でスカートのなかに手を入れているように見え、また刺激的な光景が頭に浮かんだ。もう少しそのままでいたいところだったが、レディ・デンモアに手を蹴《け》りだされた。

「では、これで」ハートはうなずいた。「五〇ポンドを手に入れるのにこんな思いまでするのは、割に合うと思うのかい？」

「あなたの傲慢《ごうまん》さに耐えるはめになってまで、ってこと？　それなら五〇ポンドじゃ足りないわ」

　ハートはため息をついた。怒ったふりはしてみせても、どういうわけか本当に腹は立たない。「では、そんなきみを哀れに思って、ひとりにしておいてやろう。せいぜい壁でも相手にその毒舌を磨くことだ」

「それはどうも、公爵さま」

　本当はまだしばらくとどまりたかったが、そんなことをするのはばかげていると思い直し、ハートは部屋を出た。彼女は断固とした意志をもってわたしを不愉快にさせようとしている。それなのに、どうしてわたしは彼女の皮肉をおもしろいと感じてしまうのだろう。長い冬にうんざりしているせいだろうか？　それとも、あまりにいろいろなことに恵まれすぎて退屈しているからなのか？　金には困らないし、権力も手にしている。ついでに、わたしがいつ誰と寝たらしいといった噂にもつきまとわれている。そして、ひとりで孤独に過ごす時間は持て余すほどたくさんある。

3

「ベス！」

メイザートン家の馬車が遠ざかる音を聞きながら、エマは玄関を入ってドアを閉め、大声で使用人を呼んだ。掛け金をはずそうと旅行用の衣装箱にかがみこむと、背中が悲鳴をあげた。昨晩は夜更かしをしたし、今日はメイザートンのウェンブリー邸から馬車に揺られて帰ってきたせいで背中が痛い。だが、それでもすぐに取りかからなければいけない仕事がある。

使い古したエプロンで手をふきながら、ベスが急いで出てきた。

「これを運ぶのを手伝ってちょうだい。一週間後にはモールター家に行かなくてはいけないの。すぐに始めないと、染料を乾かす時間がなくなるわ」

エマは腕いっぱいにドレスを抱えあげた。キッチンへ運ぼうと向きを変えたとき、ベスがミッドナイトブルーのドレスを取りあげた。

「これもですか？」

「それは色が濃すぎるわ。どのみち、これ以上染め直したら生地がだめになるかもしれないわね。うまく仕立て直しができないようなら、別のドレスと交換するつもりよ」

ベスはうなずき、残りのドレスを抱えてエマのあとに続いた。

「でも、グレーのドレスの身ごろを付ければいけるんじゃないかと思うの。スカートは目立たないデザインだし、色も地味だから」

「わかりました」

「この前の藍《あい》色の染料はまだ残っている？　あれはきれいに染めあがったわ」

「ええ、ございます」

エマはシルクやサテンの生地に隠れて笑みをもらした。ベスはよく働いてくれるし、余計な詮索《せんさく》はしないうえに、おしゃべり好きではない。暴力的な夫から逃げられるのなら、たとえ雇い主が貧乏な詐欺師でもかまわないと考えているのだろう。後ろ暗いことをしている身にはもってこいの使用人だ。

エマは掃除の行き届いたテーブルにドレスを置いた。ベスも同じようにドレスを置くと、足早にかまどへ行って石炭をくべ、大きな釜《かま》に湯を沸かしはじめた。エマはドレスを一枚ずつ見ながら、どうするか決めていった。「これは一度しか着ていないからまだ大丈夫」ひとり言のようにつぶやき、濃い緑色のドレスをわきに置いた。「この藤色のほうは二度もオズボーン卿に褒められたから、もうこのまま着るのは無理ね。でも、この色ならきれいな藍色に染まりそうだわ」

「お湯が沸くのを待つあいだに、グレーのドレスをほどいておきます」

「ありがとう。動きやすい服に着替えたら、わたしもすぐに手伝うわ。縫い目をほどくくらいならわたしにもできるから」

ベスが裁縫の得意な女性で本当によかったとエマは思った。自分は直線縫いでさえまともにできたためしがないし、だからといって仕立て直しを誰かほかの人に頼む金銭的余裕はない。ベスを雇うので精いっぱいなのだ。だが、そのベスの手助けがなければこの計画はありえない。あの日、ロンドンへ向かう乗合馬車がちょうどベスの小村を通りかかったときに、彼女は夫から逃げる決断をした。実に身勝手だとわかってはいるが、エマはそれを本当にありがたく思っていた。馬車に乗ってきた女性が、目のまわりにあざを作り、なにかを決意したように唇を引き結んでいるのを見たとき、エマはこの計画を思いついた。ベスはエマ以上に切実に新しい人生を必要としていた。だから、きっと話にのってくるだろうと感じたのだ。声をかけると、ベスは言葉少なに申し出を受け入れた。

「ロンドンにそれほど長く滞在されるおつもりがないのなら、お受けします。本当はもっと遠くへ逃げたいのです」

「目的を達成するまでのしばらくのあいだだけよ」そして話は決まった。

あと二カ月もすればこの家の賃貸契約が切れる。社交シーズンに入れば賃貸料が跳ねあがるため、わたしにはとても払えない。それに、そもそも社交シーズンのあいだもロンドンにとどまりたいとは思わない。あと二カ月したらお金をまとめて、永遠にここはおさらばするのだ。

すべてのドレスをどうするか決め終えたとき、キッチンにある裏口のドアをノックする音が聞こえた。

「わたしが出るわ」ベスが忙しそうにしているのを見て、エマは言った。ドアを開けると、湿った石段に痩せこけた少年が立っていた。「どなた？」

少年は判断に困っている様子でエマの顔や服装をじろじろと眺めた。「あんた、誰？」

「はい？　なにかご用かしら」

「ここの使用人かい？」

ぶしつけな物言いにエマはあきれた。「いったいなんなの？」

「おいしい話を持ってきたんだけど」

「あらそう」少年の身なりを見る限り、とても信用できそうな相手とは言いがたかった。重ね着している服はどれも薄汚れているし、顔はもう何日も洗っていないように見える。

「この家の主人のことを知りたがっている男がいるんだ。どんな女の人で、いつから住んでいるのか知りたいんだってさ」

ちらりと警戒心が芽生えたが、まあ大丈夫だろうと思い直した。この少年は、なにかたくらんでいるらしいという点ではわたしと同類だが、どうせ行きあたりばったりに家々のドアをノックし、適当な嘘をついているだけだろう。「それがどうしておいしい話なのよ」

少年は肩をすくめた。「さあね」

なかなか賢い子だ。強引に話を進めようとしないところがうまい。そのとき少年の目がこずるそうに光った。「ああ、信じていないいんだね。じゃあ言うけど、この家の主人は六週間前に引っ越してきただろうって、その男は言っていた。ほら、実際そうだろう?」

エマは小首をかしげた。「そうね。でも、そのくらいあなたには簡単にわかることでしょう?　きっと近くに住んでいるんだろうから」

「たしかに近所さ」少年は得意気に顎をあげた。「一本先の通りの角の家だよ。でも、あんたがチェシャーから来たかどうかってことまでは知らなかった。それもあたってるの?」

一瞬で顔から血の気が引いた。風がとてつもなく冷たく感じられる。

また少年の目が光った。「そいつがそう言ったんだよ。チェシャーから来たのかどうか探ってきてほしいって」

どうしよう、きっとブロムリーだ。追いかけてくるかもしれないという不安はあったのだ。彼のことだから、方法さえ見つかればすぐにでもわたしの邪魔をするだろう。エマは必死に頭を働かせた。「それで、あなたはどう答えたの?」

「任せとけって言ったよ。そしたら半ペニーくれた」

「ここへ来た理由はそれなの?　それを探るため?」

「かもね……」少年は白い歯をのぞかせてにっこり笑った。「ただ、そいつはあまり金持ちそうに見えなかった。だから、あんたの味方になってもいいかなと思ってるんだ。半ペニーぐらいじゃ、ぼくとママの暮らしはよくならないからね」

エマはうなずいた。少なくとも、この子はわたしよりはずっと正直だ。

「あなた、名前はなんていうの?」

「スティンプ」

「変わった名前ね」

少年は肩をすくめてその言葉を受け流した。

「じゃあ、スティンプ、こっちは一ペニーよ。それと、その男にまた会って話をしてくれたら、もう一ペニーあげるわ」

「一シリング、今欲しい。その代わり、情報をつかんだらただで教えてあげるよ」

「一シリングですって?」エマは少年を頭のてっぺんからつま先まで眺めた。靴は履いている。しかも、よく磨きこまれているところを見ると、なんらかの収入はあるのだろう。街頭で靴磨きをしているのかもしれない。物乞《ご》いではないということだ。「いいわ、一シリングにしましょう。でも、お金をあげるのはあなたが情報を持ってきてからよ」

少年はにやりと笑った。もし今ここで金をもらえたら、そのまま逃げようと思っていたのだろう。「わかった」

「じゃあ、その男のことをもっと教えてちょうだい」


エマは紺色のスカートのしわを手でのばした。このパーティにわたしの服装を気にするような女性が来ているとは考えられないが、もしそんな人がいれば、さぞやおそまつなドレスだと思うことだろう。もう少しおしゃれなデザインのものを仕立てる余裕もないのかといぶかしむかもしれない。実際は、新しいドレスをつくる金などまったくない。ドレスはいつも古着を買い、それを家で仕立て直したり、染め直したりして、ひととおりの衣装がそろっているように見せかけている。あまりみすぼらしい身なりをしていると、わたしが賭事にのめりこんでいるのはただの風変わりな趣味ではなく、それで稼ごうとしているのだと世間の人々に悟られてしまうからだ。

「これはレディ・デンモア、今夜もお美しい」背後から猫なで声が聞こえた。

肩越しに振りかえり、声の主がマーシュだとわかると、思わずうんざりしたため息がもれそうになった。「あら、こんばんは」

「当家のささやかなパーティへようこそ。ぜひ、来てもらいたいと思っていたんだ」

「楽しみですわ。こちらの賭事は刺激的だとうかがっておりますもの」

「ぜひともきみに喜んでいただけるよう努力しよう」

「ええ」口説かれていることには気づいていないふりをした。わたしのことを見るたびに唇をなめる仕草をするのがいやでたまらない。きっとパーティが終わるころには、彼の唇はひどくひび割れているに違いない。

「屋敷のなかを案内するよ」

丁重に断る口実も思いつかず、エマはマーシュの腕に手をかけてタウンハウスの二階をまわるはめになった。すれ違う紳士たちのなかには会釈をしてくる者もいたが、誰も自分の連れを紹介しようとはしなかった。今夜のパーティは上品な集まりだとは言いがたいようだ。もし、本当は結婚などしていないとわかれば、わたしもここには入れなかっただろう。世の中、未亡人だというだけで未婚の女性より多くのことを許される。そしてわたしはといえば、娼婦が来ていることがわかったくらいで驚いたりはしない。

それでもひとつ目の部屋に入り、マーシュが足をとめたときには体がこわばった。「ピケットだよ」マーシュは短く説明した。実際にカードゲーム以上のことはなにも行われていなかった。

純粋に賭事を楽しむパーティのようだわ。エマは自分に言い聞かせた。同じようなパーティでも、父が催していた、カードの代わりに女性をテーブルに寝かせるようなたぐいのものではない。

「きみはピケットなんかには興味がなさそうだね」

「ときにはしますわ。でも、あまり好みではないというだけ」

「単純なゲームだからな。きみはもっと刺激的なほうが好きそうだ」

そういう物言いは不愉快だということを伝えるためにじろりとにらんでみせたが、マーシュはずうずうしくもほほえみかえしてきた。

「では、次の部屋へ行こうか」ふたりは全部で六部屋をまわった。部屋に入るたびに、マーシュはエマへの興味を臆面もなく言葉にした。エマは次第に、もう彼を怒らせてもかまうものかという気持ちになってきた。

「ご案内ありがとうございました。もうここで結構ですわ」

残念なことにマーシュは気分を害した気配もなく、挨拶代わりに指をひらひらさせながらエマを見送った。エマは二番目の部屋へ入った。従僕が直立不動の姿勢で立ち、ウイスキーとシャンパンを提供している。エマはウイスキーのグラスを手に取り、室内の様子を眺めながらひと口飲んだ。

部屋には女性も数人いたが、テーブルについているのは男性ばかりだった。女性たちはテーブルを取り囲み、賭事に興じる男性の背中にしなだれかかっている。先ほど一階で顔見知りの貴婦人がひとり来ているのを見かけたが、この部屋にいるのは愛人か娼婦ばかりだろう。ちょうどいい。女性に気を取られている男性は油断している。

「レディ・デンモア？」近くのテーブルにつこうとしたとき、聞き覚えのある不機嫌な声がした。

エマは振りかえり、サマーハートをじろりとにらんだ。まさかここで会うとは思っていなかったため、驚きで体がかっとほてった。

サマーハートは鋭いブルーの目をエマの全身にさっと走らせ、あからさまに顔をしかめた。

「こんなところでなにをしている？」

「カードを楽しみに来たのよ。ほかになにがあって？」

「いや、わたしの知る限り、ほかにはなにもないはずだが」

「そうでしょう？　またお会いできてうれしいわ」

そう言いながらも、エマは動揺していた。サマーハートがすてきに見えたからだ。体をそむけようとすると肘をつかまれ、さらに体のほてりが増した。なんとぶしつけな人だろう。

無遠慮に力強く肘を握っている。エマは足を触られたときの悩ましい感触を思いだした。

「いったい、なんなの？」

「きみがここに来ていることにショックを受けている」

「あなただって来ているじゃないの」

「地方から来たばかりの若い女性とわたしを同じにするな」

エマはいらだちが高じて笑いがこみあげてきた。わたしはそんなに世間知らずに見えるのだろうか。「田舎から出てきたばかりの若い娘とは違うわ。未亡人よ。したいことはなんでも好きにできる立場なの。あなたのお友達と同じよ」

「なんだと？」

「未亡人のことよ。どうせ、そういう女性ばかりをお相手に選んでいるんでしょう？」

渋面が嘲笑に変わり、サマーハートはエマの腕を放した。「初めて会ったとき、きみのことを慎み深い女性だと思ったことが、今では不思議でしようがない」

「そんなふうに思ったの？　それはとんだ見当違いだったわね」

怒っているせいか、サマーハートはもうエマを引きとめようとはしなかった。エマはブラッグが行われているテーブルの空いた席へ座った。ゲームが始まる前にサマーハートがどこかへ行ってくれたらいいのにと思いながらも、後ろを振りかえるようなまねはしなかった。そんなことをすれば彼をうぬぼれさせるだけだし、興味津々でこちらを見ている客たちは大喜びするだろう。

サマーハートにまた邪魔をされたくはなかった。エマはゲームに集中しようと努め、あっという間に三〇〇ポンド勝った。そして、あっという間にその三〇〇ポンドを失った。同じテーブルについている男性のひとりが笑った。

「おいおい、今夜はずいぶんと無謀な賭け方をするな」

「そうね」エマはそっけなく答え、次の賭け金をテーブルに置いた。ほんの一メートルほど後ろにサマーハートが立っていると思うと、気になって仕方がない。首筋に視線を感じるのだ。髪をあげてこなければよかった。こんなに背中が大きく開いているドレスなど着てくるのではなかった。彼に見られていると思うと、なぜこんなにぞくぞくしてしまうのだろう。

エマは強引な勝負に出た。男性たちは喜んでそれにのってきた。今日のエマは格好のカモだと思っているのだろう。カードを表に向けると、いっせいにうめき声がもれた。

「たしかに今の勝負は無謀だったわね」エマはそう言い、賭け金を自分のほうへ引き寄せた。わたしは無謀で、慎み深さに欠け、そして嘘つきだ。

だが、あと二カ月もすればそれもすべて終わる。

それから一時間のあいだにエマは二〇〇ポンドを稼いだ。そして向かい側にいる、ドレスの胸元から乳房の膨らみを惜しげもなくはみださせている娼婦にうんざりしていた。

「わたしはそろそろ失礼するわ」

誰かが椅子を引いてくれた。それが誰なのか、エマにはすぐにわかった。彼はあれからこの部屋を出ていない。彼女は、サマーハートもよくいる見物人のひとりにすぎないと自分に言い聞かせ、ずっとその存在感に耐えていた。椅子の背に腕をのせ、シャツを胸まではだけ、誘うようにうなじに触れてくるような男性たちと同類だと。だが彼はそういうことはせず、エマが振り向くと、相変わらず優雅な姿でただ立っていた。こちらをじっと見ている。口喧嘩の続きをするために待っていたのだろうか？

差しのべられた手を無視し、エマは部屋を出た。「わたしになにかご用でも？」

「きみと話をしたいと思ってさ」

「なぜ？　わたしと話しても不愉快になるだけなのに」

「そうだな」

「じゃあ、どうしてわたしにつきまとうの？　わたしを苦しめるため？　あなたが女性をいたぶって快感を覚えるような方だとは知らなかったわ。そんなことをすると噂が立つわよ」

「なんだと？」

「ああ、なるほど……」エマは足をとめずに階段へ向かった。「だから、慎み深くて、口の堅いお相手がいいわけね」

「なにを言いだすんだ」サマーハートは今にも怒りだしそうな様子でうなった。だが、エマは階段の手すりに視線を落とし、こっそりと笑みをもらした。愕然《がくぜん》とした口調を装っているものの、彼は内心ではこの会話を楽しんでいるようだ。

「いったい、きみはいくつなんだ？　二〇歳？　二一歳？　その若さで〝いたぶる〟なんて言葉を口にするのか」

「ええ、何度でも聞かせて差しあげてよ。どうぞ、またショックを受けてちょうだい」

サマーハートはぶつぶつと文句を言った。内容は聞きとれなかったが、それでもエマは大笑いした。彼は文句を言ったり、ましてや怒鳴り声をあげたりするような人ではないと噂に聞いている。だが、まだ三回しか会っていないというのに、わたしにはすでに文句も言ったし、怒鳴り声もあげている。

「わたしを驚かせるために、わざとそんなことを言っているな？」

エマはにっこりほほえんでみせた。

「どうして、わたしがそんなことをしなくちゃいけないの？」

「おもしろがっているから」

「あなたも楽しんでいるくせに」

サマーハートは目をすがめ、にらんできた。相手がいつまでも視線を離さないため、エマは頬が赤くなった。きまりが悪くなったからではない。この男性の興味を引きつけているのだと思うと、うれしくなったからだ。高い頬骨に、力強い顎の線。サマーハートは美しいながら男性的な顔立ちをしている。横幅の広い、なまめかしい口元には思わず目をやらずにはいられないほどだ。その顎がなめらかなのか、かすかにのびはじめた無精ひげでざらざらしているのか、触って確かめてみたくなった。

「どこでカードなんか覚えたんだ？」そのひと言で呪縛《じゅばく》が解けた。

エマは目をしばたたき、余計な思いを追い払った。

「夫が賭事の大好きな人だったの。賭けるのはべつに大金じゃなくてもかまわなかった。小銭でも、なんなら豆でもよかったのよ。だからわたしたちは、毎晩、カードゲームをして遊んだわ。わたしには才能があるんですって」

「だが、きみは才能を試すためにカードをしているわけじゃない。賭けるのが豆ではだめだし、小銭でも納得しないだろう」

エマは曖昧《あいまい》に相づちを打ち、あたりを見まわして従僕を見つけた。

「わたしのマントを出してくださらないこと？　それと、辻《つじ》馬車を呼んでちょうだい」

「わたしが家まで送ろう」

「結構よ。そんなことをしたら陰でいろいろ言われるもの」

「どうせもうロンドン中の人間がわたしたちは愛人関係にあると思っているさ」

そう耳打ちされ、エマは息をのんだ。いつもの歯切れのよい口調とはまったく違う、ぞくっとするような声だったからだ。

「勝手に愛人にしないでほしいわ」エマも小声で反論した。サマーハートは従僕から質素なマントを受けとり、エマの肩に着せかけると、ゆっくりと首紐を結びはじめた。手の甲や指が何度も首筋に触れる。ふいにサマーハートが優しくて色気に満ちあふれたプレイボーイに見えてきた。若いころはきっとこんな感じだったのだろう。色事を好み、機会あるごとにお楽しみを求めていたに違いない。エマはまたぞくっとし、胸の先がうずいた。

「わたしは慎み深くも、口が堅くもないわよ」

「どっちみち、噂というものはとめようがないんだよ、レディ・デンモア。いっそのことわたしたちが深い関係を楽しんだところで、これ以上、状況が悪くなるわけじゃない。なんといってもわたしはメイザートン卿の屋敷であんな失態をさらしてしまったからな」

「さっきもそうよ」なんとかそう言ったものの、動揺で息が震えている。

「そうだ、さっきもだ」

エマは息がとまりそうになった。わたしはどうしてもこの人の魅力には抗《あらが》えない。でも、今はそんなことに心を奪われているときではない。自分の感情にかまっていられる場合ではないのだ。だが、本当は彼とベッドをともにしてみたい。彼に抱かれてみたくてたまらない。頭でしか知らないことを体で経験してみたい。彼はわたしの気持ちなどおかまいなしかもしれないし、それどころか自分のやり方をわたしに押しつけてくる可能性だってあるけれど。

エマは気持ちが高ぶり、口を開いて空気を吸った。喉がからからだった。サマーハートが顔を近づけた。

「初めてきみを驚かせることができたようだな」

「あなたはわたしに……好意のかけらすら抱いていないくせに」

「きみのことは……なかなか興味をそそられる女性だと思っているよ」

「なるほど。あなたみたいな偏屈な人がどうやって女性を次々と口説き落としてきたのか、やっとわかったような気がするわ。念のためにもう一度申しあげておきますけど、わたしはふしだらな女性たちの仲間入りをするつもりはありませんからね」

サマーハートは誘うような表情から真顔になり、ひとつまばたきをすると体を起こした。

「ああ、そうだった。きみは自分に都合のいいときだけ慎み深いふりをするのだということを忘れていたよ」

人を見くだしたような態度にむっとし、エマは歯を食いしばった。裕福な人間にとって生きるというのはたやすいことなのだろう。

「そうよ」エマは吐き捨てるように言った。「わたしはこだわりの強い性格なの。出会ったばかりで、公爵が所望しているのだから脚を開けと言われても、口説かれた気にはなれないわ。どうせわたしはばかな小娘よ」

またサマーハートに不意打ちを食らわせることに成功したらしい。クラヴァットの下から赤みが首筋をのぼり、形のよい頬骨のあたりでとまった。

「もう家まで送ってくださる気はうせてしまったかしら？」エマは甘えるような声で尋ねた。

「いや」サマーハートは上着の両方の袖口をぐいっと引っ張った。「品のないことばかり口走る女性だとは思っているが、それでもまだ送っていくつもりでいる」

「まあ、なんと寛容なお方でしょう」

サマーハートは三歩で玄関口へ歩み寄り、従僕が慌てて近寄ってくるのも待たずに自分で乱暴にドアを開けた。気の毒なことに従僕はおろおろしている。「来なさい」

「申し出をお受けするとは言っていないわ。わたしは世間の目を気にするの」

「今さらなにを言っているんだ。きみはある意味、有名人だよ。女性のくせに無茶な賭け方はするし、はしたない行為にはおよぶし、あれこれと嘘をつく。ロンドンへ来てまだ一カ月しかたっていないというのにな」

「おっしゃるとおりよ。でも誰かの愛人になったことはないし、おかげさまで尻軽だと悪口を言われたこともない」

　サマーハートの顔からいらだたしそうな表情がぴたりと消えた。エマの体をゆっくりと見おろしていき、また先ほどと同じ誘うような目になる。彼がなにを考えているのかは手に取るようにわかった。エマも同じことを思っていたからだ。もし男女の関係を持てば、彼はわたしにとって初めての愛人になる。サマーハートは経験豊富なことで有名な男性だ。その目を見れば、さぞや多くのことを知っているのだろうと察せられる。女性の体のことも、女性の欲求のことも。きっと、わたしのこともわかるのだろう。

　サマーハートの目が熱を帯びてきた。

「やっぱり送っていただくことにするわ」エマはもやもやした気持ちを押し殺そうと、早口で告げた。「でも、それ以上はなにもなしよ」

「それは拒絶かい？」サマーハートは低い声で言い、体を近づけてきた。シャツの糊《のり》のにおいや、かすかな石鹼の香りまでわかるほどだ。エマは相手の胸に指を押しつけ、ほんの一瞬だけ、そのまま動かさずにいた。指先に鼓動が伝わってくる。たくましい筋肉に血を送り、肌にぬくもりを与えている心臓の響きが……。エマは相手がよろめくほど強く、その胸を押しやった。

「ええ、もちろんよ。それとも、指ひとつ動かせばわたしがすり寄っていくとでも思っていたの？　馬車のなかでことにおよびたければ、その前にせめて安い宝石のひとつも買ってくださることね」

降参のしるしに両手でもあげるかと思ったが、それをするにはプライドが高すぎたようだ。サマーハートはまた上着の袖口を引っ張り、従僕のほうをじろりと見た。従僕は必死にそっぽを向いていた。

「さっさと馬車に乗れ」待っている馬車に指を突きつけた。エマは笑みを隠しながらそばを離れ、その言葉に従った。「きみには我慢ならない」サマーハートはうなるように言い、エマのあとについて玄関前の石段をおりた。「なんという跳ねっかえりだ」彼はそうつけ加えた。

そのとおりだと納得し、エマは思わず声をあげて笑った。

ハートは片足だけをステップにかけると、黒光りのする馬車の側面をたたき、無愛想に尋ねた。「家はどこだ？」レディ・デンモアは馬車の奥へと乗りこんでいるところだった。返事が返ってくるまでに少し間があった。

「ベルグレーブよ」

ハートはいらだちを覚えたが、ため息をつくのは我慢した。公爵というのはため息などついてはいけないものだからだ。それでも、つい、ため息に似た息が口からもれてしまった。

「ベルグレーブのどこだ？」

今度は沈黙があった。「マールボロ通りの二三番地」

ハートは薄暗い馬車のなかをのぞきこみ、輪郭しか見えないレディ・デンモアの顔へ視線を向けた。マールボロ通りはベルグレーブとは呼べない。どちらかというとチェルシーだ。しかもチェルシーのはずれだ。ハートは迷った。本当は馬車には同乗するまいと心に決めていた。御者に言いつけてレディ・デンモアを送らせたあと、自分を迎えに来させるつもりだった。

ふたりでここを立ち去れば噂に火がつくだけだ。彼女はいらぬ烙印《らくいん》を押されることになるだろうし、わたしもまた昔の話を蒸しかえされる。もう何年も忘れようとしてきた古傷を。それに一緒に馬車に乗れば、どうせまた彼女に不愉快な思いをさせられるか、そうでなければ口説きたくなるだけだ。

だが、チェルシーのはずれに住んでいるとなると話は別だ。それなりの住宅街ではあるが、女性を玄関の前でおろして、そのまま置いて帰れるほど安心な界隈《かいわい》とは言えない。これでは同行するしかなさそうだ。

ハートは御者に通りの名前と番地を告げ、窮地に追いこまれるような気分で馬車に乗りこんだ。体の重みで馬車が傾く。人生という名の丈夫な船がこれから荒波にのみこまれる前兆のような気がした。今度は明らかにため息としか形容しようのない息がもれた。

目がランプの明かりに慣れてくると、レディ・デンモアの様子が見えてきた。手袋をはめた両手を組み、膝の上に置いている。眉の形も見えるようになってきたが、どうやら冷ややかな表情をしているようだ。

またなにか辛辣《しんらつ》な言葉が飛んでくるかと身構えたが、相手は黙りこくっていた。しばらくすると、どう扱えばよいのかわからない女性の隣に座っているという気まずさにも少しずつ慣れてきた。彼女はどこまでもわたしをいらだたせ、わたしが長いあいだ内側に閉じこめてきた野獣を刺激する。昔はこの野獣が自由に歩きまわっていたときもあったのだ。彼女と一緒にいると昔の自分に戻り、かつてのような渇望を覚えてしまう。

彼女の足首を思いだすだけで悩ましい気分になった。今、それはすぐそこにある。その気になれば手をのばして片脚をあげさせ、自分の膝にかけさせることもできるほどの距離だ。ハートはそんな場面を想像してみた。引きしまった足首や、くるぶしの膨らみを手でなぞり、あたたかいふくらはぎに沿っててのひらを滑らせる。彼女の脚は筋肉がしっかりついている。田舎暮らしで丘や沼地や森を散策してきた女性の脚だ。わたしが触ると、ふくらはぎからはきっと力が抜けるが、腿は……おそらく硬くなるだろう。愛撫《あいぶ》されて力が入り、震えだすかもしれない。それを味わってみたい。

ハートはこぶしを握りしめた。

いったいなにを考えているのだ。そんなふうに女性を見るのはやめたはずなのに。もう昔のわたしではないのだ。今は足首を見て相手を決めたりはしない。わたしが愛人に選ぶのは御しやすい女性だ。難しいことを求めているわけではない。こちらの誘いに喜んで応じ、すべてを秘密にしてもかまわないほどわたしと関係を持ちたがっている相手であればそれでい い。わたしはいつもその条件をきちんと伝え、相手には言葉に出してそれに同意させる。逢《おう》瀬《せ》を楽しむのはそれからだ。寝室へ入るまではいたって事務的に話を進め……ベッドに入ってからも冷静さを忘れず……そして……。

「たしかにさっきは驚いたわ」レディ・デンモアが黙ってはいられないというように早口でしゃべりだした。

ハートは目をしばたたき、いつもの自分に戻った。魅力的な女性が見つかるたびに不埒《ふらち》な想像などしたりしない、新しい自分に。「なんの話だ？」

「あなたが〝いっそのことわたしたちが深い関係を楽しんだところで〟と言ってわたしを誘ってきたときよ。やっぱりそういう人なんだと思ったわ。あなたのことはいろいろ噂に聞いている。だけど、それでもあなたという人が……」レディ・デンモアは両手をわずかに膝から浮かした。「よくわからない」

ハートは背後のクッションにもたれかかった。スカートにちらりと目をやると、また足首のことが思いだされた。

「あなたは女性を情事の相手としか見なしていない。誰のことも愛したりはしないし、愛人に対して好意を感じているふりさえしない。ただ、ベッドをともにするだけ。そんなことはみんな知っているわ。わたしでさえもね。ただ……」また両手が膝から浮いた。「若いころのあなたはもっとひどかった。なんでもやりたい放題よ。パーティに出ては……」レディ・

デンモアはそこで言葉をのみこんだ。

ハートは舞踏室にいるレディ・デンモアを想像しようとした。だが、自分のそばにいる場面しか思い浮かべられなかった。ほかの男と一緒にいるところなど考えたくもない……。

「とにかく、昔のあなたはすこぶる評判が悪かった。それでもあなたは変わった。あなたの心は氷のように冷たくなり、慎重に行動するようになった。自制心を学んだのよ。それなのに、やっぱり女性関係にはだらしないのね。どうして？」

想像はどこかへ吹き飛び、ハートは狼狽した。こんなことを尋ねられるのはいやだ。そんな目で見つめないでほしい。「きみが誤解しているだけだ。わたしは女性にだらしなくなんかない」

「今は違うと言いたいの？」

「生娘を口説いたことは一度もないし、関係を持つために嘘をついたこともない。わたしは――」

「だけど、ミセス・シャルロット・ブラウンと、その義理の姉妹の三人でベッドに入ったと噂に聞いているわ」

「それは、わたしがまだ一九になったばかりのころの話だ」そう言いかえしながらも、顔が赤くなった。そんなことが言い訳にならないのはわかっている。わたしが愚かだったのだ。その忸怩《じくじ》たる思いを忘れるために何年間も努力してきたというのに、また自分のばかさ加減を思い知らされるはめになった。彼女のせいだ。レディ・デンモアなど足首もろとも地獄に落ちてしまえばいい。

だいたい彼女など、魅力的な顔立ちはしているが、取り立てて美人というわけでさえないのだ。ただ、そのいたずらっぽい目と、なまめかしい声だけは別格だ。それにあの優美なつま先と、震える腿も……。

レディ・デンモアがさらになにか言いかけた。「別の噂も聞いたけれど――」

「どうしてわたしの馬車に乗る気になったんだ？」ハートは歯を嚙みしめたまま切りかえした。「わたしと一緒にいても不愉快なだけだろうに。なにか？　きみは自虐的な人なのか？」

レディ・デンモアは耳に心地よいハスキーな声で笑った。「そうかもしれない。ただ、不愉快にはさせられるけれど、あなたは魅力的な人だわ。それに、とても冷静で傲慢ときている。だから、ちょっとつついてみたくなったの。あえて言わせていただくなら、それはあなたにとって必要なことよ。ほかの人は絶対にそんなまねはしないだろうから」

「そうだな。みんな、遠くからつつく練習をしているだけだ」

レディ・デンモアが小首をかしげた。ハートは今の言葉を取り消したくなった。だが、手遅れだ。胸のうちを明かしてしまった。

「だから、わたしのことが気に入ったの？　わたしが歯に衣着《きぬ》せずにしゃべるから？　ほかの人たちはあなたのことを恐れているものね。あなたはそういう状況に満足しているのかと思っていたわ。男性はでしゃばらず、女性は足元にひれ伏して震えているのがいいんじゃなかったの？」

「そうだ」

「でも、わたしは震えたりしない」

震えさせてみようか？　わたしならできるぞ。そう心のなかで思ったつもりが、口に出していたらしい。レディ・デンモアが身をこわばらせた。だが、後悔の念はなかった。自分なら文字どおり本当に彼女を震えさせることができる。しかも、何度でも。

「そうね……」声がかすれている。レディ・デンモアは言葉を切り、唾《つば》をのみこんだ。「あなたならできるのでしょう。若いころさんざん遊んで、いろんなことを覚えてきたのだろうから。でも、わたしは応じないわ」

いらだちがこみあげ、ハートは身を乗りだした。レディ・デンモアがびくっとした。

「どうしてだ？　金持ちを捕まえて結婚するためか？　未亡人でいるのも難しいものな。まだひとり身になって間がないというのに、もうきみは評判を落としている」

レディ・デンモアは笑みを浮かべた。

「それだけの賭事好きを受け入れてくれるような亭主だったら、きみの無分別も許すだろう」

「まあ、それはご寛大だこと」

「わたしには、きみという人がわからない」

「お互いさまね」

ハートは声をあげて笑った。愉快だったからではない。笑うか、馬車から飛びおりるか、相手の首を絞めるかしかない心境だったため、笑うことを選んだまでだ。馬車が道の角を曲がった。ハートは窓のカーテンを乱暴に開き、ベルグレーブ・スクエアに並ぶしゃれたテラスハウスを眺めた。

「お誘いをお受けできなくてごめんなさい。でも、だめなの」

「なんだか、初めて女性に言い寄ろうとして失態を演じた大まぬけになった気分だ」ハートは窓の外を見た。「町の風景が変わってきた。そろそろマールボロ通りだろう」

彼は宵闇《よいやみ》に顔を向けたまま笑みをこぼした。「妹によく言われたものだよ。お兄さまは傲慢だってね。これが恐ろしく頭の切れる妹なんだ」顔を戻すと、相手は大きな目でこちらを見ていた。「きみと同じだ」

レディ・デンモアは首を振った。

「モールターからの招待は受けるのかい？」

「いいえ」

「そんなはずないだろう。金持ち連中が三日間も集まるんだ。しかも、その半分は最高のカードが手元に来ても、それに気づかないようなやつらだ。わたしは行くつもりだよ」

レディ・デンモアの口元から笑みが消え、唇が真一文字に結ばれた。「あなたの愛人になるつもりはこれっぽっちもないわ」

「ああ」

「なんでもお好きになさればいいけれど、どのみち無駄よ」

「警告ありがとう」

レディ・デンモアは腕を組んで怒っていた。それがハートには愉快で仕方がなかった。彼女の心は揺れ動いている。こちらはなにもしていないというのに。わたしはぶしつけな態度こそとったが、誘惑するようなことはなにひとつしていない。それなのに彼女は動揺している。そう思うと、これまで絶え間なく自分につきまとっていた倦怠感が煙のように消えていくのがわかった。

道の角に差しかかったせいで馬車が傾いた。ハートはレディ・デンモアの腿を思いながら、座席にてのひらをついた。そのとき黒い人影が視界に入り、楽しい想像から現実に引き戻された。窓に顔を近づけると、男が寒さに身を丸めながら立っているのが見えた。分厚い灰色の外套で顔まで覆い、目だけをのぞかせている。馬車のランプがそばを通ったとき、その目がこちらをじろりと見たのがわかった。

盗人《ぬすっと》か。そう思ったが、ハートはさして不安も覚えなかった。こういう不穏な連中に対抗するために、御者も従僕も武器を携えている。ところがその男からわずか一〇メートルほど行ったところで馬車がとまったとき、警戒心が頭をもたげた。

「ありがとうと言うべきね」レディ・デンモアが言った。つまり、彼女の家に着いたということだ。従僕がドアを開けた。ハートはステップが用意されるのも待たずに馬車から飛びおりた。従僕を驚かせ、おそらくレディ・デンモアには苦笑されただろうが、そうした甲斐《かい》はあった。さっと暗闇に隠れる男の姿を見ることができたからだ。危険だとは思いながらも、あとを追いかけたい衝動に駆られた。

「いったい、どうしたの？」レディ・デンモアの愉快そうな声が聞こえた。

「盗人らしき男がいた。すぐそこの角だ」

「どうして泥棒だと思うの？　靴磨きかもしれないわ。昼でも夜でもそのあたりの物陰にいるのよ」

「その靴磨きの身長は一八〇センチくらいか？」

「いいえ。でも――」

「そいつはきみの家から一〇メートルも離れていないその角に立っていた。気をつけたほうがいい。ひとりで帰宅するところを、もう何度か見られているのかもしれない」

「ええ……」レディ・デンモアはあたりを見まわし、暗がりに視線を走らせた。ハートは急に怒りがこみあげた。こんな生活はよくない。彼女にとってロンドンは不慣れな町だし、ここは決して上流階級とは呼べない人々が暮らす地域だ。せめて護衛代わりに御者くらいは雇い、こんな夜中に帰宅するのはやめるべきだ。

「おい――」ハートが厳しい顔を向けると、レディ・デンモアはくるりとこちらに背を向け、足早に玄関前の狭い石段へ向かった。

「それ以上なにも言わなくて結構よ。今のひと言で、わたしを責める気でいることは伝わってきたわ。でもね、わたしはお金持ちでもないし、夫もいない。だから、なにを忠告してくれても無駄なの。わたしが住めるのはこの程度のところよ。わたしの人生はこんなもの。では、おやすみなさい」

レディ・デンモアは石段をのぼり、スカートのポケットから鍵を取りだすと、自分でドアを開けた。使用人の姿は見えなかった。灰色の質素なドアがばたんと音を立てて閉まり、レディ・デンモアが姿を消すのを、ハートはただ呆然《ぼうぜん》と見ていた。

難しい顔をしながら、どれくらいそこに立っていただろう。やがて御者が促すようにひとつ咳払いをした。

「そうだな」ハートはつぶやき、開いたままになっている馬車のドアへ向かった。「ラーク、周囲に目を光らせながら、この界隈を二、三周してくれ。さっきの怪しげな男が本当にいなくなったかどうか確かめたい」

レディ・デンモアとはどうせまたモールターの屋敷で顔を合わせるだろうから、そのときよく話しあってみるとしよう。願わくはめでたく深い仲になったあとでだ。

4

居間のつややかな黒いテーブルの上で手紙の白色がきわだっていた。エマはその手紙の内容をどう受けとめてよいのかわからなかった。少なくとも気晴らしができるのはうれしい。ランカスター子爵はハンサムだ。彼と馬車で公園をめぐれば、そのあいだくらいは心配事を忘れられそうだ。運がよければそれがサマーハートの耳に入り、やきもきさせることさえできるかもしれない。

「スティンプが来たら、もう一度、足を運ぶように言ってちょうだい。あの子に話があるの」エマは大声で頼んだ。

わかりましたというベスの声が玄関ホールから聞こえた。エマは繕いかけのマントに目を戻した。フードの縁についている安物の毛皮がみすぼらしくなってきたため、露店で新しい毛皮を買ってきたのだ。毛皮の縫いつけは裁縫が下手なエマにもできる仕事だった。頭を使うほどのこともないため、針を動かしながら、また、先だって通りの角に立っていた男性のことを考えはじめた。

スティンプによれば、その男性は年配で柄が悪かったらしい。追い払ってやったからと少年は鼻高々に言った。

年配ということになると……。ブロムリーは知恵のまわる人だし、地元有力者を父に持つため、ならず者を雇うくらいの金はある。当人は繊細で整った顔立ちに、痩せて上品な体つきをした男性だ。どう考えても、エマを捜しだすために、みずから命を危険にさらしてロンドンの街角に立つとは思えない。やはり、人を雇ったのだろう。

雇われ者ならいざとなれば欺くことも追い払うこともできるだろうが、その男性はしつこくこのあたりをうろついているようだ。サマーハートが言ったように、もしかするとただの盗人だろうか。

エマはひとつため息をつくと、糸を結び、ウールのマントを持ちあげてみた。マントは以前よりは少しましに見えたが、心は晴れなかった。寒くてがらんとしているこの家にはもううんざりだ。ほとんどの部屋は空っぽだし、使っている部屋も居心地がよいと言えるほどの家具は置いていない。ホテルの続き部屋でも借りておけばよかったのだろうが、当のホテルの経営者から、三月まで空いているちょうどいい賃貸物件があると持ちかけられてしまったのだ。

サマーハートはこの家を見て、わたしがまともだというにはぎりぎりの暮らしをしていると思ったようだ。だが、彼はなにもわかっていない。わたしはもうそのぎりぎりのところにさえいない。とっくのとうに奈落《ならく》の底へ落ち、そこにどっぷりとつかりつづけているのだ。母が亡くなると、先祖伝来の屋敷は父の遊び場と化した。父は、わたしと弟の世話をさせるという名目で女性を何人か雇い入れた。だが、実は彼女たちは父のお気に入りの娼婦だった。家はもはや家庭と呼べるものではなくなった。それは今のこの家も同じことだ。ただ雨露をしのぐ場所にすぎない。わたしは本当の意味でほっとできる自分の家が欲しい。それがせつなる願いだ。あと二〇〇〇ポンドもあればその夢がかなう。

三日後にはモールター家でパーティがある。まだ三日あるが、すでに指先に硬貨の感触が感じられるほどだ。だが、気持ちが高ぶっているのはお金のことばかりが理由ではない。もうひとつの原因はサマーハートだ。あの小憎らしい男性は、わたしのふたつの弱点をついてきた。危険な香りと、性的な誘惑。わたしはそのどちらにも弱い。そんなことを彼が知ろうはずもないが、どういうわけか気づかれてしまったのだろう。わたしのなにかに、自分と同じ堕落したにおいをかぎとったのかもしれない。

馬車で送ってもらったあの夜以来、わたしは彼のことばかり考えている。これまで見てきたような男女のむつごとを、彼と自分に置きかえて妄想しているのだ。わたしは堕落した家でそういうものを目にしながら育ってきた。そして今はそれを自分も経験したいと思っている。でも、だめ。

それだけはできない。

エマはぶるっと身を震わせた。ちらりと石炭を見ると、火が小さくなっていた。だが、どうせもう三〇分もすれば出かけるのだ。もうすぐ誰もいなくなる部屋をこれ以上あたためて貴重な石炭を無駄にすることはない。エマはマントをはおって暖を取りながら、椅子の背にもたれ、ランカスターが迎えに来るのを待った。

「最近のきみはおとなしくしているのかい？」

エマはほほえみ、ランカスターの茶目っ気のある茶色い目を見た。

「なんとお答えしていいのかわからないわ。無茶をしなくなったら、わたしの魅力はなくなってしまうもの」

「そんなことはないよ」口ではそう言いながらも、顔には苦笑いが浮かんでいる。

「あなたからのお誘いにはびっくりしたわ」

「迷惑だったかい？」

「まさか。とてもうれしかったわ。あの日、わたしは弟さんをあおってお金を巻きあげたのに、あなたはとても優しくしてくださったもの」

「弟はあれくらいされてちょうどいいのさ。思いあがっているからね。まあ、若いやつらはみんなそうだけど」

「あなたは大人なのね」

ランカスターはにっこりと笑った。

「家を守らなくてはいけないという責任の重みで、年を取ってしまったよ」

エマは同情をこめてうなずいた。

「あなたは財産のある女性と結婚なさるしかないと、噂に聞いているわ」

ランカスターは目をぱちぱちさせると大声で笑いだした。周囲にいた馬たちが跳ねのき、うるさいと言わんばかりにそろって耳を動かす。

「そのとおりだ。ただ、そんな噂が広まっているとは知らなかったがね」やがて笑いがおさまると、今度は疲れたような表情になった。「昨年、父が亡くなるまで、わが家の財政がこんな悲惨な状態だとは知らなかった」

「お気持ちはわかるわ」

ランカスターはにっこりした。「そう？　じゃあ、こんな暗い話はもうよそう」

「今日はいいお天気ね」

「本気でそう思っているのかい？　だったら、きみは相当寒いのが好きなんだな。もっとも、ぼくも紳士として失格だが。こんな冬の日に女性を馬車で散歩に誘っているんだから」ランカスターはまた声をあげて笑った。すてきな笑顔だ。エマはこのひとときを心の底から楽しんでいたし、すっかりくつろいでもいた。もし自分に財産があり、結婚を考えているのだとしたら、今ごろは有頂天になっていただろう。

「わたしに財産があると思って近づいていらしたわけじゃないわよね？」

「もちろん違うよ」ランカスターは首を振り、軽くほほえんだ。「こんなことを言っては失礼だが、きみにお金がないのはわかってる。それでも、きみを誘いたいと思いはじめたら我慢できなくなってね。ぼくの気ままで連れだしてしまってすまなかった。求婚できる立場にもないのに。正直なところ、その件をきみのほうからうまく話題に出してくれてほっとしているよ」

　今度はエマの笑い声が周囲の家々の煉瓦《れんが》壁に響いた。体がうずくような衝動は覚えないが、ランカスターは別の意味で危険な男性だ。情がうつりそうになる。この人ならきっとどんな女性の心もやすやすと手に入れてしまうだろう。財産のある女性を妻にめとる日は遠くないに違いない。

「きみはずいぶん若くして結婚したんだね。今、二一歳くらいか？」

「ええ」エマはあっさりと嘘をついた。「夫はすばらしい人だったわ。結婚するのはちっともいやじゃなかったのよ」

「再婚しようと思っているのかい？」

「いいえ」

　ランカスターは驚いたような顔でこちらを見たが、なにを思ったにせよ、もうそれ以上はきいてこなかった。「そうだ」ランカスターは体をかがめて座席の下を探り、ウールの毛布を取りだすと、それを広げてエマの膝にかけた。毛布は暖房機であたためられていた。

「まあ」エマは吐息をもらした。「とてもあたたかいわ。どうもありがとう」

「そんなふうに愛らしい口調でお礼を言われると、こっちもうれしくなるよ」ランカスターはエマの顔をしげしげと眺め、口元に視線をさまよわせた。エマは頬が紅潮した。「こんなことを言ってはなんだが、サマーハートがうらやましいね」

　エマはさらに顔が赤くなった。こんなのばかげている。赤面する理由などなにもないというのに。

「ご主人から実はこっそり財産を相続していたなどということはないのかい？　そういう事実があればぼくとしてはとても都合がいいんだけど」

その言葉で決まり悪さが一気に吹き飛び、エマはまた大笑いした。こんなすてきな人と馬車で散策する機会などもう二度とないかもしれないのだから、せいぜい楽しもう。

ドンドンとドアをたたく音が聞こえ、エマはびくっとした。礼儀正しいノックの音とは言いがたいし、裏口ではなく表玄関のドアだ。警官？　とっさにそう思った。ほかには考えられない。

エマは縫い物をわきへ置き、冷えきった手をスカートにこすりつけた。実用一点張りの焦げ茶色のドレスだ。もしこれから牢獄《ろうごく》へ連れていかれるのだとしたら、これほどふさわしい服装はない。

緊張しながら立ちあがったとき、またドアをたたく音が聞こえた。かすんだ視界の端に、急いで階段をおりてくるベスの姿が映った。エマは応接間のドアに近寄り、ベスが玄関のドアを開けてお辞儀をするのを見ていた。

「レディ・デンモアはいるか？」聞き覚えのある声だった。サマーハートだ。エマの膝から力が抜けた。

ベスはぼそぼそとなにか答え、ドアを閉めようとした。そのとき、ドアをつかむサマーハートの手が見えた。

「まだ昼になったばかりじゃないか、問題はないだろう」サマーハートはそう言うとドアを押し開け、なかに入ってきた。そして視線を走らせ、エマの姿を見つけた。「レディ・デンモア、ちょっといいか?」

「ええ」相手のぶしつけな態度に腹を立てようとしたが、安堵が先に立ち、怒っているふりをしてみせるのが精いっぱいだった。エマは長椅子に戻り、へなへなと座りこんだ。

サマーハートは応接間に入ると、エマのほうへ歩み寄りながら、これ見よがしに室内を見まわした。その視線がウールの焦げ茶色のドレスでとまった。「隠し財産を持っている気配はなさそうだな。つまり、ランカスターに結婚の意思はないということか」

「なんですって?」ほっとした気持ちが吹き飛んだ。

「昨晩、クラブで何度か呼びとめられ、きみがランカスターと馬車に乗っていたという話を聞かされたよ。みんな、わたしがどんな反応を見せるか興味津々だった」

「あら。それであなたはみなさんを喜ばせてあげたの?」

「まさか。だが、そんな必要もなかった。きみが充分に話題を提供したからな」

「わたしたちのありもしない関係を終わらせるちょうどいい理由になるわ」

「ふむ」サマーハートは勧められもしないのにエマの隣に座り、片膝に足首をのせた。「愛人になどならないと言っておきながら、どうしてランカスターには会った?」

「そんなのあなたにはなんの関係もないことよ」

「わたしには――」

「だいたい、なにをしにいらしたの？　ご自分でおっしゃったように、まだお昼になったばかりよ。こんな時間に訪ねてくるなんて非常識だわ」

「よく言うよ」美しい口元が緩み、愉快そうな笑みが浮かんだ。忍び笑いがもれ、それが大笑いに変わる。「男と池を渡る競走なんかするような女性が」サマーハートは目をこすり、まだ笑っていた。「たしかに、昼の三時前に訪問するというのは非常識だ。嫉妬《しっと》に駆られて飛んできてしまった。頭がどうかしていたらしい」

改めて見ると、サマーハートは公爵というにはほど遠い姿をしていた。雨が降っているのに帽子をかぶってこなかったため、黒髪は湿ってくしゃくしゃになっている。アイスブルーの目には怒りと笑いが入りまじり、エマに対して感情を隠そうともしていない。エマは口に手をあてて笑いをこらえようとしたが、吹きだしそうになり、鼻が鳴ってしまった。

サマーハートが顎を引いた。「わたしのことを笑っているのか？」

「そんなつもりはないけど……だめ、我慢できない！　だって、嫉妬ですって？」

「うるさい。笑いたければ笑え」

エマは大笑いした。半分はサマーハートに対してだが、もう半分はさっきの安堵が戻ってきたからだ。さんざん笑ったあと、サマーハートを見ると、彼は謎めいた微笑を浮かべていた。エマは息がつまり、気の利いた言葉を返すこともできなかった。息をしようと唇を開いたが、空気が肺に入ってこない。エマがその微笑に見入っていると、開いた唇に彼の顔が近づいてきた。それはあたたかくて、優しくて、シルクのように柔らかいキスだった。舌が触れた。その感触はさらに刺激的だった。ベルベットのように豊かで、そして熱い。

　だめだ、いけない。そう思いつつも、魔法のようなキスにエマは抗うことができなかった。冷淡だと言われている公爵のキスが、どうしてこれほど甘美なのだろう。その唇はなぜここまで穏やかなの。その舌は天国を垣間《かいま》見たのかと思うほど魅惑的だ。もう少しそれを感じていたいと思ったとき、唇が離れ、エマは残念に思った。サマーハートはエマの両肩に手をかけ、少しだけ体を離した。

「これも非常識だな……」舌で下唇をなぞり、上唇へうつり、ため息をもらしたエマに熱いキスで応じた。それは先ほどの優しいキスとはまったく別物だった。エマは炎のなかに引きずりこまれた。わたしの初めてのキス……。本当は違う。キスの経験はある。それも一度ではない。だけど、これほど刺激的ではなかった。サマーハートのキスはわたしを別の世界へいざなってくれる。これまでは、はたから見るばかりで、どういうものだろうと気になっていた快楽と秘密と堕落の世界だ。

「きみだよ……」サマーハートがささやき、唇の端に、そして顎にキスをした。「きみのせいで、わたしはおかしくなっている」顎の先端を軽く噛み、そのまま唇で耳の下までなぞる。唇を開いた感触が伝わり、エマはかすかに震えた。

「屋敷を出たとき、わたしは激怒していた」

「どうして？」エマは声を絞りだした。

「わかっているだろう？」舌が肌に触れた。熱い。エマは頭をのけぞらせ、そうしている自分に腹を立てた。

「でも、ここへ来る途中で……」サマーハートはエマの耳たぶへ唇をはわせた。「考え直したんだ……」ひと言話すたび、肌に息がかかる。「どうせなら、いい男だと思わせてやろうってね」

エマはあきれ顔で頭を振ろうとしたが、耳たぶを軽く嚙まれ、身動きができなかった。今度はその耳たぶを吸われ、エマは吐息をもらすと、意味のない言葉をつぶやいた。体が反応している。敏感な部分を唇で愛撫され、エマはわれを忘れてしまいそうだった。サマーハートの両肩に指をかけたとき、彼が軽く音を立てて耳たぶから唇を離した。

「どうだ？」

「え？」

「いい男に思えてきたか？」

「いいえ」嘘だった。

耳元でサマーハートの低い笑い声が聞こえ、それが全身に響いた。「嘘つきだな」サマーハートはそうささやくと、また耳たぶを嚙んだ。

頭のどこかで抵抗しなくてはという声がしたが、それに反してエマの体は歓《よろこ》びと勝利感に包まれていた。わたしはこれを望んでいたのだ。そして今はもっと先を求めている。わたしは知っているのだから。このキスがどこへと続いていくのか。彼の繊細な愛撫は耳たぶだけにとどまらないはずだと。

　全身が歓喜に満ちていた。唇が、耳たぶからドレスの高い襟元へとおりる。そして、彼は未練がましそうにゆっくりと首筋にキスをした。

「これでランカスターのことなんてどうでもよくなった」

　サマーハートは体を起こし、上着を引っ張って直した。エマはまだ目をしばたたいていた。

「今日の分のいい男はもう尽きた。ではまた明後日《あさって》」その思わせぶりな言葉は、サマーハートが立ち去ったあとも部屋のなかに響いていた。


　いったいわたしはどうしてしまったのだ、とハートは思った。自分のことがさっぱりわからない。また昔に戻ったような気分だ。まだ若くて、元気があり、無謀だったころの自分に。このような感情は以前にも経験している。喜びに胸がうずくような気持ちだ。ただし、今は破滅の予感も覚えている。

　昔、こんな感情を抱いたときは、そのあとに心が傷つく結末が待っていた。それればかりではない。激しい怒りと、屈辱感にもさいなまれた。あのとき教訓を学んだはずなのに、わたしの奔放な一面は消えなかったらしい。以前とは形を変え、押し殺せないほど強くなり、今ふたたび表に現れてきた。

　彼女のことをとことんまで知りたい。彼女が許してくれるものならば、もっと親密なひとときを過ごしたい。この感情に溺れ、もう一度生きていると感じたいのだ。

気がつくと、ハートはデンモア宅の玄関前で目をしばたたいていた。御者はこちらへ顔を向けているが、目は少しずれたところを見ている。主人の行動に気を配ってはいても、詮索する気はないということらしい。すばらしい使用人だ。

「少し散歩をしてくる」ハートは先日の不審者のことを思いだした。「ここで待っていてくれ」こうして昼間に見ると、曇った寒い日ではあるが、デンモア宅の近隣はそれなりによさそうなところに見えた。たしかに建物の外観は質素だし、窓にかかるカーテンは上質なシルクではなく、明るい花柄の生地だ。上流階級とは呼べないが、中流には入るような人々が暮らしているのだろう。だが、レディ・デンモアの自宅は、その中流にすら属していないように見えた。

彼女の家は玄関も応接間も殺風景で、とにかく物がほとんどない。どうして彼女が金持ちの男性と結婚しようと思わないのか、不思議なくらいだ。いや、本当はそう思っているのかもしれない。実は下心があってわたしを挑発しているということもありうる。

そんなことを考えながら、ハートは顔をしかめ、先だって男が立っていた角を曲がった。もちろん、今日は誰もいない。

もし彼女が本当に下心のある狡猾《こうかつ》な女性だとしたら、それはゆゆしき問題だ。なにがいけないかというと、彼女が若くして結婚したことや、時期はずれにロンドンへ来たことをわたしは知っていながら、そして怪しいと思っていながら、それでも惹《ひ》かれてしまったということだ。その謎めいたところを魅力的だとさえ思っている。

スキャンダルを起こすような女性は、社交界だけではなく、私生活においても奔放だということを経験的に知っている。レディ・デンモアはといえば、一か八《ばち》かの賭を恐れず、危険に直面すると生き生きとし、他人との対決を楽しむ女性だ。わたしにため息をつかせるほど色気もある。それらはすべて彼女の魅力であり、そしてわたしの弱点だ。

自分の弱さはわかっているが、それでもときにははめをはずしたいと思わずにはいられない。ほんの幾晩かでいいのだ。この先の一〇年間、また公爵としての責任を果たしていけるだけの退廃的な歓びが欲しい。そのためならリスクを冒す価値はある……。罠《わな》にかかりさえしなければいいのだから。

公爵という立場は息がつまる。だからといって、それほどいやだと思っているわけでもない。人生に選択肢はなかったのだから、今さら子供のようにめそめそしたり、地団駄を踏んだりしても仕方のないことだ。こういう生き方に疑問を感じたり、反抗したりした時期もあった。だが、父は生前、父らしい情け容赦ない方法で、慎重に行動することの大切さをわたしに教えこんだ。息子を型にはめるのは簡単だ。その前にたたきつぶしておけばいいだけのことだ。

父の死後、わたしは仕事を学び、妹を育て、社交術を磨かなければならなかった。貴族院に出席しなくてはいけなかったし、娘婿探しに必死になっている世の母親たちに捕まらないよう、その魔の手から逃れるすべを磨く必要もあった。

忙しくしていれば、みじめな気分を忘れることもできた。だが、時がたつにつれ、状況が変わった。年を重ねることでむなしさが増したのだ。ただ孤独になったという言い方もできる。妹はもはや、兄がロンドンから帰ってくると大喜びする幼い少女ではなくなってしまった。面倒ばかり起こす思春期の娘でさえない。今はもう大人の女性であり、結婚して遠くで暮らしている。

わたしはひとりだ。身分が高いゆえに孤立している。わたしを理解してくれるのは、チェシャーから来た、やけに猜疑《さいぎ》心の強い、うら若き未亡人ひとりだけだ。

ハートは薄暗い路地に入り、前方を見た。路地の出口に少年が立っている。ひるむ様子もなくこちらを見据え、ハートが濡れた石畳に足を踏みだしても動じなかった。それどころか、腕を組み、顎をつんとあげている。

あの晩の不審者にしては背が小さすぎるが、だからといって犯罪者ではないということにはならない。

ハートが近づくと、少年は慎重な口調で尋ねた。「ぼくになにか用？」

「さあね」ハートは少年の三メートルほど手前で立ちどまった。「なぜ、そんなことをきく？」

「ぼくを雇いたいと思っても無駄だからね」

「そんなことは思っちゃいないさ」雇ってくれと頼まれたことはあっても、雇うなと言われたのは初めてだ。ハートは頭を振った。「きみの雇い主は誰だ？」

また顎があがった。「そんなやつ、いない」

ハートは背後を振りかえり、後ろから頭を殴ろうとしている男がいないかどうか確かめた。

「きみは明らかになにかを売りつけようとしている。それはなんだ？」

「旦那《だんな》は明らかになにかを買いたがっているね。なにが望みなの？」

笑いがこみあげ、ハートはむせた。この扱いにくさはなんなのだ。レディ・デンモアから訓練を受けたのかもしれない。「情報が欲しいんだ」ハートは折れた。少年の顔が輝いた。

「それこそ、ぼくの得意なことだよ」

「なるほど」ハートは少年をまじまじと眺めた。きらきらと輝く目をし、手足はがりがりだ。手袋は黒くてかり、上着にも同じ色がついている。石炭を触るような仕事をしているのだろうか？　それともレディ・デンモアが言っていた靴磨きの少年なのか？

どちらにしても害はなさそうだ。

「先日、レディ・デンモアの家の近くで不審者を見た。レディ・デンモアのことは知っているか？」

「もちろんさ」

「その不審者に心あたりは？」

少年はすぐに首を振った。

「それが誰だか知りたい。そいつがまた姿を見せたら教えてほしいし、そいつの目的も探ってほしい。さて、それでいくらだ」

きらきらした目が細められた。「一ポンド」

「一ポンドね」ハートは、もう一度、その少年を頭のてっぺんからつま先まで見たあと、ポケットに手を入れ、硬貨を二枚つかんだ。「わたしはきれいな格好をしているかもしれないが、ばかではない。一ポンドは多すぎる」少年が口を開きかけたが、その前にハートが言葉を続けた。「二ポンドやろう。その代わり一生懸命にやってほしい。裏切りはなしだ。どうだ、二ポンドで？」

「任せてください」

「その不審者に寝返るな。ほかの誰にもだ。その男を目撃したら、わたしに知らせてくれ。そいつのことは泳がせたいと思っているが、少なくともどこの誰かは知りたいし、同業者のひとりやふたりは見つけてきてほしい。できるか？」

「大丈夫です」

「よし」ハートは硬貨を二枚、手渡した。「わたしの名前はサマーハートだ」

「ぼくはスティンプです」怪しげな名前だとハートは思った。

「明日、また来る。もし、今晩なにかあれば、わたしの屋敷はグローヴナー通りにあるから」

「わかりました。すぐに仕事にかかります」少年は硬貨が本物か噛んで確かめながら立ち去った。ハートは言葉もなかった。

つんとするお香のにおいが顔のほうへ流れてきて、体にまつわりついた。マシュー・ブロムリーは安堵感と罪悪感がないまぜになったような、奇妙な興奮を覚えた。頭《こうべ》を垂れ、ほかの信徒とともに一心不乱に祈った。ほかの信徒たちが帰っても、彼はまだ残っていた。

きっと神さまが彼女を連れてきてくださる。一生懸命に祈り、充分な犠牲を払えば、彼女をぼくのところへ戻してくださるはずだ。なにも自分のためだけに、こんなことをお願いしているわけではない。ぼくは彼女のせいで道を誤ったが、それでもお互いの魂を永遠の断罪から救おうとしている。信仰に基づいて慈悲を施し、彼女と結婚する。男としてこれ以上、気高い行為はあるだろうか。

〝あなたの魂には曇りがある〟ウィッティア牧師からそう言われたとき、ブロムリーは泣いた。もう一度、清らかな心に戻りたいと思った。彼女に触発されたみだらな心をぬぐい去りたい。あのときは彼女の嘘を見抜くことができず、自分が危うい立場にいることがわからなかった。すべては愛のなせるわざだと思っていた。まさか悪魔が関与しているとは夢にも思わなかったのだ。だが、ウィッティア牧師にすべてを告白したことで、彼女の本当の姿が見えてきた。

彼女が姿を消してからも事態は好転しなかった。毎晩、悩ましい夢に襲われ、朝は罪悪感を体じゅうに焼きつけられて目が覚める。

このまま彼女を忘れ去ることは不可能だ。自分を救うためには、彼女を救うしかない。彼女を妻にしなければ、ふたりともが不幸な結末を迎えることになるのだ。結婚さえすればぼくは救われ、神に仕えることができるようになる。まずは迷える羊を助けることから始めなくてはいけない。

「もうすぐ神が彼女をぼくのもとへ遣わしてくださる」ブロムリーはそうつぶやくと、膝の痛みを我慢して立ちあがった。「彼女を自身の罪から救うのだ」

エマは午後六時にモールルター家に到着し、ドレスを着替え、八時になるころにはパーティに出る支度を終えた。そして午後九時には、なかなかよい手札と上等なシャンパンで顔を紅潮させていた。周囲の人々も顔を赤くしはじめていたが、エマがシャンパンを飲んでいる理由はほかの人たちとは違っていた。サマーハートにベッドへ誘われるかもしれないと不安に思っている女性は、ほかにはいないだろう。

エマは胸がどきどきし、またシャンパンをひと口飲んだ。そして、飲みすぎてはいけないと自分をいましめた。今夜初めての悪いカードが手元に来ていたが、それを見たときは危くうめき声をもらしそうになった。シャンパンのせいで集中力が途切れはじめているらしい。

サマーハートは姿を見せていなかった。まだモールルター家に到着していないのかもしれない。だが、どの寝室を割りあてられているのか、エマはすでに知っていた。荷物をほどく手伝いをしてくれたメイドがぽろりとしゃべったからだ。サマーハートの寝室は廊下をはさんだ向かい側だった。公爵がいつでも愛人を呼べるよう、モールルターが気を遣ったのだろう。

寝室が向かいあっているというのに、彼を避けることなどできるかしら？

エマは首を振り、数枚の硬貨をテーブルの真ん中に積み重ねた。問題はサマーハートではなく自分の側にあることをエマは充分に自覚していた。みずから彼になびいてしまいそうで怖い。彼がすぐ近くで寝ているとわかっていながら一夜を過ごすのは、さぞや悩ましいことだろう。

エマが自分のカードを表にすると、同じテーブルについていたほかの客人たちが驚きの声をもらした。誰もエマが勝つとは思っていなかったようだ。彼らが油断していたわけではない。エマがサマーハートのことを考えて不安な表情をしていたため、カードが気に入らないかのように見えたのだろう。エマにとって今回はたまたま運がよかったということになるが、そんな幸運にずっと頼っているわけにはいかない。今はゲームに集中するべきだ。ほかの考え事をしている余裕などない。

エマは気持ちを切りかえ、賭け金をつりあげた。自分の集中力を高めるためだ。次の三回は、今日初めて会った若い男性が勝った。エマの持ち金が減った。だが、それでもエマはねばりつづけた。一時間後に顔をあげたときには、手元の硬貨は高く積みあがっていた。サマーハートのことはもう頭になかった。

そんなときにこそ忘れていた相手は現れるものだ。サマーハートがテーブルのそばに立っているのに気づき、エマは驚いて飛びあがった。ほかの客人たちがそれを見て笑った。男性たちがにやにやしながら視線を交わしている。サマーハート本人も愉快そうに片眉をつりあげた。

「レディ・デンモア」サマーハートが威厳に満ちた態度で会釈をした。

「こんばんは」エマは不機嫌に答えた。

また周囲が笑った。だが、サマーハートがそばにいる男性に眉をひそめてみせたため、一同はしんとなった。誰もが公爵の意のままだとエマは思った。どうりで彼が退屈するわけだ。

「ここでわたしがきみを食堂に誘ったら、こちらの紳士諸君はきっとほっとすることだろうね。手元の金がどんどん減っていくので、みんな青くなっている。だからといって席を立つのは、不名誉になるためできない」

「まあ、お世辞がお上手ですこと」エマは急いでこっそりとテーブルの下で靴を履いた。

「ぜひとも休憩してきてくれたまえ」ひとりが言い、ほかの男性たちがまたどっと笑った。

「頼むよ」別の男性も勧めた。

エマは男性たちに笑みを振りまきながら、勝った金を集めた。サマーハートがテーブルをまわって近づいてきた。近くまで来たらぬくもりが感じられるだろう。そう思ったとたん、エマの顔が赤らんだ。きっとほかの男性たちは、やっぱりそうだったのかと確信したに違いない。

エマは男性たちの視線が気になり、手早く手提げ鞄《レティキュール》を手首にかけると、急いで椅子から立ちあがった。慌てたせいで肩がサマーハートの腰にこすれた。彼の腕に手をかけると、レティキュールがサマーハートの腹にあたり、ちゃりんと硬貨が鳴った。

「痛いな。海賊をエスコートしている気分だ」

エマはサマーハートについてさっさとテーブルをあとにしたが、笑顔は見せなかった。

「愛人になんかなりませんからね」ドアのほうへ向かいながら、彼女は小声で言った。

「わたしたちはいつもどちらかが不機嫌だな」

笑うまいと思ったのに、唇の片側が意に反してつりあがってしまった。「そうね」

「今夜はわたしがきみのご機嫌を取ったほうがよさそうだ。シャンパンはどうだ？」

「ええ、いただくわ」

不自然なほど素早く返事をしてしまった。腕にかけた指が震えている。キスをされてからというもの、エマはサマーハートのことばかり考えてきた。今もさまざまな妄想がよみがえり、肌が敏感になっている。その目や、唇や、笑ったときにのぞく白い歯を見ていると、キスをされたときのことや、心ならずも自分が彼に望んでしまっていることを思いださずにはいられない。

ようやくシャンパンを持った使用人が見つかった。エマはひったくらないように気をつけながら、サマーハートからグラスを受けとった。しとやかに飲むなどということはできず、相手に背中を向け、三口で飲みほした。振りかえると、サマーハートがなにも言わずに空のグラスを受けとり、自分のシャンパンを差しだした。

「よっぽど喉が渇いていたんだな。それならおなかもすいているだろう」

「ええ。いいえ」エマはシャンパンをごくりと飲み、喉元を押さえた。そうしなければサマーハートの胸や、平たい腹に手をのばしてしまいそうだ。「こんなのは耐えられない」

心臓が激しく打ち、それにあおられてばかげた葛藤が高まった。期待と……そして不安。

こういう状況には慣れていないため、どうしていいのかわからなかった。彼が怖い。それ以上に自分がなにかをしでかしてしまいそうで恐ろしい。

「レディ・デンモア……」サマーハートはエマの肘を取り、窓のあるアルコーヴへ連れていった。窓の外は真っ暗だ。「どうしたんだ?」

「あなたがいけないのよ」

「わたしはただきみに食事でもと思っただけだが?」

「またそんなことを。わたしを口説こうと思っているくせに。でも、わたしの気持ちははっきり申しあげたはずよ」

「ああ、わかっている」サマーハートはアルコーヴのカーテンを閉め、エマを窓際の椅子に座らせた。なんと広い肩だろうとエマは思った。「きみは自分の身分もわきまえず、生意気で、不作法で、横柄だ。そのきみが臆病《おくびょう》になっているのが驚きだな」

「そうよ、わたしは臆病になっているわ。あなたが怖いから。どうかわたしのことは放っておいてちょうだい」

　サマーハートはエマの顎をあげさせた。エマはシルエットしか見えない相手の顔をにらんだ。「きみは怖がっているようには見えない。どちらかというと不安で、それに少し怒っているような感じだ」サマーハートの指はまだ顎の下をさまよっていた。熱がさざ波のようにエマの肌に広がった。

「ええ、怒っているわ。あなたがそっとしておいてくれないから」

「わたしは、なにも暗い廊下できみを襲おうとしているわけじゃない。どうするかはきみが自分で決めればいいことだ。それなのに、どうしてそんなに動揺しているんだい？」

エマはまたごくりとシャンパンを飲んだ。

「居酒屋の女将《おかみ》みたいな飲み方をすると言われたことはないか？」

「ないわ。どうせなら海の男みたいだと言ってちょうだい」

「なんという跳ねっかえりだ」サマーハートはあきれたように頭を振った。「いや、それ以上だな」

エマが少し左に寄ると、サマーハートが隣に腰をおろした。ふたりが座るには窮屈な椅子だ。肩と肩が、腕と腕が、そして腰と腰がくっつき、まるで鏡に映った左右対称の像のようになった。エマが少し体を傾ければ、ちょうどサマーハートの肩に頭をもたせかけられそうだった。顔をあげれば、自然とキスをしてしまいそうな唇の高さだ。

「結婚したときはいくつだったんだ？」

「一九よ」エマはなにも考えずに答えた。

「納得して嫁に行ったのか？」

「ええ。ちっともいやじゃなかったわ。デンモア卿は優しい方だったし、わたしの家族は没落していたもの」

「つまり、きみはご老体の目にとまった地元の若い娘だったということだな」

「そうよ」

「父親は郷士かなにかか？」

「階級が気になるの？　少なくとも居酒屋の主人ではなかったわよ」

サマーハートの肩がもぞもぞと動いた。「それはわかっている。礼儀作法はしっかりしているようだからな。わたし以外の相手にはということだが」

エマは笑みをこぼし、これまでよりは慎み深くシャンパンをひと口飲んだ。

「今でもご主人のことを思いだすのかい？」静かで深い声だ。

優しい口調でそう質問されたことにエマは驚いた。そんなこと、これまで誰にも尋ねられたことがなかったからだ。政略結婚のしがらみを断ち切れて安堵しているだろうと、みんなは勝手に思いこんでいる。もし本当にそんな結婚だったら、たしかにほっとしたのかもしれない。だが、デンモア卿は夫ではなく、実の大おじであり、わたしを愛してくれた。わたしの面倒をよく見てくれ、家庭とはどういうものかを教えてくれた。ほんのつかの間ではあったけれど、あのころのわたしは本当に幸せだったのだ。

「ええ、思いだすわ」エマはようやくそう答えた。声がつまり、泣くまいと咳払いをした。

「彼は火事で亡くなったの。病死というわけじゃなかった。突然の出来事だったのよ」

「お気の毒に」

エマはうなずき、シャンパンの残りを一気に飲みほした。

「ご覧のとおり、わたしは救いようのない賭事好きだし、礼儀もわきまえない酒飲みよ。それに田舎から出てきた地味な未亡人だわ。公爵のスキャンダルの相手にはふさわしくなくてよ」

「ふむ」

ここで立ちあがるべきだとエマは思った。ほんの二歩も踏みだせば、この薄暗くて親密な空間から逃げだせる。たまにカーテンの向こう側を人の声が通り過ぎるが、それでもここはまさにふたりだけの場所だった。あたたかくて、安全で、守られているような気がする。隣に座っているのは自分を食い物にしようとしている相手なのに、その男性の力強さに包みこまれている。危険だとわかっていても気だるい心地よさがあり、この甘いひとときにいつまでも浸っていたいと思ってしまう。

サマーハートがエマのほうへ体を向けた。エマは相手の手がのびてくるのを期待した。

「暗くてきみの表情はよく見えないが、その声にまいってしまいそうだよ」そう言うと、サマーハートは立ちあがり、カーテンを閉じたアルコーブから出て、明かりの下に立った。

「ディナーをとりに行こうか?」

「ディナー? 今から?」

サマーハートはにっこりと笑った。「今から、ほかに行きたい場所があるのか?」

そうよ。「まさか!」エマは動揺を押し殺し、すっくと立ちあがった。

「それなら食堂へ行こう」サマーハートは腕を差しだした。

エマは歯を食いしばった。

「そういうふうに優しくするのはやめてちょうだい。似合わないわよ」

「嘘つきだな」

エマはサマーハートの腕に手をかけた。そして悟った。彼はわたしをディナーに連れていくのではなく、破滅へ導こうとしている。

5

なにもなかった。キスのひとつさえも。さんざんわたしを不安にさせ、気を持たせるようなことをしておきながら、彼はうっかり手の甲で胸に触れることすらしなかった。エマはネグリジェの上から硬くなった胸の先に触れ、乳房の膨らみをなぞり、腹へ手を滑りおろし、さらに下の敏感なところにてのひらをあてた。

関係を持つかどうかは、こちらの気持ちひとつだ。そして、わたしは心の奥でそれを望んでいる。この秘密さえなければ。廊下を渡って彼の寝室へ忍んでいくのだけれど。一時間ほど前にサマーハートが部屋に入る物音が聞こえた。その一〇分後、近侍が出ていった。それからというもの、わたしはずっと誰かがこちらの寝室のドアをノックしないかと待っている。使用人が手紙を持ってくるかもしれない。気の利いた文言が書かれた短い手紙を。あるいは、本人が来るかもしれない。シャツの前をはだけ、目にはわたしを求める表情をたたえながら。

エマは体が震え、うずく下腹部を押さえた。

誘われても断る心の準備はできていた。それなのに、いくら待っても誰も来なかった。言い争う相手もなく、だんだん気持ちはなえていった。ひとりよがりだったのだろうか。いや、これこそが彼の作戦なのかもしれない。わたしをいらだたせ、どうして来ないのかと矢も盾もたまらなくなって彼の寝室へ行くように仕向けることが。

エマはため息をついて、手をおろした。わたしは孤独だ。昔からずっとひとりぼっちだった。

窓に雪が吹きつけていた。雪の結晶がガラスを伝って落ちていく。エマは引き寄せられるように窓辺へ近づいた。階下の明かりが凍った芝を照らし、木の枝に降り積もった雪をきらきらと輝かせている。風に揺れる草木のほかに動くものはなにもない。こういう虚《うつ》ろな夜にエマは強く引かれた。

このまま階段を駆けおり、はだしのまま屋敷を抜けだして外へ出たい。凍えるような寒さのなかに出て、肌を刺すような痛みを感じたい。そして、どこまでも歩いていくのだ。やがて体はガラスのように凍りつき、一陣の風に吹かれて粉々に砕け、魔法のように遠くまで散っていく。そうなれば空のすべてがわたしの居場所だ。だがそれは、世界中がわたしの家でありながら、定まった安息の地はどこにもないということにもなる。

廊下から物音が聞こえ、エマははっとした。心臓がどきどきしている。じっと待った。待ちつづけた……。だが、なにも起きなかったし、誰も来はしなかった。

彼の寝室へ行ってしまおうか。彼のベッドにもぐりこみ、お互いが求めるものに身を任せてしまったらどうなるだろう？　秘密を知られてしまえば、真実を告白できるかもしれない。そうすれば、どれほど心は穏やかになるだろう。

今夜のサマーハートは親切だった。ほかの男性が近寄ってきたときは、あたかも魔法のランプから魔神が現れるように一瞬で尊大な公爵に豹変《ひょうへん》したが、それ以外のときはほほえみを絶やさず、冗談ばかり飛ばしていた。今夜限りのことかもしれないが、わたしを守ろうとしているように見えた。

もし事実を打ち明けたら、彼はもっとわたしをかばおうとしてくれるだろうか？

鼓動が速くなった。本当に今夜の彼は優しかった。わたしの人生についていろいろ尋ね、テーブルからテーブルへとわたしをエスコートし、わたしがゲームをしているあいだもずっと辛抱強く待っていた。最後には客室のある上階まで送ってくれ、手に思わせぶりなキスをしたあと、わたしが寝室へ向かうのを熱い視線で見ていた。

彼はとてもすてきで、思いやりにあふれ、わたしを口説こうともしなかった。

そしてわたしはといえば、ひとりぼっちで、サマーハートがこんな人生からわたしを救いだしてくれないかと待っている。子供のころと同じだ。あのころ、まだ幼かったわたしは魂の底からそれを望んでいた。

一〇年前、あの夜の彼はとても頼もしく見えた。どうか彼が来てくれますようにと、わたしは一生懸命に祈った。歳月が流れ、自分の体が成長し、父親のパーティで垣間見る光景が怖いものでなく刺激的に思えるようになってからも、まだ彼が迎えに来てくれるのを待っていた。今度はわたしを花嫁にするために……。そして初夜のベッドへといざなってくれるのだ。

ところが、まだ幼かった弟を道連れにして父が他界した。そのときにわたしは悟ったのだ、助けなど来ないのだということを。そんなことはとっくのとうにわかっていたような気もする。それなのに今もまたこうして胸をときめかせている。ばかみたいだ。

「いい加減にしなさい」エマは声に出して言った。それなのに胸の高鳴りはさらに増した。「だめよ」人生、そんなに都合よく救いの手がのびてくるわけがない。希望を持つだけ無駄だ。おとぎばなしが現実になるかもしれないなどと、いつまでも夢見ている場合ではない。

もちろん、彼ならきっと力になってくれるのはわかっている。男性は落ちぶれた若い女性に手を差しのべたがるものだ。父の屋敷にはそういう境遇の女性がいくらもいた。

サマーハートの愛人になるのはたやすいことだろう。美しい邸宅に囲われている自分の姿が目に浮かぶようだ。世間からは陰口をたたかれるが、さぞや楽しい暮らしになるに違いない。昼は笑いながら過ごし、夜はベッドで彼と戯れる。心配事などわきに置いて、女性らしい人生を堪能《たんのう》できそうだ。

だが、愛人は妻ではない。いずれ彼とは別れのときが来て、その後はあまり裕福でない男性たちを何人か渡り歩くことになるだろう。そしてすぐに年を取り、誰からも相手にされなくなる。あとは田舎のパーティに紛れこんでは、手近なソファでことをすませようとする男性から金をせびる娼婦になるだけだ。

結局のところ、貧しい貴族女性の行きつく先は決まっている。娼婦になるか、誰かの妻になるかだ。だが、母のような人生は送りたくない。娼婦か、妻か。わたしはどちらもいやだ。

エマはランプの明かりを消し、ベッドカバーをめくった。

彼は本当はわたしをベッドへ誘いたがっている。今夜の彼の手腕はみごとなものだった。だが、彼の優しさは見せかけだ。明日はそれを打ち砕いて、粉々にしてみせよう。


その夜、エマはサマーハートの夢を見なかった。夢に出てきたのは弟のウィルだった。あの子の手はあたたかく、いつも泥がついていた。あの子の無邪気な笑い声には、ついこちらもほほえまずにはいられなかった。ときには言いだしたら聞かないこともある子だった。夢のなかでウィルはエマの首にしがみつき、小さな脚を腰にまわし、しっかりと抱きついていた。抱っこには大きすぎる年ごろになっても、あの子は怖い夢を見るとわたしに抱きついてきた。

寝ぐせのついた茶色の巻き髪、生き生きとしたはしばみ色の目、不機嫌そうにとがった唇……それがどれほどかわいかったことか。

なのに信じられるわけがない。その小さな体が……いつも飛んだり跳ねたりとはしゃぎまわって汗ばんでいた体が、こんなに冷たくなるなんて。赤かったほっぺが蠟《ろう》のように真っ白だ。いつもべたべたしていたかわいい手が、木の枝のように硬い。

この遺体がウィルだとはどうしても思えない。これはなにかの間違いだ。これがわたしの弟のはずはない。

だが、現実は残酷だった。

エマははっと目覚めた。両手を固く握りしめている。枕《まくら》カバーが涙で濡れていた。怒りがこみあげ、また新たな決意がわいてきた。

わたしは誰かの助けを必要とするほど弱くはない。こんな人生からは自力で抜けだしてみせる。

6

なんということだ。午前中ずっと捜していた相手をこんなところで見つけることになろうとは。

昨夜、ハートはレディ・デンモアのかたくなな態度を見て、気持ちをほぐそうと精いっぱい紳士らしく振る舞った。そして驚くほど楽しいひとときを過ごした。彼女の目から警戒の色が消え、笑うと頰に赤みが差すのを見るのは楽しかった。どうして口説くのをやめたのか不思議に感じているだろうと思うと、それも愉快だった。でも、夜中は甘美な想像に悩まされつづけた。それなのに今朝はこれだ。

レディ・デンモアは昨夜、ほとんど食事をとっていなかった。だから今朝は彼女の皿に朝食を山のように盛り、彼女がそれを食べはじめたらからかってやろうと思っていた。ところが、朝食の間で一時間以上も待っていたのに、彼女はおりてこなかった。メイドを見つけ、寝室まで様子を見に行かせたが、戻ってくると小さく首を振った。つまり彼女は部屋にいなかったということだ。どこに行ったのだろうと考えた。乗馬に出かけるには寒すぎる。

だが、レディ・デンモアの居場所はそれからまもなく判明した。カード室にいたのだ。最初にそこを捜すべきだった。忘れかけていたが、彼女は慎み深い未亡人というわけではないのだから。この場面を見て、それを思い知らされた。しかもどうやら彼女は運の悪いカモを一羽狙《ねら》っているのではなく、何羽もまとめて捕まえようとしているらしい。

「ははは」数人の男たちが笑った。「ほら、またひと口いくぞ」

レディ・デンモアがボトルから直接ワインを飲むのを見ながら、ひとりの男性がくっくっと笑った。「あなたにはまったくあきれましたよ」ハートは戸口からにらみながら、その若い男の名前を思いだそうと努めた。

「二五ポンド払ったわよ」レディ・デンモアはテーブルに積みあげられた硬貨や紙幣を手で指し示した。「あなた方もどうぞ」

男たちも負け金を払った。ひとりが部屋の隅まで転がっていった重い革製のボールを取りに行き、レディ・デンモアが五本の空き瓶を三角形になるよう床に並べはじめる。暖炉にもたれかかったふたりの男がレディ・デンモアの尻を眺めているのに気づき、ハートは激しい怒りを覚えた。ふたりはこそこそと話したあと、どうやら意見の一致を見たらしく、乾杯してグラスを口に運んだ。

ボールを取りに行った若い男の名前をハートはようやく思いだした。リチャード・ジョーンズだ。ジョーンズが幸運のおまじないをしてほしいと頼むと、レディ・デンモアは茶色いボールにキスをした。部屋にいた男たち全員が、ボールではなく肌に唇を押しあてている女性を見るような目でレディ・デンモアを眺めた。

「これは御利益がありそうだ」誰かがつぶやいた。ジョーンズがボールを転がした。三本の空き瓶が倒れたが、瓶と瓶がぶつかり、二本にひびが入った。どっと歓声があがる。みんなが酒を口にし、ジョーンズが何枚かの硬貨をテーブルに置いた。

「じゃあ、そろそろ、これを賭けて闘いましょうか」レディ・デンモアがテーブルの中央にたまった金を指さした。「いちばん多くの瓶を倒した人が勝ちよ。でも、瓶が割れたら負け。それでいいかしら？」

男たちはまだ夜会用の服装のままだった。徹夜で遊んでいたということだろう。レディ・デンモアはまるで岩だらけの荒野に咲く一輪の花だ。くすんだピンク色をしたモスリンのドレスは簡素なものながら襟ぐりが深く、編みこみシニヨンにまとめた髪に白い花を挿している。彼女自身がみずみずしくて愛らしい花のように見え、だからこそ摘《つ》みとられてしまいそうな危うさがあった。

暖炉にもたれかかっていたマーシュと太った男が、最後のひと勝負のために前へ進みでた。ふたりとも酒の飲みすぎと徹夜の疲れで足取りが重く、なれなれしいほどレディ・デンモアに接近している。だが当の本人はそれを少しも気にしていないらしく、にっこりほほえむと、ワインをひと口飲んだ。マーシュが顔を近づけ、白い肌をじろじろと眺めまわしながら、耳元でなにかささやいた。レディ・デンモアは顔を赤らめて笑い声をあげ、あきれたように頭を振った。だが目は次の勝負を見守っていた。ボールが転がり、瓶が一本割れ、レディ・デンモアが満面の笑みを浮かべる。そのときマーシュがドレスの尻を触った。

ドアが激しく壁に打ちつけられる音が室内に鳴り響き、そこにいた全員がびくっとして、音のしたほうを向いた。マーシュも目をぱちぱちさせながら振り向き、戸口にサマーハートが立っているのを見ると、すっとレディ・デンモアの背後から離れた。

「まあ、公爵」レディ・デンモアがつぶやくように言った。男たちはマーシュにならって後ろにさがった。「あなたもゲームをしにいらしたの?」

ハートは答える気にもなれなかった。レディ・デンモアの表情は冷たく、ハートが怒っているのを見ても、とくに驚いていない。

「さあ、みなさん、続けましょう」黙りこくっているハートの目の前で彼女は高らかに笑った。「ほら、最後の勝負よ」男たちは動かなかった。「じゃあ、次はわたしの番かしら?」

近くの壁際に並んでいる空き瓶から一本を手に取り、割れた瓶と置き換えた。そしてまた五本の瓶を三角形に並べると、ボールを取りに行き、軽い足取りでテーブルのそばへ戻ってきた。「誰か幸運のおまじないをかけてくださる?」だが、男たちは誰もそれに答えず、ハートのほうをちらちらと盗み見ていた。

具体的になにかあったわけではないようだが、男どもはそろいもそろって不届きなことを考えていたのだろう。後ろめたそうな目がそれを物語っている。

レディ・デンモアは肩をすくめ、自分でボールにキスをした。唇がゆっくりとボールの縫い目をなぞる。男たちがひとり、またひとりとそちらへ顔を戻した。ハートは顔がこわばるのを感じた。自分がどんな表情をしているのかはわからないが、うれしくなさそうな顔をしているのだけは間違いない。レディ・デンモアは故意にスキャンダルぎりぎりの行為におよんでいるようだ。しかもふしだらさを装うことで噂に火をつけようとしている。ハートを道連れにして。彼はこの部屋に足を踏み入れるべきではなかったと思った。彼女に背を向け、立ち去ればよかったのだ。

空き瓶のぶつかる音がし、四本が割れることなく絨毯に倒れた。

「四本よ！」レディ・デンモアが声をあげ、リチャード・ジョーンズが遠慮がちにおめでとうございますと言った。

「さあ、誰かわたしに挑戦する？」レディ・デンモアは媚《こ》びを売るようなほほえみを見せた。

「ミスター・ジョーンズ、どう？」

ジョーンズは周囲を見まわし、頭を振ると、レディ・デンモアにお辞儀をした。

「あなたの勝ちですよ」

「きみたち」ハートは不機嫌な声で言った。「いい加減、ひと眠りしたらどうだね？」

「そうだな」マーシュがやけに大きな声で笑った。ほかの男たちも同じように笑いながら、それぞれの勝ち金を手にした。彼らが部屋を出ていったあとには、いちばんたくさんある金の山が残された。誰かがドアを閉めた。

レディ・デンモアは黙って瓶を拾うと、それらを壁際に並べられた空き瓶の列に戻し、ゲームのために敷いた目の粗い分厚い布を丸めていった。割れた瓶が布から落ち、がちゃがちゃと鳴った。

ハートはなるべく声を荒らげずに話そうと努めた。「金のためなら手段を選ばないのか？」

レディ・デンモアは冷ややかな笑みを浮かべながら、片づけを進めた。

「きみは金の亡者だ。わたしは金ならいくらでもあるぞ」

レディ・デンモアはうなずき、手の汚れを払った。「だから？」

「金のためになんでもするくらいなら、わたしに相談したまえ。なにかいい方法が見つかるはずだ」

歯をのぞかせるほど笑みが広がったが、レディ・デンモアはハートのほうを見ようとはしなかった。うつむいたまま、割れた瓶を見つめている。

「娼婦と呼ばれてわたしが喜ぶとでも思っているの？」

くそっ。ハートはまわりを見たが、こぶしを打ちつけるには壁が遠かった。

「朝食の間できみを待っていたんだぞ。まさか、こんなところで若造たちにまじって恥さらしなことをしているとは思わなかったからな」

「そんなことも想像がつかなかったの？　あなたって、わたしのことになるといつも考えが甘いのね」

「よくそんなことが言えたもんだな。冗談じゃない。きみはわたしの顔に泥を塗ったんだぞ」

「まあ。だったら、わたしにかまわなければすむことだわ。これからも、こういうことは続くわよ。わたしは賭事もするし、ほかの男性と仲良くもするし、朝からワインだって飲む。

遊び人や一攫千金《いっかくせんきん》を狙う人たちともつきあうわ。社交シーズンが始まるころには、わたしはスキャンダルにまみれているでしょうね。わたしと一緒にいたら、あなたも道連れよ。間違いなく」

レディ・デンモアはようやく顔をあげた。はしばみ色の目に軽蔑の色をたたえ、あざけるような冷笑を浮かべている。

「昨夜のきみはこんなんじゃなかった」

「あなたもそうよ。昨日はとても親切で優しかった」

ハートは眉をひそめ、頭を振った。

「だから今朝はこんなことをしたのか？　わたしに勘違いするなとわからせるために？」

「あなたにじゃない。自分自身によ」

「どういうことだ？」心が虚ろになったように感じられた。

「昨日のあなたはいい人を演じていた。でも、それはただ芝居をしていただけ。そんなものにほだされてしまうわけにはいかないの」

「じゃあ、きみはいったいなにになびくんだ。若さか？　酒か？　くだらないゲームにか？」

「それともお金とか？」レディ・デンモアがつけ加えた。

さげすむような笑みを見て、ハートのなかで一気に怒りがわき起こった。自分は正しいと言わんばかりのその笑みを、ハートはよく知っていた。もう長いあいだ見ていないが、一〇年前はよくそういう笑みを向けられたからだ。「金など介在させなくてもきみを抱くことはできる。金が欲しければ、どうとでも理由をつけて要求すればいい。だが、わたしたちのあいだにそんなものは必要ない。それはきみもよくわかっているはずだ。なぜなら、わたしがきみを欲しいと思うように、きみも本心ではそれを望んでいるからだ」

レディ・デンモアは顔を真っ赤にした。なにか言おうと口を開きかけたが、ハートは手でそれを制した。「否定したければ好きにすればいい。だが、どんな理屈をつけようが、そんなのはただの言い訳にすぎない。しかも薄っぺらい言い訳だ」

「たとえそうでも、望んでいるからといって流されていいということには――」

「いや、きみのような女性は別だ。きみは自分を抑えるのには慣れていない。心のおもむくままに行動する人だ。それは、わたしたちのことについても同じだ」

「違う」声が震えていたが、目に涙は浮かんでいなかった。

ハートは前に進みでた。レディ・デンモアはあとずさりした。重厚なマホガニーのテーブルに背中がぶつかり、硬貨の山が崩れて、ちゃりんと音がした。

「どうしてこんな無茶ばかりしている?」ハートはさらに距離を縮めた。レディ・デンモアはテーブルの端をつかんだ。「金のためか？　だったら結婚すればいい話じゃないか」

「結婚なんかごめんよ」テーブルを握る手が白くなり、唇に赤みが増した。

「なぜだ？　きみはすでに一度、経済的な理由から結婚しているじゃないか。もっとも、そのもくろみはうまくいかなかったようだが。それとも、なにか？　財産がないのは、きみが賭事に使ってしまったからか？」

レディ・デンモアは首を振った。ハートはスカートに触れるほど近寄り、柔らかい布地に黒いズボンを押しつけた。そして、じっと相手を見おろした。ウイスキーと葉巻のにおいが充満するこんな部屋には似つかわしくないほど、彼女は清らかでみずみずしく見える。朝、庭で摘みとられ、地獄に置かれた可憐《かれん》な花のようだ。いっそのこと、この部屋にふさわしい存在にしてしまいたいという衝動がこみあげた。

「レディ・デンモア」ハートはささやき、相手の息遣いに耳を澄ませた。胸が大きく上下するほど呼吸が荒くなっている。これは怖がっているのではない。わたしの怒りに満ちた言葉に触発され、体がうずいているのだ。

「スカートをあげなさい」ハートはかすれた声で命じた。

「なんですって？　いやよ、わたしは――」

「言われたとおりにするんだ」

レディ・デンモアはまた首を振った。息をするのが苦しそうだ。胸の上下が浅く、そして速くなっている。

「ドレスの裾を持ちあげなさい」レディ・デンモアは柔らかいモスリンの生地に手を滑りおろし、腿の上でスカートをつかむと、ふくらはぎのあたりまで脚を見せた。ハートは下腹部に甘い痛みを覚えた。血液が下半身に集まっている。

「もっと高くだ」

きつい口調にレディ・デンモアはびくっとしたが、言われるままに裾を引きあげ、布地を持ち直して、さらにスカートをたくしあげた。ピンク色の靴下の飾りもなにもない端が現れ、膝の内側のなめらかな肌があらわになり、やがて腿が見えた。下着のレースが目に入り、ハートは膝から力が抜けそうになった。

レディ・デンモアの腰をつかんで、そっとテーブルに座らせた。

「愛人になんかならないから」口ではそう言っているが、両手はハートが着ているグレーの上着の襟をつかんでいる。

「こんなところできみを抱くつもりはない」レディ・デンモアのひんやりとした首筋に手をかけ、自分のほうへ引き寄せた。「いずれはそうしたいと思っているが、今はなしだ。途中で中断を余儀なくされるのはいやだからね。膝を開きなさい」

レディ・デンモアはその言葉に従った。ハートは膝のあいだに体を入れた。

「サマーハート……」

「ハートでいい。わたしもきみを……」顔を傾け、唇を重ねた。「エマと呼ぶから」

エマは唇を開き、舌を滑りこませてきた。ハートは気持ちが高ぶり、肌がうずいた。荒々しくキスをすると、エマが膝に力を入れてハートの腰を締めつけた。濃厚なキスを返し、上着の下に両手を差し入れ、胸に爪を食いこませている。

この女性は自分が欲求に流されることがわかっていながら、まだ抵抗しようとしている。ハートにはその葛藤がよく理解できた。この一〇年間、自分も同じ思いを味わいつづけてきたからだ。彼女の意志の力が崩れていくのも手に取るようにわかった。そういう自分もまた、先ほどはエマを責めておきながら、彼女を求める気持ちを抑えきれずにこうしている。もう後戻りする気はない。

ハートはスカートをつかみ、さらに引きずりあげた。腿に触れると、そこはすでに期待で震えていた。てのひらを広げ、これまで何度も夢想してきた肌の感触を味わった。筋肉が張っている。ハートはエマの下唇を軽く嚙み、顔をあげた。

「どうしてほしいのか言ってごらん」手を上へ滑らせ、下着との境をなぞった。

「いやよ」エマは吐息をこぼした。

ハートはあたたかい下着のなかに手を入れた。エマの下腹部は驚くほど柔らかかった。指がカールした茂みを見つけると、エマは甘い声をもらした。

「言いなさい」

「いや」

「あとで心ない誘い方だったとは言わせないぞ。きみも望んでいたことだ。どうせもう潤っているんだろう？」

ハートが膝をつくと、エマは首を振り、固く目を閉じた。腿の内側にキスをし、筋肉の筋に沿って唇をはわせると、悩ましい声が聞こえた。「昨晩、こんな場面を想像していた。きみの肌に唇を押しあてるところを。エマ、きみはどうしてほしい？」

「ああ……」

ハートはさらに上のほうを軽く噛んだ。

エマがすすり泣くような声をもらす。「お願い……」

「なにを？」

「焦《じ》らさないで」

ハートは震える肌に両手を置き、軽く動かした。そしてあたたかい息を吐きかけ、エマがびくんとするのを見ていた。「愛人にはならないんだろう？」

「そうよ。いいから続けて、意地悪」

ハートはくっくっと笑った。「口の減らない娘だ」

唇を開いて生地の上から口を押しあて、湿っていることを確かめた。エマは、まるでそれよりももっと刺激的なことをされたかのような声をあげた。ハートは手をのばして下着の紐をほどき、エマの膝をそろえてそれを脱がせた。ふたたび脚を開かせると、ピンク色をした秘所が見えた。ハートはぞくっとした。

「お願い」エマがささやいた。ハートはもう懇願される必要もなかった。ここまで来たら、もうやめることなどできない。白い腿から合わせ目へと両の手を滑らせた。黒い巻き毛に隠れた柔らかい膨らみを親指でなぞる。エマはテーブルに両肘をつき、背中を反らせた。

ハートは今すぐにでもエマを奪いたい衝動に襲われた。このテーブルで彼女の奥深くへ入りたい。もちろん、そういうわけにいかないのはわかっている。さっきエマにも言ったように、途中で中断を余儀なくされるのはいやだからだ。だが……。

いつドアが開いて誰かに見られるかもしれないと思うと……気分はかえって高揚した。指で体を開き、唇を押しあてる。

舌が軽く触れただけで、エマはあえいだ。

エマの香りを味わいながら、ハートは秘められたところをゆっくりと探った。彼女の味が口のなかに広がる。さらに奥へ分け入ると、エマがそれに反応してうめき声をもらした。少し上へ進み、歓喜の芯《しん》をとらえると、エマは歯を食いしばってもこらえきれないというように低くうなるような声を発した。ハートは喜悦の源をさらに刺激し、エマに髪をつかまれると笑みをもらした。

「そう、そこよ……」

まるで、こちらがなにも知らないとでも思っているような口ぶりだ。ハートはまた笑いがこみあげ、期待に応《こた》えてさらに強く愛撫した。エマは体を震わせ、ハートの唇に下腹部を押しあててきた。

「ハート」声がうわずっている。「ずっとこうしてほしかったの……」

ああ、わたしもこうしたかった。それどころか、もっと先を望んでいる。出会ったときから、きみのことが欲しかったのだ。ハートは指を体のなかに入れた。エマはびくんとし、悲鳴をこらえた。ハートは自分がなかに入っているところを想像しながら、敏感な部分にキスをし、強く包まれる感覚を味わった。

ハートは顔をあげてエマを見た。クライマックスを求めて目を閉じているかと思いきや、驚いたことにエマはこちらを見おろしていた。快感が勝り、恥じらいはどこかへ消えうせたらしい。瞳は熱を帯び、唇は半開きになっている。だが、口元には満足そうな笑みが浮かんでいた。さらに先を求めているようにも見える。視線が合ってもエマは目をそらさなかった。それどころか、挑発するように目をすがめた。

ハートはその大胆さに応えた。唇を押しあて、愛撫を続けながら、もう一本の指を体の奥へ進めた。エマは顔をゆがめて頭をのけぞらせ、小さな悲鳴をあげた。逃げようとしたが、もう遅かった。腰がびくんと跳ねあがり、力が入った。エマはかすれた苦悶《くもん》の声とともにハートの名前を呼んだ。

ようやくエマが腰をテーブルにおろした。ハートはその熱い腿に頬を押しつけ、自分も落ち着こうと努めた。この状態のエマを眺めながらではなかなか難しかったが、それでも努力した。そしてエマの目を見た……。

ハートは瞬間的に察した。彼女はわたしと同じ魂を持っている女性だ。本当は堕落しているのに、それを必死に否定している。だが、その実、命令されたり、テーブルにのせられたり、甘い砂糖菓子のようにむさぼられたりするのを刺激的だと感じている。退廃的で危険な魂だ。どういう理由でそんな自分を否定しているのかは知らないが、いくら認めまいとしたところで彼女が欲しているものに変わりはない。わたしにはそれがよくわかる。

ハートは顔をあげ、スカートを下までおろした。そして床を見まわし、薄いピンクの下着を拾った。

エマがはっとわれに返り、すばやく体を起こして、さっとテーブルから床におりた。その勢いでハートは後ろによろめき、仰向けに倒れた。なんと無様な姿だろうとハートは思った。下腹部に力をみなぎらせたまま大の字に倒れ、手には女性の下着をつかんでいる。まぬけ以外のなにものでもないし、わたしのほうこそ堕落しきっている。そう思うと、にやりと笑みがこぼれた。

だが、エマはこの状況をおもしろいとは感じていないようだった。視線で丸焼きにできるものならそうしたいと言わんばかりに、鋭い目でハートをにらんでいる。さっと腰をおろすと、下着をひったくり、呪いの言葉を口にした。〝最低〟というひと言だけが、やけにはっきりと聞こえた。

彼女はこちらに背を向け、下着をはいた。怒っている姿も魅力的だ。

「エマ、震えている様子がなかなかよかったよ」

「殺されたいの?」

「いや。挑発してはいるが、それはごめんだ」

「大事なものを使い物にならなくするわよ」

「それもやめてくれ。ほかには?」

「我慢ならないわ」エマはこちらを振り向き、きっとにらんだ。「どうしてそんなばかみたいに上機嫌なわけ? 公爵の威厳なんかどこにもない。その喜び方はくちばしの黄色い青二才よ。わたしは愛人になんかならない。こんなことをしても無駄よ」

「きみにとって無駄ではなかったと思いたいね。堪能していたように見えたぞ」

エマはあきれ顔で鼻にしわを寄せた。「どうしてそんなに楽観的になれるの?」そして、うんざりしたようにひらひらと手を振った。「こんなの、ちっともおもしろくないわ」

「わたしもおもしろいとは思っていない」ハートはようやく体を起こして立ちあがった。

「最高のひとときだったと感じている」エマの腕を引き寄せ、大声で反論しようと勢いよく開きかけた口を唇でふさいだ。そして情熱的なキスをした。ハートが顔をあげると、エマは目をぱちぱちさせながら指で自分の唇に触れた。

「愛人にはならないわ」ぽつりと言った。

ハートは軽く首を傾けた。「わたしに抵抗するのはかまわない。だが、自分の気持ちを否定するのは難しいぞ」

紅潮した頬から血の気がうせた。

「まだ朝食を食べていないんだろう? 朝食の間までエスコートしよう」

エマは首を振った。そしてすたすたとテーブルのほうへ行き、自分の勝ち金を手に取ると、ひと言も発せずにハートのわきを通り抜けた。ハートはあとについてドアのほうへ行った。ところがエマが取っ手に手をかけたとき、いきなりドアが開いた。

「あっ」メイドが驚き、転びそうになりながら慌ててお辞儀をした。「申し訳ございません!」

「冗談じゃない」エマがつぶやき、メイドがあとずさった。だが、エマはメイドを見てはいなかった。ドアの取っ手をにらみつけ、その視線をハートに向けた。「二度とわたしのことを無分別などと非難しないでちょうだい。あなたのほうがうわてよ」

「そうだな」ハートは笑いを押し殺し、何年ぶりかで気分が軽くなった。


寝室の絨毯が分厚いせいで、足を踏み鳴らしながら室内を行ったり来たりしているつもりなのに、怒っているのではなく穏やかな足音に聞こえてしまい、エマはますます不満を覚えた。壁になにかをぶつけて激しい音を立てたい気分だ。自分の体が新しい歓びを覚えてしまったことにいらだっている。あれは体の内側がとろけてしまいそうなほどの狂おしい満足感だった。

もっと知りたい。あの恍惚《こうこつ》感にどっぷりとつかりたい。こんなふうに感じてしまうことを、わたしはずっと恐れてきたというのに。ハートのせいで、これまで押し殺してきた女性としての欲求が目覚めてしまった。今すぐにでも、もう一度、彼と熱いひとときを過ごしたいと願っている。彼のベッドに忍びこみ、一糸まとわぬ姿で、彼がディナーから戻るのを待ちたい。彼の求めに応じ、そのまま眠りに落ち、彼の隣で目を覚ましたい。彼とともに体の歓びに溺れたい。

エマは熱を帯びた額に手をあて、ぎゅっと目をつぶった。もう自制心などかけらしか残っていないけれど、なんとか自分を取り戻さなくてはいけない。それがわかっているのに、また今朝のことを思いだしてしまう。彼の愛撫は想像を絶するほどに悩ましかった。まさか口でだなんて……。

「信じられない」エマはつぶやいた。

本当はここを立ち去るべきだと思う。夜明け前に姿を消し、ロンドンの寒々とした自宅に戻ったほうがいい。だが、わたしが自制心を失うのと同じくらい容易に、ここの客人たちは金を手放してくれる。わたしはこの二日間で三〇〇ポンド近くを自分のものにすることができた。それほどの恩恵を得られるというのに、今、屋敷を去ることはできない。あとたったの一日よ。それくらいなら、きっと耐えられるはず。

いや、本当にそうだろうか。今朝はあれほどかたくなに抵抗しようと心に決めていたのに、彼の横柄さに屈してしまった。最初は、ほかの男性たちと仲良くしているところを見せつけ、ハートの自尊心を傷つけていらだたせていることに、勝ち誇ったような気分を感じていた。だが、怒りに燃えた目で見られているのがうれしくて、彼に命じられるとあっさりと身を任せてしまった。

ほかの男性から優しく口説かれたことは幾度もあるが、それは心に響かなかった。なのに、あんな傲慢な態度にわたしが応じてしまうと、どうして彼にはわかったのだろう。スカートをあげろなどと命じられて燃えあがるような女性が、ほかにいるわけがないというのに。もっと先を求められていたら、わたしはそれにも従っていただろう。そう思うとぞっとする。それは、慎重に進めてきた計画をぶち壊してしまうばかりか、落ちていく一方の人生に身を投じることになるのだから。

やはり、わたしには父の堕落した血が流れているのだ。今朝のことでそれが身に染みてわかった。

だが、その運命から逃れる道はある。今のわたしは嘘に塗り固められた芝居をしている。だから、いずれはロンドンを去らねばならない。もうしばらくすれば議会の始まりに合わせて貴族たちが次々とロンドンへやってくる。チェシャーから来た人間に余計なことをきかれる前に、わたしは姿を消すしかないのだ。それまで彼の誘惑に耐えることさえできれば、転落の一途を歩まずにすむだろう。だが、それにはまだいくらか時間がある。そのあいだ、少しくらい彼との甘い逢瀬を楽しむことができたら……。

いけない。なにばかなことを考えているの？　そんな愚かなまねをすることはできない。絶対にだめ……。

だが、今朝、ゲーム室をあとにしたときのハートの顔は輝いていた。それが忘れられない。きっと眠りに落ちても夢に見るだろう。わたしを歓ばせたことであれほどうれしそうな顔をするのなら、最後の一線を越えたときにはさぞや幸せな表情を見せるはずだ。

でも、だめ。そんなことはできない。

7

ゲームに勝ったチェスターシャー卿が小さな目でエマをちらりと眺め、にやりと笑った。いつものごとく同じテーブルに加わっていたマーシュが、エマを見て唇をなめた。こんなときこそ椅子の後ろに立ってにらみを利かせていてほしいのに、ハートは一時間ほど前にぶらりと部屋を出ていったきりだった。

マーシュがエマに体を寄せ、胸の膨らみに目をやりながら言った。

「ツキが逃げていったようだな、レディ・デンモア。どうだい、この辺でぼくと少しぶらつかないかい？」

この人は本当にばかなのだろうかとエマは思った。チェスターシャー卿でさえ信じられないといった顔つきでマーシュを横目で見ている。たとえハートとエマが本当に愛人関係にあるのかどうか怪しむ向きがあったとしても、今夜のディナーでその疑いは払拭《ふっしょく》された。ふたりはテーブルの両端に離れて座っていたが、それでもハートはエマに向けてあからさまに親しげな態度をとった。ときおりいとしげな目でエマを見たり、思わせぶりな笑顔を向けたりしたのだ。客人たちのなかにはあっけに取られた顔でエマを見る者もあった。冬の心《ウインターハート》の異名を取る公爵は、決して親愛の情など見せない人物として知られていたからだ。

だがマーシュは、公爵の愛人に言い寄ることをなんとも思っていないらしい。彼にとってはそれも賭事と同じ遊びなのかもしれない。ただ、ツキが逃げていったようだという言葉はそのとおりだった。エマはこの一時間で一八〇ポンド負けている。痛いところを平気で突いてくる、げすな男だ。

「どうだ？」マーシュはけだるそうな声でそう言い、胸の谷間のほうへ顔を傾けた。「ぼくと少し……体を動かすのもいいかもしれないぞ」

「マーシュ卿」エマは人目を気にして笑みを顔に張りつけながら、歯を食いしばった。「少し顔を離してくださるとうれしいわ」

マーシュは体を引き、ふてぶてしい顔でエマを見た。

「今朝はそんなにそっけなくしなかったくせに」

その声が大きかったため、同じテーブルについているほかの男性たちが談笑をやめた。エマはいらだった。

「午前中は勝ちつづけていたから機嫌がよかっただけよ。わたしはもっと少人数のテーブルを探すことにするわ。みなさま、失礼」

「おまえもばかだな」チェスターシャー卿のささやく声が聞こえた。「せめてこっそり口説けばいいものを」エマが部屋を出ていくときも、マーシュはまだ反論を続けていた。

一日中緊張を強いられていたため、肩のこりが増し、今は痛みに変わっていた。ハートのことが頭を離れないし、ほかの客人たちの態度が変化したのも気になっていた。女性客は、昼食時にエマがそばへ近づくたびに会話を中断した。それなりに愛想のよい笑みを向けてくるところを見ると、完璧《かんぺき》に無視されているわけではなさそうだ。おそらく彼女たちは、エマのことか、ハートのことか、ふたりの関係について噂していたのだろう。

ディナーのあとは男性たちの様子もおかしくなった。エマがそばを通るたびにさりげなくちらちらと見てくるのだ。今朝のカード室での出来事を誰かに目撃されたのだろうかとエマは思った。だが、そんなわけはないと自分に言い聞かせた。ハートと一緒にいたところを目撃されたのなら、もっと大々的なスキャンダルになるはずだ。

いらだちが高じて怒りがこみあげてきたため、エマは一時間ほど頭を冷やすことにし、温室へ向かった。温室は音楽室へ通じている。繊細なピアノの音色が聞こえてくるところを見ると、女性たちがいるのだろう。娼婦ではなく本物の貴婦人たちだ。オレンジの木や蘭《らん》のあいだを通り、葉の香りを味わいながら、音楽室へ近づいた。カーテンのかかったガラスのドアは閉まっている。エマは掛け金をはずした。ドアが自然に数センチばかり開き、ピアノの調べとともに女性たちの話し声が聞こえてきた。

今回のモールター家のパーティには女性客はそれほど来ていない。ほとんどは年老いた貴族の妻たちだが、なかにはふたりばかり裕福な未亡人がいるし、伯爵未亡人もひとりいる。伯爵未亡人はピケットと呼ばれるカードゲームがお気に入りのようだ。それにどうやらゴシップも大好きらしい。誰よりも大きな声でしゃべっている。

「それにしても、あんな女性のどこがよいのかしらね」

どら声の男性が口をはさんだ。「ディナーのあと、わしもずっとそれを考えておったよ」

伯爵未亡人が続けた。「器量は十人並みにしか見えないけれど、きっとなにかいいところがあるんだろうとしか思えないわ。一〇年以上もウィンターハートと呼ばれてきたあの方の心が、まるで春の雨に打たれたみたいに解けてしまったんですもの」

別の女性が咳払いをした。「あら、わたしにはそういう態度でもなかったわ。ほら、あのブルーの目は印象的でしょう？　だから、それを褒めて差しあげたのに、公爵ったら上着についた糸くずを払っただけで、黙って行ってしまわれたのよ。ひと言も返さずに！」

伯爵未亡人が大笑いした。ほかの女性たちもざわめいた。

「失礼きわまりないわ」その女性がいらだたしそうにつけ加えた。

「まあ、レディ・ウォスター、それはお気の毒だったこと」伯爵未亡人はそう言いながらも、まだしばらく笑いつづけていた。「そういえば公爵がこう言っていたのを聞いたことがあるわ。〝誰かひとりでもわたしの目の色のことを話題にしない女性がいたら、喜んでこの目玉をくりぬいて進呈しましょう〟ですって」

「なんて不遜《ふそん》な態度なんでしょう。許せないわ」

「でも、あの方の場合はそれが許されてしまうのよね。また鉄道をひとつ買われたそうよ。これで三つ目だったかしら？」

どら声の男性が話を引き戻した。「とにかく、彼女にはなにか特別なところがあるんだろう。あの公爵がちょっとは人間らしく見えるほどだからな」

伯爵未亡人が鼻を鳴らした。「あら、夫のシュルーズベリーが生きていたころには、彼も充分、人間らしく見えたものよ。だってほら、あちらのほうが旺盛《おうせい》だったから」

しわがれ声の年配女性がさもおかしそうに笑った。

「彼はいろいろあったものね。ほら、あの手紙のことも」

「あら、もしかして実際にご覧になったの？」

「もちろんよ」

エマは唇を噛み、ドアに近寄った。その手紙については人々が噂しているのを耳にしたことがある。だが、聞こえてくるのは断片的な情報ばかりだった。それはハートが愛人に送った手紙らしく、今や伝説になっていた。

自分の目で見たと主張する人もいるが、それにしてもその話には尾ひれがついているとエマは思っていた。ウィンターハートと呼ばれ、冷たくて心ない男性として知られている彼が、そんな手紙を書くとはどうしても思えないのだ。わたしは彼にも人間らしい部分があることを知っているが、それでもやはり彼が〝甘美な茂み〟だとか、〝きみのなかに身をうずめて〟だとか、〝なんてすばらしい腿なんだ〟などという文字をつづるとは考えられない。官能を詩的な言葉で表現するような性格ではないからだ。今朝、彼にも情熱的な一面があることを見たばかりだが、それにしてもあのハートが、何人もの貴族たちの愛人だった一〇歳も年上の女性にプロポーズするとは思えない。

だが、いくら聞き耳を立てても、その手紙について確実な情報を得ることはできなかった。今もドア一枚隔てた向こう側では声が小さくなっている。この話になると誰もがひそひそ声になるのだ。公爵の怒りを買いたくないのだろう。この一〇年間、ハートはずいぶんと無慈悲なことをしてきたからだ。

ハートは誰もそばに近づけない。誰ひとりとしてだ。だから会釈をするくらいの間柄になれれば御の字というところだろう。そうでなければ冷ややかに無視されるか、あからさまに敵意を向けられることになる。冷酷な仕打ちを受けるのも珍しくはない。彼の妹がスキャンダルを起こしたとき、かなり侮蔑的な悪口を言う男性たちがいた。それを知ったハートは、その男性たちの借金を買い取った。数人どころではなかったと噂に聞いている。ハートと男性たちのあいだでどんな話しあいが行われたのかは知らないが、借金は容赦なく取りたてられ、男性たちは顔つきが変わってしまった。そういう相手だからこそ、誰もハートとはかかわろうとしない。そんな無謀なことをするのは、なにも失うもののない人間だけだ。

エマは白く塗られた側柱に頭をもたせかけた。立ち聞きをしていても無駄だということはわかったが、だからといってまた賭事に戻る気にもなれなかった。度胸を試されるし、楽しいふりを装わなくてはいけないし、非難がましい顔をする相手や物欲しげに唇をなめる男性にも耐えなくてはいけない。そこに新たなわずらわしさも加わった。ハートの愛人だと周囲から思われていることだ。いや、それよりもつらいのは……。

エマは目の奥が痛み、まぶたに指を押しあてた。

愛人として見られるのも苦痛だが、それよりも耐えがたいのは自分自身が葛藤していることだ。いけないと思いつつも、ハートの手紙に書かれていたような官能のひとときを求めている。それは秘めやかにして神聖で、罪でありながら美しい。

エマはふと、ハートが手紙にしたためたであろう言葉をささやくところを想像し、やはりそれはありえないと思った。

だが、彼はありえないようなことをする人だ。そして、それをするときは目を輝かせる。わたしにスカートをあげろだとか、脚を開けだとか命じ、誰かに見られるかもしれないというのに口で愛撫したりできる人だ。しかも、わたしに負けず劣らずそれを堪能していた。冷酷だが情熱的な一面を持ち、自制心が強いけれど放蕩《ほうとう》にもなれる。ひとりの人間のなかに、まったく異なる人格が混在しているようだ。

エマはぼんやりと考え事をしながら、木々のにおいや花の香りを胸の奥深くまで吸いこんだ。温室は外の寒さを遮断するために分厚いカーテンが閉められ、明かりといえば蠟燭《ろうそく》がまばらについている程度だ。なんと不思議な空間だろう。空気があたたかい液体のように肌にまつわりつく。ここにいると守られているような気分になる。自分が世界の一部ではなく、世界から切り離されているような気がしてくるのだ。どういうわけか、ひとりぼっちでいることに安堵さえ覚える。

まるで蒸し暑い夏の夜のようだ。このまま草のなかに横たわって丸まっていたい。彼と熱いひとときを分かちあえないのなら、せめてひとりで穏やかな時間を過ごしたい。

ピアノの奏者が代わったらしい。音が豊かになった。その調べとともに肩の張りがほぐれていった。目を閉じると、自分がどこか遠くへ飛んでいくような気がした。大おじの領地にある池のほとりで、背丈の高い草むらのなかに丸まり、本を読んでいる自分の姿を思い浮かべる。いや、もっと遠くへ行こう。海沿いの別荘へ。母とともにそこへ行くと、いつもほっとし、幸せな気分になったものだ。ところが、母にくっつき、髪をなでられている場面が、不吉なものに変わりそうな予感がした。その先には不幸が待ち受けていることを知っているからだ。エマは慌てて現実に戻った。

目を開けると、ハートがそこに立っていた。腕を組み、こちらを見ている。

「ハート」エマの唇から名前がこぼれた。ここで彼に会えたのがうれしいのかどうか、自分でもよくわからない。

ハートもかすかに顔を傾けて言った。「エマ」どうやら喜んでいるらしい。口元に笑みが浮かんでいる。だが、そのほほえみはすぐに消え、かすかに表情が曇った。「大丈夫か?」

エマは壁に頭をもたせかけ、黙ってうなずいた。

ハートは鋭い目でエマの表情を探った。なにかあると思ったらしい。「邪魔したか?」どうだろう?「いいえ、べつに」ピアノの曲が消え入るような音で終わった。エマはここへ来た目的を思いだし、こちらの声が音楽室へ聞こえないよう、そっとドアを閉めた。振りかえると、ハートがブルーの目に愉快そうな表情をたたえていた。

「盗み聞きをしていたのか?」

エマは肩をすくめて壁から離れ、ハートが右手に持っている厚みのあるグラスに目をやった。「それ、わたしのため?」

ハートは楽しそうに笑った。「相変わらずだな」

「喉が渇いているの」

ハートがブランデーの入ったグラスを手渡すと、エマはそれを一気に飲みほした。ハートは空のグラスを受けとり、低いテーブルに置いた。「なにから逃げているんだ?」

「今夜はツキがなくて」エマはハートの前を通り過ぎ、つやつやした葉っぱを指でなぞった。「違う、今夜のことじゃない。きみはいつもなにかから逃げているように見える」

その言葉にショックを受けたが、エマは気持ちを押し隠し、ほほえんでみせた。

「勝手な感傷に浸らないでちょうだい。わたしはなにからも逃げていないわ。少なくともあなたよりはましよ」エマが辛辣な視線を投げかけると、ハートはたしかにそのとおりだと言うように片眉をつりあげた。

「いいだろう。じゃあ、今夜はなにから逃げてるんだ? それとも盗み聞きをしようと思ってここへ来たのか?」

「どうかしら」

「音楽を聴きたければ、ちゃんと音楽室という名前の部屋があるのだから、そこへ行けばいいことだ」

「そうね」ハートの皮肉な言いまわしがおもしろく、エマは植物のほうを向いてこっそり笑った。

「なにか興味深いことは聞けたのか？」

「ええ。それなりにお上手なハイドンの曲と、すばらしいバッハの調べを聴けたわ」

「ほかには？」

「あなたがゴシップ好きだとは知らなかったわね」

エマはため息をつき、石造りのベンチに座りこんだ。

ハートも負けてはいなかった。

「わたしも、きみがゴシップ好きだとは初めて知ったよ、エマ」

名前を呼ばれてつい、エマは顔をあげた。まるで親しい相手に呼びかけるような口調だった。だが、考えてみれば親しい仲になったのは事実なのだ。

「本当に大丈夫なのか？」

エマは顔をあげ、またため息をもらした。「ほかの人のわたしを見る目が変わったのよ」

「冷たくなった？」

エマは首を振った。

「いいえ、そういうことじゃないわ。ただ……不思議に思っているみたい」

「なにを？」

エマはハートの目を見た。

「ウィンターハートと呼ばれたあなたの心を解かしたのはどんな女性だろうってね」

ハートが目を細めた。「なるほど」

「いたって平凡な女性に見えるのに、サマーハート公爵が人目もはばからないほど気に入ったのはどういうわけだ、ということよ」

ハートはかすかに口を開いたが、なにも言わなかった。

「噂をされるのは嫌いなんでしょう？　だったら、どうしてこんなことをするの？　どうせ無駄なのに。もう一度言っておくけれど、わたしは屈服しないわよ」

ハートは顎をぴくりとさせたが、黙って肩をすくめ、組んでいた腕をほどいた。

「今朝のことがあまりに楽しかったから、人目などどうでもよくなったというところかな」

「あんなこと、もう二度としないわ」意図した以上に語気が鋭くなってしまった。ハートもそれに気がついたのだろう、にやりと笑った。相手が近づいてきそうな気がして、エマは身構えた。これまで以上に必死に抵抗しないと流されてしまいそうだ。

だが、ハートはエマの隣には来ず、狭い通路を隔てた反対側のベンチに腰をおろした。話をするだけで満足だということだろうとエマは思った。昨夜と同じだ。

「家族はいるのか？」

「いいえ。あなたには妹さんがいらっしゃるのよね。どんな方？」

ハートはうーんとうなり、足首を交差させた。「どういうことをききたいんだ？」

「本当に世間で言われているような人なの？」

「ああ、手に負えないよ」

その口調に愛情がこめられているのを感じとり、エマはほほえんだ。

「でも、妹さんのことを愛していらっしゃるのね」

「もちろんさ。血がつながっているからね。きみはどうして再婚しないんだい？」

くつろいだ気分になっていたエマだったが、そのひと言で顔をしかめた。「話題には気をつけたほうがいいわよ、公爵。相手がわたしじゃなければ、今の言葉はプロポーズにつながるのかと思うところだわ」

「なんだって？」ハートが冗談じゃないという顔をしたのを見て、エマは吹きだしそうになった。もし、自分がハンサムな公爵との結婚を夢見る良家の令嬢だったら、さぞやショックを受けたことだろう。

「わたしに再婚のことをきくのは二度目よね。そんなに興味があるの？」

「まいったな。普段はもっと慎重なのに。きみのそばにいると悪い影響を受けるらしい」

「わたしのせい？」

「きみの軽率な一面がうつるんだ」

エマが思わず笑うと、ハートはその口元をじっと見つめた。

「結婚を考えることも軽率なの？」

「わたしは独身の公爵だ。ひとり身の女性に近寄るだけでも軽率な行為だよ。すぐに触手がのびてくる」

「女性たちからかなり狙われているようね」

いになったらどう？」

「じゃあ、どうしてわたしを追いかけるの？　愛人にするには最低の相手よ。ひとり身だし、貧乏で金の亡者だし、目立つことばかりして、評判は最悪。少しはその高貴な脳みそをお使いになったらどう？」

そうたたみかけられてもハートはたじろぐどころか、にっこりと笑みを浮かべた。

「なかなか手厳しい愛人殿だな」

「愛人じゃないわ」

「いずれそうなるさ」

「ありえないわよ」

笑顔がゆっくりと思わせぶりな表情に変わった。「またスカートをあげろと命令しなくてはいけないのかい？　それとも、今度はもっと刺激的なことを命じてみるか」

もっと刺激的なことですって？　エマはどきっとして口が乾いた。

「いやよ」そう言いかけたが、ハートにさえぎられた。

「きみは刺激がお好きなようだな」距離があるから大丈夫だと思っていたが、ハートはどれほど離れていようが危険な男性らしい。「今朝のきみの姿が頭から離れないよ。わたしがなにを命じても、きみは従うのか？」

「いいえ」

「今ここで、ひざまずけと言ったらどうする？」

その言葉がエマのなかではじけた。息ができず、空気を求めて口を開いた。その場面が頭のなかに浮かぶ。目撃したことはあるが、経験はない行為だ。男性が頭をのけぞらせ、女性の長い髪のなかへ指を入れている。女性はひざまずき、口を開けている。エマは体の奥がうずいた。

ハートは膝に腕をつき、身を乗りだした。「どうだ、エマ？」

エマは首を振った。胸の先が硬くなっている。ハートは目を細めた。

「多分、きみは逆らわないな」

「まさか」そう答えながらも、エマは自分が実際にその行為を行っているような感覚にさえなってきた。わたしが言われたとおりにすると、彼はわたしの髪をつかみ、歓喜に体を硬直させながら震える。ああ……。

「冗談じゃないわ」エマは立ちあがり、くずおれそうな膝に力を入れた。ハートが気だるそうにこちらを見あげた。「わたしは誰かの愛人になるためにロンドンへ来たわけじゃないのよ」

「でも、結果的にはそうなる」

「いいえ」

ハートは背もたれに体を預け、自信たっぷりの表情でエマの顔を見た。

「きみは支配されたがっている」ハートのほほえみを見て、エマは血の気がうせた。「そうなんだろう？　わたしに命令され、従わざるをえないような状況で身を任せたいと思っているんだろう？」

「違うわ。ただ放っておいてほしいだけよ」

「今朝はそうは言わなかったぞ」ハートはエマの下腹部へと視線をさげた。「きみはお願いと懇願していた」

「わたしはべつに……」

「べつに……なんだ？」鋭い視線が和らぎ、ハートは夢想するような表情になった。左手をのばし、スカートをなでる。濃紺のサテンがかすかな音を立てた。「エマ、きみは……炎のにおいがする。わたしはきみの炎に包まれてみたい」

「ハート……」彼にすべてを捧《ささ》げてしまいたい。心はせつないほどにそれを望んでいる。

「あなたはなにもわかっていないのよ」金縛りにあったような呪縛がふいに解けた。ハートが立ちあがった。

「いったい、なにが望みなんだ？」

エマはあとずさった。だが、ハートは手の届く距離を保ちながらついてくる。エマはその長い指や、ぬくもりを思った。

「手応えに欠けるか？」ハートは問いかけ、自分でうなずいた。「わたしがことを簡単にしてしまっているようだな。危ないことを好むきみとしては、それじゃつまらないんだろう」

「そういうことじゃ――」

「わかった。もうきみを追うのはやめよう。わたしのほうからはなにもしないことにする。

それもまた一興だな」

エマの背中が壁にあたった。ドアまでは二〇センチもなかったが、取っ手に手が届く前にハートに追いつかれた。ハートはエマの頭上の壁にてのひらをつき、迫ってきた。清潔な香りがエマの魂に忍びこんだ。

呼吸が速くなり、胸が上下する。

「今度はきみの番だ」耳元でささやかれ、エマはぞくっとした。首筋から胸へ、そして腹へと震えがおりてくる。「わたしを追いかけろ」エマはキスをしてほしくて顔をあげた。「そうしたら、きみの望みをかなえてやろう。それどころか、きみが持て余すほどの経験をさせてやることもできる」

「あなたこそ危ないことがお好きなのね。だからわたしを相手に火遊びをしたがるんだわ」

エマは震えていた。これでは相手の思うつぼだ。ハートのあたたかな息が迫ってきた。今にも唇が触れそうなのに、触れない。ハートはエマのこめかみに口を寄せ、吐息をこぼすように、秘めやかな望みをささやいた。

「わたしにひざまずけと命じてみろ」

エマは手探りで取っ手をつかみ、相手の腕のなかから抜けだした。ハートはひと言も発せずに、黙ってエマを行かせた。

まわりで歓声があがり、エマは作り笑いを浮かべた。椅子に深く座ってくつろいでいるふりをしようとするが、体が言うことを聞かなかった。気がつくと座面の端に浅く腰かけ、背筋をまっすぐにのばし、体を硬直させている。

ビリヤードの三回戦に金を賭けたばかりだというのもいけなかった。エマはビリヤードをしたことがないため、ただ見ているしかなかった。勝つも負けるも賭けた相手次第だ。他人に勝負の運を任せるのはエマの性分に合わない。

椅子のなかでもぞもぞと体を動かし、ドレスの上からコルセットをなでた。きっとハートはわたしを見ているはずだ。そう思うと、うなじに視線を感じた。

エマは顔をしかめた。わざわざ振り向かなくても、ハートが背後にいるのはわかっている。壁にもたれかかり、まわりの人々からお世辞を言われているのだろう。わたしが彼のことを強く意識しているのも見通しているはずだ。

寝室へ戻るのはいやだったが、ここにいてもすることがなかった。ひょんなことから男性たちがビリヤードの勝ち抜き戦をやろうということになったからだ。ほとんどの客が試合に参加したが、ハートはくだらないとばかりに見物にまわった。高慢な人だ。

〝わたしにひざまずけと命じてみろ〟あれはわたしをたきつけるための言葉だ。刺激的な文句で挑発しようとしているのだろう。

勝ち抜き戦からはすでに脱落したマーシュが、さりげなくエマの座っている椅子のほうへ近づき、高い背もたれに腕をかけた。「おめでとう。またツキが戻ってきたようだな」

「誰に賭ければいいか、ミスター・ジョーンズが助言してくださったの」

「なかなか役に立つやつだ」

エマは黙って勝負を見ていた。本当は立ちあがって、自分も勝ち抜き戦に参加したい気分だった。ビリヤードはそれほど難しくはなさそうだ。だが、微妙な技術がいるのかもしれない。見た目ほど単純ではないのだろう。

「レディ・デンモア」マーシュが顔を寄せてきた。なれなれしく見えないよう、目だけはビリヤード台に向いている。「きみはロンドンの社交界をあまり知らないようだから、ひとつ忠告しておこう。いいか、サマーハートというのは決して――」

従僕がそばへ来たため、マーシュが離れた。なにを言おうとしたのか知らないが、どうでもいいことだとエマは思った。これ以上、忠告はいらない。わたしは自分のことで精いっぱいだ。

「お手紙でございます」従僕が銀のトレーにのった封書を差しだした。エマは周囲を見まわしたあと、その言葉が自分に向けられているのだと気づいた。

「わたしに？」奇妙だ。このようなパーティでは男性から密会の誘いを受けることもあるが、どうやらそのたぐいの手紙ではないらしい。封書には美しいとは言いがたい文字で〝ロンドンより〟と書かれている。

従僕が立ち去ったあとも、エマはまだじっと封書をにらんでいた。この屋敷の外にいる人間で、手紙をよこしそうな相手が思いつかない。周囲の目があるなかで開封してもよいものかどうか迷い、エマは部屋を出た。

ハートがついてくるかもしれないと思うと、足を速めながらも、ぞくぞくするような興奮を覚えた。伝染病のように、勝手に人の心に入りこんでくる男性だ。

立派な正面階段の陰にまわり、レモンの香りが漂う空気を胸いっぱいに吸いこんだ。父親の屋敷も、昔はレモンの入った磨き剤のにおいがしていたものだ。だが母親が亡くなってからは、すえたようなたばこのにおいしかしなくなった。

印章の押されていない封蠟は、力を加えると簡単に割れた。ところどころスペルに間違いのある走り書きのような文字には見覚えがあった。ベスだ。

鼓動が速くなった。読みにくい文字を判読していくうちに、心臓の音が太鼓かと思うほど大きくなった。〝泥棒です。窓が割られました。盗《と》られたものはありません〟なにも盗っていかなかったとはずいぶん無能な泥棒だ。あるいは、泥棒ではないのかもしれない。

きっとブロムリーだ。彼は害虫のようにしつこい。本人なのか、手下の者なのかはわからないが、誰が住んでいるのか確かめるために侵入したに違いない。

どうしよう。ここにいたのではなにもできない。とにかく家に戻り、彼と対決するしかない。でも、なにを武器に？

心臓が激しく打ち、息が苦しくなった。せめて、あと二、三週間は欲しい。ブロムリーを説得してみようか。いずれはチェシャーに帰り、あなたとの結婚を考えてみるから、しばらく待ってほしいと。

あるいは、もうあきらめる潮時なのかもしれない。もしここで逮捕されれば、せっかく貯《た》めた金はすべて賄賂《わいろ》や弁護士費用に消えるだろう。だが、まだ蓄えが足りない。危険を冒しながらここまで頑張ってきたというのに、今ロンドンを離れれば、せっかくの努力が無駄になる。たしかに数千ポンドあれば数年は食いつないでいけるだろう。だが、そのあとはどうなる？　収入はないし、稼ぐ手段もないし、結婚するつもりもないというのに。

やはり、目標額まで貯めるしかない。

エマは手紙を小さく折りたたみ、階段の陰から出て上階へあがった。ビリヤードの勝ち抜き戦に置いてきた金は、もし勝ち金ができればジョーンズが預かっておいてくれるだろう。彼のことは信用している。まだ若くて、親切だからだ。だが過度な期待はしていない。もしわたしの正体が明るみに出れば、ほかの人たちと同じく、彼も態度を豹変させるに決まっている。だまされていたことに怒り、わたしを罰しようとするだろう。わたしに自分の立場を思い知らせようとするはずだ。だから、そうなる前にわたしはロンドンを去る。

荷造りには一時間もかからないだろう。夜明けまでに、できるだけ眠っておかなくては。

8

時間というものがこれほど長くも短くも感じられるものだということをエマは初めて知った。一分が一瞬で過ぎていくようにも思えるし、一夜が永遠に続くような気もする。なにひとつなすすべのないまま夜を過ごしていると、恐怖と不安が腹の底から繰りかえしこみあげてくる。体が震え、心は疲れ、目はすっかり冴えていた。あと四時間で夜が明けることにほっとしていいのか、あるいは四時間しか眠れないことにいらだつべきなのかさえわからない。

とにかく、この恐怖心をなんとか打ち消したかった。恐怖は疑心暗鬼を生み、判断力を鈍らせる。

孤独感にとらわれ、エマはベッドで何度も寝返りを打ったあげく、寝室のなかを行ったり来たりしはじめた。だが、不安をぬぐうことはできなかった。

ロンドンを離れてはいけなかったのだ。いや、そもそも最初からロンドンになど行くべきではなかった。すべてを失うばかりか、自由までなくしてしまったらどうしよう。

エマは足を速めた。なにか行動を起こしたい。じっとしているのは耐えられない。

わたしの人生は後悔ばかりだ……。

チェシャーにとどまって最善を尽くせばよかったのかもしれない。だが、ブロムリーがわたしのことをあきらめてくれなかった。その気はないと伝えたのに、彼はますますしつこくなり、そして強引になった。それに大おじのこともある。亡くなって数カ月がたっても、焼け跡と化した屋敷のそばを通るたびに、わたしは自責の念に駆られた。あの夜、わたしが屋敷を抜けだしてさえいなければ……。そうすれば火災が発生したとき、大おじを助けに行けたのに。

エマは手で顔をこすった。そして頬が濡れていることに気づいた。涙が出るのも当然だ。大おじの死よりもっと後悔する過去があるのだから。わたしは弟を助けることもできなかった。いや、もっとたちが悪い。父親が酔っているのを知っていて、危険だとわかっていながらもウィルを馬車に乗せてしまったのだから。わが身だけのことならば、自分の過ちを受け入れて生きていける。だが、自分のせいで愛する人たちが死んでいったのだと思うと、耐えられない。ウィルの体はあまりにも冷たかった。そして硬くなっていた。

「ウィル、許して」祈りが通じるとは思えなかったが、それでもエマは祈った。

「ごめんなさい」そうつぶやいてみても、胸を押しつぶすような罪の意識は軽くならなかった。蛇がとぐろを巻くように、罪の意識がはいのぼってくる。エマは力なく窓辺に寄り、窓を開けた。

凍りつくような空気が部屋に流れこみ、肌を刺した。ネグリジェを通して風の冷たさが身に染みる。エマは溺れかけているかのように、新鮮な空気を必死に胸に吸いこんだ。ものの数秒で体が冷たくなったが、魂に宿る蛇は大人しくなった。

エマは呼吸を楽にし、窓枠にもたれかかった。

なにか気を紛らせることが欲しい。余計なことを考えなくてすむようななにかが。朝が来れば家に戻って対策を講じられるし、万策尽きれば雲隠れの算段をすることもできる。だから今宵《こよい》一夜をどうにかしたい。これまでも、そうやって一夜、また一夜と過ごしてきたように。

エマは肩が窓から出るほど身を乗りだした。首をのばし、うなじを夜気にあてる。なぜだかはわからないが、寒さに身をさらすとほっとするし、冬には強く引かれるものを感じる。人生は息苦しく、体から血液や空気を絞りとられるような気がしながら生きてきた。だが、冷たい空気のなかでは思いきり息ができるのだ。

それに、なぜだか、ハートのそばにいるときも呼吸ができた。言いあいばかりしているし、葛藤を強いられはするけれど。

〝わたしにひざまずけと命じてみろ〟

エマは長いため息をつき、ゆっくりと肺に空気を入れた。

だめだ、彼の部屋へ行くわけにはいかない。これほど状況が不安定で、意志の力は蜘蛛《くも》の糸のように細くなり、絶望的な気分になっているときに、彼に触れられでもしたら抵抗できる自信がない。でも、ハートならこんな気分を紛らしてくれるはずだ。悩みなどきれいに忘れさせてくれるだろう。彼はわたしの頭痛の種であり、心の慰めでもある。

ハート……。

今夜、彼のそばにいたいと思うのはとても危険だ。


彼の部屋は暗くて静かだった。廊下は寒いが、ドアを開けたとたん、刺激のある香りとともにあたたかい空気が顔をなでた。エマは絨毯の敷かれた廊下から、板張りの寝室に足を踏み入れた。

ベッドわきのテーブルに置かれた小さな蠟燭の明かりに目が慣れはじめた。枕にのった短い黒髪が見える。投げだすように広げられた腕をたどると肩と胸が見えた。なにも身につけていない。

自分の行動の大胆さを思うとエマは肌がざわついた。わたしはこともあろうに男性の寝室に忍びこんでいる。何年も恋心を抱きつづけた男性の部屋だ。蠟燭の明かりに照らされ、ハートの肌は輝いていた。顔はこちらを向いていないが、きれいな顎の線と、セクシーな口元が見える。

触ってみたいとエマは思った。どんな感触がするのか、体のさまざまな部分に触れてみたい。いや、だめだ。それを求めてここへ来たわけではないのだから。今そんなことをしたら、誘惑に負けてしまう。彼の肌にてのひらを置いたら、自分も同じことをされたいと思ってしまうのは目に見えている。

ふと彼に求められている場面を想像し、吐息がこぼれた。エマは後ろ手にドアを閉め、体を支えようともたれかかった。

ハートの顔にかかる蠟燭の明かりが揺れた。顎に力が入り、長い指がぴくりと動いたのがわかる。エマはその指を見ながら、今朝のことを思いだした。

唇をなめたが、感覚が麻痺していてなにも感じなかった。「動か……」言葉を発しかけたが、かすれ声しか出てこなかった。エマはごくりと喉を鳴らし、もう一度口を開いた。「動かないで」

ハートがびくっとしたのを見て、エマは息がとまった。気がついたときには、彼は体を起こしてこちらを向いていた。

「誰だ？」ハートが鋭い声で尋ねた。

「わたしよ」

ハートは一瞬で警戒を解き、白い歯をのぞかせた。「エマ？」体を起こそうとシーツから脚を出した。

「だめ！」

ハートの動きがとまった。

「動かないで」

ハートは自分の脚に目をやり、そしてエマを見た。「ガウンを着てもいいかな？」

「そのまま横になっていて」

彼は困惑したような表情で、顔をこすっている。

「ベッドに来るつもりなのかい？　だったら歓迎するよ」

エマは首を振った。次の言葉を口にするのが精いっぱいだ。

ハートはかすかに口元をゆがめた。

「どういうつもりかは知らないが、真夜中に男の寝室に来たということは――」

「ベッドカバーをどけて」エマは早口で言った。

「なんだって？」ハートは二度、目をしばたたいた。

エマは顎をあげ、手が震えているのを隠して、なるべく冷静に聞こえる声を装った。

「あなたの体を見たいの。ベッドカバーをどけてちょうだい」

ハートは唖然《あぜん》とした顔でこちらを見ていたが、次第に感情が表に出てきた。初めは驚き、それからいぶかしみ、最後には激しさを秘めた危険な表情になった。

「わたしを追うことにしたのか？」

エマはこぶしを握りしめ、ドアにもたれかかったまま背筋をのばした。

「早くベッドカバーを取って」ハートに考える暇を与えたくなかった。鋭い言葉など聞きたくない。

エマの思惑は功を奏した。ハートは片眉をつりあげてじっとこちらを見ていたが、エマの言葉に従うことにしたらしく、緑色をしたシルクのキルトに手をかけた。

暗闇にも目が慣れ、エマはベッドカバーの上からでもハートの体の輪郭がはっきりわかるようになった。ハートがゆっくりとベッドカバーとシーツをどけた。

エマは息をのんだ。胸が広く、腹は引きしまり、胸毛が腹部でいったん細くなったあと脚のつけ根でまた広がっている。

鼓動が大きくなり、エマはため息をもらした。ハートが片肘をついてこちらを向いたため、全身がよく見える。エマの視線に刺激を受けたのか、下腹部がみるみるうちに張りつめ、大きくなった。

まるでわたしが両手で包みこむために存在しているみたいだ。そう思うと、体の奥がうずいた。エマはウールのネグリジェをつかみ、両手を握りしめたり緩めたりした。

「どうだ？」ハートが低い声できいた。「お気に召したか？」

ええ、とても。わたしが体を許しさえすれば、その屹立《きつりつ》したものは想像を超える歓びを与えてくれるのだろう。

ベッドへ近寄りたい気持ちを抑え、エマは言葉を続けた。「触ってみて」

「なんだと？」

「あなたが……自分を慰めるところを見たいわ」緊張で体がこわばる。

美しい顔にショックを受けたような表情が走った。ハートは目をすがめた。「いやだ」

「抵抗しないで」

ハートは短く笑った。「冗談じゃない」

エマが下腹部へ視線を向けると、まるで触られたかのように彼自身がびくんと跳ねた。

「どんなふうにするのか見せてちょうだい」

ハートは体を起こして床に足をおろそうとした。エマはドアの取っ手に手をのばした。

「足をついたら、わたしは出ていくわよ。横になりなさい」

ハートは顔をしかめたまま、また肘をついた。

「それでいいわ」エマはほっと息をついた。警戒心が期待に変わったのを感じながら、相手の出方を見守る。

腰に置かれたハートの手がぴくっと動いた。

エマは唇を湿らせた。「さあ、早く」命令するというよりはささやきに近い声で、もう一度、要求した。ようやく、ハートが従う気配を見せた。日焼けした手が白い腹部を滑りおり、硬くなったものをつかんだ。

それを見てエマは声がもれそうになった。頭がくらくらするような興奮を覚え、ハートの顔に目をやった。彼は顔を赤くし、険しい表情をしている。

「昨晩もわたしのことを想像していたと言ったわよね。こういうことをしながら?」

「そうだ」低い声がエマの腹に響いた。

「ここでそれをしてみせて」

ハートの手は長いあいだとまったままだった。だが、やがてため息とともに、それが一度だけ上下した。

エマは、これまで体を支えていたはずの膝が震え、かすみとなって消えてしまったような気がして、さらに強くドアに体を押しつけた。ハートの手はもう動かなかった。その顔には怒りと緊張の色が浮かんでいる。だが目は熱を帯びていた。

「もっとよ」エマは命じた。ハートはびくっとした。だが、黙って仰向けになると、ゆっくりと手を動かしはじめた。エマは体が熱くなった。彼の腕が上下するごとに歓びがこみあげてくる。

エマもまた感じていた。下腹部がどくんどくんとうずき、顔が熱くなり、手足は燃えつきてしまったのかと思うほど感覚がなくなった。

そしてハートはといえば……息をのむほど美しかった。筋肉の隆々とした長い肢体にうっすらと汗が浮かんでいる。エマはその猛《たけ》りたったものに触れてみたいと思った。指先を滑らせ、てのひらで包みこんでみたい。彼にやめてくれと懇願させることができるだろうか？

これまで何度も目にしたことはあるが、自分で触った経験は一度もない。でも、だからといって、今、彼のそばへ行くわけにはいかない。

エマは自分の腿の合わせ目に手を置いた。ほんの少し押さえただけで声が出そうになる。

ハートが顔をこちらへ向けた。まぶたは開いているが、快感に包まれているのか表情は虚ろだ。だが、ふと目が焦点を結び、エマの体に視線をはわせると、下腹部に置かれた手をじっと見つめた。エマは力をこめて押さえた。ハートは空いているほうの手でシーツをつかみ、苦しげな表情で手の動きを速めた。

その悩ましい姿を、エマは手で味わう代わりに目で堪能した。ベッドに戻ったら、この姿を思いだしながらわが身を愛撫しよう。彼もきっと同じことをするはずだ。そう思うと満足感はさらに深くなった。

ハートの腿の筋肉に力が入り、下腹が沈み、胸の上下が速くなった。エマはその表情を見つめた。歓喜の瞬間を迎えようとしているのだろう、唇を引き結び、熱い目をしている。

「見ていろ」ハートがうなった。エマは上下する手に視線を戻し、自分の下腹部をさらに強く押さえた。顎が震え、手のリズムが速まるにつれ鼓動も速くなっていく。ハートはシーツをぎゅっとつかんだ。

「エマ」ハートが名前をささやいた。

「ええ」エマは答えた。ハートはエマの見ている前で体を痙攣《けいれん》させ、クライマックスを迎えた。ああ、あれに触れてみたい。今を逃せば、一生、知ることはないかもしれないのだから。熱いのだろうか？　すべすべしているのだろうか？　口に含んだらどんな味がするのだろう？　もし、今わたしが心のおもむくままに覆いかぶされば、あれはまた情熱を帯びるのだろうか？

ハートの苦しげな呼吸がおさまってきた。この心高ぶるひとときがもうすぐ終わってしまう……。

「出ていけ」かすれた声でハートが言った。

エマは首を振った。まだ自分の部屋に戻りたくはない。彼も本気で言っているわけではないはずだ。エマは動かなかった。もうしばらくとどまりたかった。呼吸が緩やかになり、ハートは手足をだらりとさせた。そしてまぶたを開いた。紅潮した顔にブルーの瞳が印象的だ。

ハートは目を細め、にやりと笑った。「今すぐに出ていけ」

エマは寝室をあとにし、ぴしゃりとドアを閉めた。

9

　ベッドカバーの重みとぬくもりが心地よく、ハートはいつにない倦怠感に包まれていた。羽毛のマットレスに深く沈みこんでいるようで、起きあがる気になれない。目の上に腕をのせて朝の光をさえぎり、また深い眠りに落ちた。

　ほんの数分たっただけなのか、あるいは一時間ほど眠りこんでいたのかはわからないが、ふと目が覚めた。のびをしようとしたとき昨晩のことが思いだされ、怒りで全身がこわばった。

　どうしてあんなことをしてしまったのだ？

　刺激的な記憶に下半身が反応し、それにも腹が立った。なぜ、あんなにやすやすと欲望に流されてしまったのだろう。ずっと自制心を保ってきたというのに、あっさりと下劣な男に戻ってしまった。もし彼女が昨晩のことをどこかでしゃべったら……。

　ハートは上半身を起こし、ベルの紐を引こうと腕をのばした。指が紐に触れたとき、ちょうどノックの音がした。近侍だろう。

「入れ！」頭にかっと血がのぼり、顔が赤くなった。あんなことをするのではなかった。せめて、もっと違う展開にもできたろうに。たしかにエマを挑発はしたが、主導権を握らせるべきではなかったのだ。これではカード室で女性に手を出しているところを誰かに目撃されるより始末が悪い。異常な男だという烙印を押され、笑いものにされる……。

　近侍のウェルフォードが紅茶とトーストを運んできた。

「体をふきたいから湯を持ってこい」ハートは怒鳴った。

「はい、ただいま」ウェルフォードは小さな声で答え、お辞儀もそこそこに寝室を出ていった。黙っていても近侍は、毎朝、湯を用意する。余計なことを命じてしまったばっかりに、昨夜の愚行を近侍に見透かされたような気がした。

　熱い紅茶を一気に飲んだ。喉に焼けるような痛みを感じたおかげで、少し頭が働くようになった。わたしはもう知恵のまわらない青二才ではない。昨晩は品のない行為に溺れてしまったが、その証拠が残っているわけではないのだ。昔のように恥ずかしい手紙が世間に出まわるような事態にはならない。悪くても噂が広まる程度だ。だが、もしそんなことになったら、エマにはそれなりの代償を支払ってもらう。

　冷めたトーストを食べ終えたころ、近侍が湯気の立つ水差しを持って入ってきた。ウェルフォードは洗面器のそばにタオル、石鹸、シェービングパウダー、それにカミソリを並べた。

「あとでひげを剃《そ》りにまいりましょうか？」

「ああ、来てくれ」そう答えながらも、ハートは廊下を隔てた向かい側の寝室が気になっていた。エマはもう起きているのだろうか？　いや、目覚めていようが、寝ていようがかまうものか。どのみち、どこかでエマを捕まえ、他人に話したりすればエマのほうが失うものは大きいのだということをはっきり伝えなくてはいけない。ゴシップそのものが怖いわけではない。だが、どんなことなら噂になってもよいかは自分で決める。エマにゴシップを流させるようなまねはさせるものか。

三〇分後、上着の袖口から真っ白なシャツが少し見えるように引っ張りだし、首をまわしてこりをほぐすと、ようやく自分らしさを取り戻し、屈辱感が和らいだ。

「ウェルフォード、レディ・デンモアに朝食を一緒にどうかと伝えてくれ」

近侍はいつものごとく優雅な足取りで部屋を出ていった。ハートはまたあれこれと考えはじめた。不安がぶりかえしたわけではない。エマに会うのが楽しみになってきたのだ。今日はどんな一日になるだろう。エマは冷淡な態度をとるだろうか？　それとも期待に震えるだろうか？　わたしを笑わせるのか、それとも怒らせるのか。それに今夜は……どんな楽しいことが待っているのだろう。どちらがどちらの寝室へ行き、ふたりの関係はどこまで進むのか……。

自信が戻ってきた。大丈夫だ、今日はわたしが主導権を握ってみせる。

「旦那さま」

「どうだった？」

「レディ・デンモアはお部屋にいらっしゃいませんでした」

「わかった」朝食室にいたほうが身のためだぞ、エマ、とハートは思った。もしまたカード室などにこもっていたら……。

喉になにかつまったとでもいうようにウェルフォードが咳払いをした。

「どうした？」

「メイドによりますと、レディ・デンモアはモールター卿から馬車を借りられ、今朝の八時ごろにお屋敷を発ったそうでございます」

ハートは上着のポケットにハンカチを入れかけたまま、手をとめた。「なんだと？」

「ロンドンにお戻りになったようです」

ハートは出鼻をくじかれ、自尊心が傷ついた。やっぱり彼女には代償を支払ってもらうしかないようだ。

ハートは遠くに見えるデンモア宅の玄関から視線を戻し、厳しい表情でスティンプを見おろした。

「賊に入られたのは一昨日《おととい》だというのに、どうしておまえはわたしに連絡をよこさなかった？」

「ぼくはあの家に住んでるわけじゃないんだよ、旦那。家政婦からその話を聞いたのが昨晩なんだ。それから字の書けるやつを探して、手紙を届けてくれる人を見つけなくちゃいけなかった。きっと手紙は入れ違いになったんだよ」

「家を見張っていなかったのか？」

「でかい家だし、それに夜は長いからね」

「その泥棒とやらが誰なのか、わかったのか？」

スティンプは歯が一本抜けているのが見えるほど大きく口を開けて、にっこりと笑った。

「名前はわからないけど、泊まっているところなら知ってるよ」

ハートは気分がぐっとましになり、にやりとした。

「上出来だ。わたしをそこへ案内しろ」

「ここからは遠いんだ。旦那の馬車を呼んでよ。こういうときのための馬車だろ？」

小生意気な小僧だと思ったが、にらみつけるのはやめ、手をあげて馬車を呼び寄せた。蹄《てい》鉄《てつ》の音が近づくと、スティンプが目を輝かせた。驚きを顔に出さないようにしているつもりだろうが、茶色い目がうれしさできらきらしている。まだ、ほんの子供なのだ。ハートはふんと鼻を鳴らしそうになったが、それを我慢した。見栄《みえ》を張りたいのなら、好きにさせてやればいい。

「乗れ」馬車がとまるとハートは命じた。スティンプは猫のような身軽さで馬車に飛び乗った。「正面の小窓を開けて、御者に行き先を伝えろ」

それ以上、促すまでもなかった。スティンプは嬉々《きき》として御者に道を説明し、窓をすべて開け、そのせいで冷たい風が吹きこむため、毛布ですっぽりと体を覆った。

少年はその道を曲がってと、御者に何度も大声で命令した。馬車は左に曲がり、それから二度、右に曲がった。そのあと、また左、右、右と道を曲がった。ずいぶん遠まわりをしているのは間違いなさそうだとハートは思った。

「その男について、どんなことを知っているんだ？」

「この辺の人間じゃないよ。でかくて、無口だけど、隠れるのは下手だね」

「先月、おまえから情報を聞きだそうとして金を払ったやつと同じ男なのか？」

「そうだよ。ゆうべ、また姿を見せたんだ。ぼくはそいつを追っ払って、ついでにあとをつけた。ねえ、お巡りを呼ばなくてもいいの？」

ハートは肩をすくめた。迷うところだ。

「そいつは酒場でしこたま飲んで、そこの宿屋に入ったんだ。今ごろはぐうすか寝ていると思うよ」

ハートは懐中時計を取りだした。「もう午後の三時だぞ」

「だって、朝の七時まで飲んでたもん」

よくその時間まで見張っていたものだと思い、その粘り強さにハートは感心した。

「おまえも疲れただろう？」

スティンプは小さな肩をすくめ、うれしそうな顔をした。「なんたって探偵だからね。石炭を運ぶのとはわけが違うよ」片眉をつりあげた顔が、見覚えのある誰かの表情に驚くほどよく似ていた。「探偵ってのは紳士の仕事なんだろ？」

笑みがこぼれそうになったが、ハートは無表情を装った。どうりで、この小僧を見ているとエマを思いだすわけだ。骨の髄まで横柄だ。

「まだ、おまえを信用すると決めたわけじゃないぞ」

スティンプはころころと笑った。ようやく馬車がとまった。

ハートは道路におりたった。目の前には、やけに長い三階建ての建物があった。スティンプがわきを抜け、ドアが開け放たれたままの入り口へ駆けこんだ。ハートも狭い玄関に入ったが、そのとたん肌が粟《あわ》だった。建物のなかだというのに屋外と変わらないほど気温が低く、体臭と、腐りかけた食べ物のにおいで空気が重い。灰色の壁は染みだらけだ。ハートは服がこすれないように気をつけた。

こんな寒くて小汚い宿屋に居着いている男が、彼女とどういう関係だというのだ？　それを考えると、エマに対する不信感がつのり、怒りが増した。おそらく、ただのこそ泥ではないのだろう。なにか別の事情が存在するようだ。賭事が絡んでいるのは間違いない。ばかな娘だ。

スティンプのあとについて階段をのぼった。二階の廊下はさらに薄暗かった。がたの来た茶色いドアの前でスティンプは立ちどまった。少年がここだとうなずくのを見て、ハートはてのひらで勢いよくドアを突いた。

敷物の上に寝そべっていたふたりの男が、ハートの顔を見て転げるように廊下へ逃げだした。部屋の隅に、もうひとり別の男が丸まって寝ていた。

ハートはあたりに散らかった小汚いしわくちゃの毛布のあいだを縫って進み、男を足でこづいた。

「こいつだよ」スティンプが言った。ハートはもう少し強く足で押した。男はもぞもぞと動き、つんとするジンくさい息を吐きだした。

「ひどいにおいだな」

「もしかするとこいつは田舎の人間で、都会の酒に慣れていないのかもしれないよ」

ハートは顔をしかめ、かがみこんで汚れたシャツをつかんだ。なんの染みだかは知らないが、とりあえず乾いてはいる。

乱暴に体を揺さぶると男は目を開けたが、ハートが手をとめると、まぶたをひくひくさせてまた眠りに落ちた。

「起きろ」

男はむにゃむにゃと口を動かすだけだ。

「くそっ」引っ張りあげていったんは立たせたが、すぐにまた床に寝転んでしまった。「立つんだ。さもないと階段を引きずりおろすぞ」男を戸外の冷たい空気にさらす必要があった。ハート自身も新鮮な空気を吸いたかった。ジンと、汗と、それになんだかわからないすえたにおいで涙目になっている。

体を引きずって廊下に連れだすと、男はふらつきながら立ちあがり、よろよろと歩きだした。

「階段だぞ」ハートは一応注意し、容赦なく階段を引っ張りおろした。

文句のうめき声は無視したが、大きな手で手首をつかまれたのには我慢ならなかった。べたついているばかりか、恐ろしく力が強い。ハートは男を玄関から外に放りだし、上着で手をぬぐった。

屋外はジンと玉ねぎではなく、石炭を焚《た》いた煙のにおいがした。見張りをしているつもりか、スティンプが腕を組んで通行人に目を光らせている。

この酔っぱらいをどうやって目覚めさせたものかとハートは思案した。頭に冷たくて汚いバケツの水でもかけてやろうか。それともあばら骨を蹴飛ばすか。痛い目に遭わせてやりたい衝動に駆られたが、蹴り飛ばそうと足を引いた瞬間に思い直した。事情はわからないが、この男はエマのことを知っている。男をしゃべらせることはできなくとも、エマから聞きだすのは可能かもしれない。

「こいつを馬車に乗せるから手伝ってくれ」

スティンプは髪の生え際に届くかと思うほど、両眉を高くつりあげた。

「がたがたと揺られたら、きれいな馬車のなかに吐くかもしれないよ」

「床に転がしておいて、あとはなにごともないことを祈るさ」

スティンプはわかったというように肩をすくめ、馬車の狭い戸口から男をなかに押しこむのを手伝った。体を半分まで突っこんだとき、御者が馬車から飛びおり、肩で男の体を押した。

御者は肩の汚れを払い落としながら尋ねた。

「旦那さまも御者台にお座りになられますか?」

「そうしたほうがよさそうだな。スティンプ、おまえはどうする？」少年は断った。もう二度と馬車に乗る機会などないかもしれないから、せいぜい楽しんでおきたいと思ったのだろう。

馬車はものの数分でエマの自宅がある通りに着いた。御者が最短距離となる道を選んだためだ。少年は顔をしかめていた。

「スティンプ、レディ・デンモアにお越し願え」

少年は肩越しに振りかえり、不満そうな顔をハートに向けたあと、裏口のほうへ姿を消した。ハートは少し離れてついていき、湿った煉瓦壁の陰に身を隠した。スティンプが石段をおりる足音と、ドアの開く音がした。

「奥さまはいる？」スティンプの尋ねる声が聞こえた。石敷きの床を慌ただしく駆けてくる足音が響き、またドアの開く音がした。

「どこにいたの？　もう何時間も前に伝言したのよ。あなたの助けが必要なの」

ぐっとこらえたが、エマの声を聞いてまた新たに怒りがわいてきた。彼女はひと言も残さずにわたしを置いていった。まるで貸し馬のように。

スティンプは上手に対応していたが、エマは必死の様子だった。

「あなたが追い払ったと言っていた男性がまた来たのよ。見かけなかった？」

「見たよ」

エマのいらだちが伝わってきた。「まあ、結構な言いぐさね。なんのためにあなたを雇ったと思っているの？　こっちは、その人とおぼしき男性に家に押し入られたのよ。見張っていてちょうだいと頼んだでしょう。それなのにあなたが見まわりに来るのは三日にいっぺんくらいかしら？　金でももらったの？」

「金って、誰から？」

「その男からよ」

「最初の日に半ペニーもらったことは、もう言ったよ」

「スティンプ、いい？」なにかを怖がっているような声だ。「その人がどこの誰で、なにが目的なのか調べられないのなら、その男をなんとかしてほしいの。これは大事なことよ。なにかいい方法はない？」

ハートは目をしばたたき、一歩後ろにさがった。エマの乱暴な表現にショックを受けたからだ。

「そりゃ、まあ……」スティンプはいらだったのか足を踏み鳴らした。「そいつの首を切り裂いてくれそうなやつのひとりやふたりは知っているけど、それにはお金が――」

「やめて！　子供のくせに、なんてことを言いだすの？　殺してくれと頼んでいるわけじゃないわ。ただ、ここからいなくなってほしいだけ。永遠にね」

その言葉を聞いてハートはほっとした。ずるくて信用できない女性だが、そこまで冷酷ではないということだ。

「もし、ぼくがそいつを捕まえたら、いくらくれる？」どうやらスティンプは取引をしようとしているらしい。「五シリングでどう？　話が決まれば今すぐにでも――」

「それぐらいにしておけ」ハートは石段の二メートルほど手前に姿を現した。

エマが小さく悲鳴をあげ、口に手をあてた。はしばみ色の目がおびえている。すばやく状況を察したらしく、その顔に警戒の色が浮かんだ。

「どうしてここに？」口を押さえたまま尋ね、手をおろすと、ドアの外へ出た。「突然のお客さまには会わないことにしているの。今度から先に連絡してくださらないかしら」

「だいたい……」ハートは自分が歯を食いしばっていたことに気づいた。顎が痛くなりかけている。わたしはこの女性に……侮辱された。その表現がいちばん適当だろう。いいように利用されたような気もしている。そして、きっと裏切られるのだろうと感じている。

「だいたい、連絡などしたら、きみは絶対わたしに会おうとはしないだろう。そうじゃないのか？　それに今日は社交のために来たわけじゃない。きみにとってはうれしくない用事だ」

エマは思いあたるふしがないらしく、スティンプに目をやり、ハートに視線を戻した。

「モールターの屋敷でのことなら……」そこまで言うと恥ずかしそうな顔をした。実際に赤面してもいる。「黙って帰ってしまってごめんなさい。伝言を残す時間がなかったの」

「嘘をつくな。あの夜、きみはすでに朝が来たら出発するつもりでいた。しおらしいふりをするのはよして、自分が嘘つきだと認めろ」

エマはちらりとスティンプを見た。「わたしが帰ったことと、あの夜の出来事はなんの関係もないわ」

「そのとおり」ハートは冷笑した。「だが、あの夜、きみは手紙を受けとっている」

「あれは……」エマは言葉を切り、ハートの表情をうかがった。手のうちを探ろうとしたのだろう。だが、なにも読めなかったようだ。「個人的な内容よ。さあ、もう帰ってちょうだい」

「ラーク！」ハートは肩越しに大声で名前を呼んだ。

鈍い音やうめき声とともに御者が近づいてきたが、ハートはどんな小さな反応も見逃すまいとエマから目を離さなかった。エマは不安そうな顔はしていたが、男を見てもはっとした様子は見せなかった。だが、なんといっても賭事に長《た》けた女性だ。表情を隠すのはお手のものだろう。

「きみの家に押し入った賊だ」ハートは言った。御者が男を地面に転がした。

「この人が……？」エマはごくりと唾をのみこんだ。安堵や動揺、嫌悪や不安など、さまざまな感情がめまぐるしく顔に表れている。「死んでいるの？」ぼそりと尋ねた。

「いや、泥酔しているだけだ。知っている男か？」

エマは石段を二段ほどのぼり、首をのばした。両手はきつくスカートをつかんでいる。

「いいえ」

「じゃあ、こいつから話を聞きだすとするか」

いびきをかきはじめた男のそばにハートはしゃがみこんだ。「待って！」エマが叫ぶのと、ハートが無精ひげの生えた頬を平手打ちするのが同時だった。男はなにやらつぶやき、もぞもぞと動いたが、目を覚ましはしなかった。

「起きろ」ハートはもう一度、男の頬をぴしゃりとたたいた。

「旦那さま」御者のラークが、どこからか汚れた水の入ったバケツを持ってきた。

「ちょうどいい」

　エマがまた待ってと叫びながら石段を駆けのぼってきたが、ハートはかまわずにバケツの水を男にかけた。グレーのスカートの裾が濡れた。男の意識が戻ってきたのを見て、エマは後ろに飛びのいた。男はわめき声をあげ、口に入った水を吐きだし、顔の水をごしごしとふきとり、両腕を投げだした。

　ハートは一時間以内に風呂に入ると心に決め、汚れた水の滴る髪をつかんで、ぐいっと引っ張りあげた。

「おい、名前は？」

　男がなにやらうめきながら抵抗したため、ハートは相手の腿に蹴りを入れた。

「名前を言え！」ハートが怒鳴ると、男はひっと悲鳴をあげた。

「くそったれ」

「それがおまえの名前か？」

「違う、あんたがくそったれだ。その手を離さないと、腕を引きちぎってやるぞ、このあほんだら」

近づいてきたラークを手で制し、男の髪を放した。鈍い音を立てて頭が地面にぶつかったのを見てほくそえむ。そして、痛そうに頭へ手をのばしかけた男の喉に足をのせ、軽く体重をかけた。

男は目をむき、両手でハートの足首をつかんだ。ハートは踏む力を強めた。「その手をどけないと、バランスを崩して、おまえの大事な喉を踏みつぶしてしまうぞ」

男はやっきになって足を振り払おうとした。つやのある黒革のブーツが二センチばかり浮いた。少し息をさせてやろうと、ハートが足の力を緩めたからだ。

「おまえはどうせ、こう思っているんだろう。この進歩した世の中で、しかも大都市ロンドンにあって、真っ昼間に路上で人を殺せるわけがない、そんなことをすれば捕まるに決まっている、と。だがな、くそったれ君、わたしが誰だか教えてやろう。わたしは第八代サマーハート公だ。公爵というのは貴族院の正面玄関で人を殺しても平気なんだよ。みんなが口をそろえてなにも見なかったと証言するからな。たとえ裁判になったところで、裁判長に賄賂を渡せばすむ。わたしは難なく無罪放免だ。だから甘く考えないほうが身のためだぞ。きかれたことを話せ。さもなくば、おまえのそのみじめったらしい人生などなんのためらいもなく終わりにしてやる」

ハートはさらに続けた。「もし協力を拒めば、うちの御者が……」男はラークのほうへ目を向けた。「今夜、わたしが芝居見物をしているあいだに、おまえをテムズ川に放りこむ。わかったな？」

男の顔がみるみる恐怖で青ざめた。精いっぱい顎をのばしてブーツの端から顔を出し、必死にうなずいている。

せっかくきれいに磨いている主人のブーツに嘔吐《おうと》物がついたのを見たら、近侍はさぞや悲しむだろう。ハートはそう思い、ゆっくりと足を地面におろした。

「それから汚い言葉を使うんじゃないぞ。レディの前だ」

不健康そうな顔色ではあるが、いくらか血色が戻ってきたのを見て、ハートはほっとした。男は茶色い目をぐるりと動かし、階段の下に戻っていたエマの姿をとらえた。表情がこわばり、青白い顔が髪のつけ根まで真っ赤になる。男はせせら笑いながら、エマを指差した。

「きさま」ジンくさい息でいまいましそうに言った。

エマはさらにあとずさったが、閉まったドアにさえぎられ、追いつめられた。「やめて」弱々しい声だ。ハートは裏切りの予感を覚えた。

「この尻軽女」男が吐き捨てるように言った。だが、その侮蔑の言葉よりも、エマはハートの視線のほうが怖かった。はやぶさが鼠《ねずみ》を見るような目でじっとこちらの様子をうかがっている。まさか彼の前で正体が露見することになろうとは思ってもいなかったため、なんの準備もできていなかった。ハートはまるで鋭い目をした猛禽《もうきん》類だ。彼に行く手をふさがれたら、どうやって逃げればいいのだろう。

「あばずれのくせに」男がまた憎々しげに言った。その憎悪の激しさにエマの鼓動がさらに速くなった。ハートはエマを見据えたまま、男を蹴り飛ばした。

「本当に知らない男なのか？」そうきかれ、エマは首を振った。

ハートはようやくエマから視線を離し、男の角張った顔を平手で打った。その音にエマはびくっとした。耳の奥で鼓動が大音響で鳴り響いている。

「汚い言葉を使うなと言っておいたはずだぞ。おまえ、名前はなんという？」

「バールだ」

「名字は？」

「スマイス」

「なぜレディ・デンモアに近づいた？」

スマイスは口元をゆがめ、獰猛《どうもう》な目をした。

「レディだと？　自分でそう名乗っているのか？」

ハートが男の腿を蹴りあげ、小声で毒づいた。男に口の利き方を教えようとしているのだとエマは思ったが、言葉はろくに耳に入ってこなかった。エマは悩んだ。今すぐに走って逃げだそうか？　馬車の向こう側にまわりこみさえすれば大丈夫かもしれない。わたしがどちらの方角に向かったのかわからず、追っ手の足は遅れる。だけど、そのあとはどうするの？チェシャーから持ってきたお金さえ持たずに逃げたのでは、貧乏に苦しみ、あとはどん底まで落ちるだけだ。

エマは立ちすくんだまま、これまで必死に取り繕ってきた人生が見知らぬ男に壊される瞬間を待つしかなかった。

「恥知らずなやつさ」スマイスが言った。「ほかの女どもを悪の道に引きずりこむ、すれっからしのペテン師だ。貴婦人の皮をかぶった悪魔だよ」

エマは頭の片隅でなにかがおかしいと感じていた。ブロムリーに雇われただけの男にこれほど侮辱されるいわれはない。だがパニックに陥り、冷静に考えることができなかった。男から浴びせられる憎悪の言葉と、激しく鳴りつづける鼓動の音に押しつぶされそうになっていた。

エマは深く息を吸いこみ、泣きそうな声とともに息を吐いた。

「彼女はおまえのことなど知らないと言っているぞ、ミスター・スマイス」

「嘘だ！　平気で嘘ばかりつく女だからな」

ハートが鋭い視線をこちらへ向け、目をすがめた。「身に覚えはないのか？」

「ないわ」エマは力なく答え、ドアに背中を押しつけた。このドアから家のなかに入り、玄関から逃亡しようか。それならモールターのパーティで得た金をつかんで行ける。

ハートが突き刺すような視線をスマイスに戻した。

「もう少し詳しく話を聞かせてもらおうか」そのとき、ふいにエマの背後のドアが開いた。硬いドアが忽然《こつぜん》と消え、奈落の底へ落ちていくような気がした。気を失うのだろうかとエマは思った。だが、手が木枠をつかみ、背中があたたかいものにぶつかった。「奥さま、大丈夫ですか？」耳元でベスの声がした。ベスに体を支えられたとき、スマイスの怒声が聞こえた。

「リジー！　このあま」

エマの背後でベスが震えだした。「嘘……」泣き声がもれる。「いや、やめて。お願い、助けて」

「リジー！」スマイスが怒鳴り、よろめきながら立ちあがると、こちらへ向かって突進し、石段をおりてきた。ハートと御者が飛びだし、茶色いウールの上着をつかんだ。スマイスはいったん引き戻されたが、脱げかかった上着から両腕を抜いた。ハートと御者は上着をつかんだまま勢いよく後ろに転んだ。

「バール、お願い、やめて」ベスが叫んだ。だが、懇願の言葉は怒りの炎に油を注いだだけだった。

「てめえ、この裏切り者」

スティンプがつかみかかったが、あっさりと振り飛ばされた。

スマイスがこぶしを振りあげながら迫ってきた。ベスは家の奥へ逃げこみ、エマは転んで激しく背中を床に打ちつけた。だが痛みを感じる暇もなく、スマイスに襲いかかられた。

エマは倒れたままあとずさり、振りおろされるこぶしを避《よ》けようと首をすくめた。だが頭頂部を殴られ、壁に頭をしたたか打ちつけた。スマイスはそのままエマのわきを通り過ぎ、逃げるベスのドレスをつかんだ。

ベスはよろめき、まともにこぶしを食らった。骨の折れる音がして、鼻から血がほとばしった。エマは恐怖に叫び声をあげた。立ちあがりかけたとき、視界を人影が横切ったのに気づき、ずきずきする頭を両手でかばって体を丸めた。

「取り押さえたぞ」ハートの声がした。「エマ、大丈夫か？　エマ？」

エマは顔をあげた。ハートがはるか遠くにいるように見えた。スマイスの首根っこをつかみ、心配そうな顔でこちらを見ている。

「ええ」なにがどうなっているのか把握しようと、エマはあたりを見まわした。「ベス？」向こうの壁際にうずくまっている姿が見えた。「ベス？」

ドアの外でどさりという音がしたあと、ハートが戻ってきた。そばに来ようとしたハートに、エマは首を振って言った。「わたしなら平気」

ハートはうなずき、奥へ進んだ。「ミセス・リジー？」

「ベスです」涙声だった。「今はベスと名乗っています」

「すぐに医者を呼ぶから」

「結構です。鼻が折れただけですから。初めてじゃないんです」

「だが、そのままでは――」

「いいんです」ベスは顔に両手を押しあてたまま、血でくぐもった声でかたくなに医者を拒んだ。「お願いです、お医者さまは呼ばないで」

ハートはエマの顔を見た。「わたしに任せてちょうだい」エマは答えた。

「ベス」ハートが優しい声で問いかけた。「あいつはきみの夫なんだね？」

ベスはむせび泣きはじめた。「お騒がせして申し訳ございません。まさか、ここまで追いかけてくるとは思っていなかったのです」

「彼から逃げてきたのか?」

エマは立ちあがれる自信がなかったため、一、二メートルほどの距離をはってベスのそばへ寄り、丸まった背中に両腕をまわした。「いいのよ、ベス。泣かないで」

「奥さま、お許しくださいませ。わたしは出ていきます。だから、どうかわたしを夫のもとに戻さないでくださいまし。殺されてしまいます」

エマはどうしていいかわからず、ハートを見あげた。ハートは彫像のように冷たく、厳しい顔をしている。

「子供はいるのかい?」

ベスは首を振った。指のあいだから血が流れた。「いいえ。何度か妊娠しましたけれど、夫の暴力で流産しました」

「それはひどい」冷静さを装っていた仮面がはがれ、噂に聞く情け容赦ない一面が垣間見えた。「彼とは縁を切りたいんだね?」

「はい」

「では、当分のあいだ、あの男には海軍の船で労働にいそしんでもらうとしよう。それでいいかい?」

「あの……ええ」

「ラーク」ハートは御者を呼んだ。「あいつを港へ連れていけ。スティンプが適当な引き取り手を見つけだしてくれるだろう」

馬車が車輪の音を響かせながら遠ざかった。

これでひとまず心配事はなくなったとエマは安堵した。侵入者はブロムリーの手の者ではなかった。泣きじゃくるベスの肩を抱きながら、自分も泣ければいいのにと思った。

10

「ベスならもう大丈夫よ」エマはベスの寝室のドアを閉めながら、小声でそう告げ、ハートの顔を見あげた。ハートは暗い表情で眉根を寄せ、鋭い目でエマを見ている。

「きみはどうなんだ？」

「わたしは平気」気丈に答えてはみたものの、頭頂部が気になって手をのばした。ハートが両手でエマの頬を包みこみ、頭にそっと唇を押しあてる。その優しい仕草に、溶けた蜜蝋《みつろう》が体のなかをゆっくりと流れていくような感覚を覚え、エマはとまどった。

「すまなかった」ハートはそうささやき、こぶや傷がないか確かめようとするようにエマの頭をなでた。「スマイスをとめられなくて。あいつを連れてくるべきじゃなかった」

エマは胸がいっぱいになり、ただ首を振って、そっと息を吸いこんだ。「そんな……あなたが謝ることじゃないわ」ハートの指がこめかみに滑りおりた。エマは目を閉じた。「あなたには関係のないことだもの」

「ないだと？」

指の動きがとまった。「きみの身の安全や、きみの命にかかわることが、わたしには関係ないだと？」

ああ、どうしてこうなるの？　今はただ目を閉じて、彼の指の動きを感じていたいというのに。でも、彼の手はとまってしまった。とまどうほどの優しさも消えうせた。エマはため息をつき、目を開けた。ハートは両手をわきにおろした。

「そう、あなたには関係のないことよ」

「その見解は納得できない」

「あなたはいつも、わたしの意見が気に入らないのね」つい今しがたまで優しい態度を見せていたのが信じられないほど、ハートは冷たく、批判的な目になっていた。

「誰だと思ったんだ？」

「はい？」

「バール・スマイスさ」ハートは言い放った。「いったいどういう素性のやつだと思って、きみはあんなにおびえたんだ？」

先ほどのわたしは恐怖に襲われたせいで、ぼろを出してしまった。でも、今は違う。わたしを追いつめれば告白させられると思っているのなら、大間違いよ。エマはそう思い、正直そうな表情を装った。「最初は泥棒かと思ったの。そのあとは、わたしを好きになってしまった頭のいかれた男かもしれないと考えたわ。もしくは港湾労働者かなにかで、職にあぶれ、暮らし向きのよさそうな相手に逆恨みしたのかもしれないと思った」

「嘘つきだな」ハートははっきり言いきった。

「あなたはわたしを侮辱するのが大好きね」

「さっきのきみはせっぱつまった顔をしていた」ハートの表情はさらに険しくなった。こちらの言葉を信じていないだけでなく、自分に関係ないと言われたことを怒っているのだろう。

エマは嘘をつき通す覚悟を決めると、不愉快そうに片眉をつりあげて唇をとがらせ、さっさとキッチンへ向かった。「怖くて必死だったのよ。殺されるかもしれないと思っていたから。それなのにあなたはわたしを責めるわけ？　これは嘘っぽい、あれはやましそうだって？」

「あのとき、きみは――」

狭いキッチンでハートの行く手をふさぐように、エマはくるりと振り向いた。「あなたこそ、納得のいく説明をしてくださらないこと？　なぜ、スティンプと一緒だったの？」

ハートは黙りこんだ。

「わたしのことを探っていたのね。この辺の子供を雇って、わたしを見張らせていたんでしょう？　わたしのあとをつけさせて、わたしが誰と一緒にいたか、誰と話したか、逐一報告させていたわけ？」

「そんなばかなことをするものか」

エマはまた向き直り、食料貯蔵室へ通じる廊下に出て、正面玄関へ続く階段をのぼった。

「きみのことが心配なんだ」

エマは肩越しに振りかえり、階段をついてくるハートを見おろした。「わたしにはそうは思えない。あなたはわたしの心配をしているんじゃなくて、わたしを疑っているのよ。昔、愛人だった女性に裏切られたことがあるからなのね。ずいぶんスキャンダルの多い方だったと聞いているわ」

「それとこれとはなんの関係も――」

「でも、わたしはあなたの愛人じゃないの。だから、こんな扱いを受けるいわれはないわ。いったいあなたは具体的にわたしのなにを疑っているの？」

ふたりは階段をのぼりきり、玄関ホールに出た。ハートはエマの腕をつかみ、背中を自分のほうへ引き寄せた。耳元に唇を押しあてる。

「きみはわたしの愛人だ。きみも自分ではそう思っているはずだ」

「いいえ」

「わたしはきみを絶頂へ導いた。きみもわたしに同じことをした。まさか、忘れたのか？」

忘れられるわけがない。柔らかい蠟燭の明かりに照らされた彼の裸は、とても美しかった。エマは震え、腰を相手の下腹部に押しつけたい衝動をこらえた。

「わたしたちはもう愛人関係にあるんだ。まだ一線は越えていないと言うなら、どうかわたしにその機会を与えてくれ」ハートは唇を開き、エマの肌に軽く歯を立てた。エマの体のなかで興奮が流れる水のように胸から下腹部へと広がった。

ハートがもう一度唇を押しあて、それから耳たぶに舌をはわせた。エマは胸の先がうずき、腰に相手の膨らみを感じる。ああ、このまま流されてしまいたい。今なら絶対に邪魔は入らないのだから。彼を二階の寝室へ連れてさえいけば、わたしは本当に彼の愛人になれる。でも、ついさっき破滅を逃れてほっとしたばかりだというのに、それで有頂天になって余計な危険を冒すわけにはいかない。

　エマは首を振って拒否した。「その人のことを話してちょうだい」

　ハートは唇を動かすのをやめ、エマの腕を握る手に力をこめたあと、ぶっきらぼうに手を離した。「誰のことだ？」

「噂はいろいろ聞いているわ」

「なるほど」氷のように冷たい口調だ。「で、どの噂だ？」

　エマは顎をつんとあげた。「わかってるはずよ」

「さあね。さっぱりだ」

「高級娼婦に恋をしたんですってね。でもその女性は別の男性の愛人だった。あなたはその人に結婚してほしいと懇願した。そして手紙を書き……」

「ああ、その噂か」ハートが大声で笑いだし、エマはびくっとした。「そんなのは一〇年も前の話だし、人の口から口へと伝えられているあいだに、ずいぶんとおもしろおかしく作りかえられている。それに、わたしはその件について話すつもりはまったくない」

　エマは振り向き、ハートの目を見た。冷酷な色が浮かんでいる。だが、ともかくこれで話題を変えることはできた。「そう」

「それに、その件とわたしたちのことはなんの関係もない」

「それは違うと思うわよ。あなたはすべてにおいて、自分の思うとおりにことを進めようとする。わたしに対してもそう。あれこれ命令したり、自分のやり方を押しつけたりするし、子供を使ってわたしを見張らせたりしている。その理由は……また女性に裏切られ、笑いものにされることを怖がっているからよ」

ハートは唇を固く引き結んだ。「口を慎んだほうがいいぞ」

「この一〇年間、あなたは愛人にした女性をすべて支配してきた。でも、わたしにそれは通用しないわ。あなたはわたしからなにも奪うことはできないし、わたしを脅すこともできない」

「だが、きみには秘密がある」

そうくるだろうということは想像していたし、不安を顔に出さないよう心構えもできていた。「秘密なんかなにもないわ。たとえあったとしても、人間なら誰しもが持っているような、どうでもいい秘密ばかりよ」

「もし、きみの過去を探れば――」

「なんのために？　よくそんなことをしようと思いつくわね。あなたは天下の公爵よ。富も権力も持っている。わたしなんかがなにをしようが、あなたの地位は脅かされないし、あなたの人生は変わらない。それでもわたしの過去を探らずにはいられないというなら、どうぞお好きにすればいいわ。だけど、人にはとても個人的なことや、大切なことがある。あなたもそうでしょう？　それを無理やり調べるというのなら、あなたの勝手よ。その代わり、なにも見つからなくても謝罪になんか来ないでちょうだい。あなたとは二度と口を利く気になれないだろうから」

「本当になにも見つからないとでも？」あざけるような口調だ。

「いい？　わたしがあなたを追いかけているわけじゃないのよ。それどころか、ずっとあなたを拒否しつづけているわ。それなのに、まるでわたしが公爵の娼婦という特権を狙っているみたいに、あなたは疑《うたぐ》り深く、わたしを追及している。なんて高慢な人なの。うぬぼれるのもいい加減にしてちょうだい」

ハートは一歩あとずさり、敵意をむきだしにした目でエマをにらみつけた。

「だから、この前の夜、あんなことをしたのか？　わたしの自尊心を傷つけるために？」

あまりに強く息を吸いこんだせいで、エマは一瞬めまいを覚えた。ぼやけた視界のなかでハートが腕組みをしたのが見える。エマはなんとか、もう一度、息をした。「なにを言ってるの？」

「あれはわたしの鼻っ柱をへし折るのが目的だったのか？」

「まさか」あの夜のことでハートが傷ついていたという事実に驚き、エマは彼を追いかえそうとしていたことも忘れた。「たしかに、あなたは自尊心の高い人だわ。でも、それがあなたよ。あの夜、わたしはそういうところを見たかった。あなたの自信に満ちた、たくましい体を、この目で確かめたかったの。わたしの手には入らないけれど、それがどんなものか知っておきたかった。あなたとベッドをともにするわけにはいかないけれど、せめて……」

ハートは組んでいた腕をほどき、わきにおろした。エマは頭を振り、顔をそむけ、自分の履き古した靴に目をやった。もともとは薄いアイボリーの、とても柔らかい靴だったのに、今は硬くなり、すりきれている。

ハートが髪に触れてきたので、エマははっとした。「そんな優しいことを言ってくれるなんて、きみが急にとても若く見えてきたよ」

いいえ、わたしは若くなんかない。この大地と同じくらい心は年老いているし、大地と同じくらい、彼に対しては得体の知れない存在でありたいと思っている。

「どうしてそれほどかたくなに、わたしの愛人にはなるまいと決めているんだ？」ハートのあたたかい指が、また優しく頰や顎に触れた。

「わたしたちは一五分も一緒にいれば喧嘩になるのよ。お互いを褒めあうより、けなしあっていることのほうがはるかに多いわ。それなのにどうしてわたしを愛人にしたいの？」

ハートはかすかにほほえんだ。「わたしたちは惹かれあっている。理屈抜きの感情だ。それを受け入れさえすれば、喧嘩は今の半分に減ると思うぞ」

「顔を合わせなければ、喧嘩はいっさいなくなるわ」

ハートはほほえみを崩さなかった。「喧嘩といえばきみは、なぜそこまで意地を張るのかとわたしが尋ねるたびに、牙《きば》をむく。気づいていたか？　どういうばかげた考えにとりつかれているのか、ぜひ拝聴したいものだ。誰の愛人にもなるつもりはないと言うが、きみはべつに良心の呵責《かしゃく》を覚えているわけでもなさそうだし、世間体を気にしているわけでもない。どちらも、どうせぼろぼろか、それに近い状態だ」

「まあ、よくもそんなひどいことを――」

「それに、結婚もしたくないと言っているから、自分の行く末をおもんぱかって将来の夫に操を立てているというのでもない。肉体関係を嫌悪しているわけでもなさそうだ。誰が入ってくるかわからないカード室で、わたしとあんなことをするくらいだからな。だったらなんだ？　わたしの頭が悪いからわからないのか？　それについてきみの意見はいらないぞ。とにかく、きみがなにを考えているのか想像もつかないんだ」

エマは答えず、玄関ドアのそばの小さな窓に近寄り、ぼんやりと外を眺めた。

「答えてくれ」ハートが言った。「きみはいつまでもわたしに抵抗はできない。これはうぬぼれではないと思う。きみ自身の心がぐらついているのは見ていればわかる。だから、どうしてそれでも拒むのかを説明してくれるまで、わたしは帰らないぞ」

彼の言うとおりだ。いつまでも抵抗はできない。それどころか今すぐにでも流されてしまいそうだ。心の隅では、強引に求められ、やむにやまれず身を任せてしまうような状況になればいいとさえ願っている。エマは冷たいガラスに手を押しあてた。病気に感染しているとでも言ってしまおうか。そうすれば彼の熱も冷めるだろう。いや、やっぱりそれはできない。そんな恥さらしなことは考えるだけでも顔が赤くなる。そこまで追いつめられているわけではない。いずれはそうなるかもしれないけれど。

そのとき、ふと、完璧な言い訳が頭に浮かんだ。ハートは普通の紳士とは言いがたいが、それでもわたしが子供のときには身の安全を気遣ってくれたし、妹を育てた経験がある。冷たいふりを装ってはいるが、さすがの彼でも、わたしが人情味のない自己中心的な女だと思えば興味がうせるだろう。

「母は出産で人生をふいにしたの」エマはささやくように告げた。吐息でガラスが曇った。

「なんだって？」

エマは振り向き、皮肉な笑みを浮かべてみせた。「わたしの母よ。母は子供を産んだことで人生をだめにしたの。たったふたりしか儲けていないのに、どちらも悲劇だったわ。ひとり目を産んだあとは容姿が衰え、父からさんざんいやみを言われるはめになった。太ったのよ。ふたり目のときは体が弱り、それから一年もたたずして他界することになった。でもね、それならいっそのことお産で亡くなっていたほうが幸せだったろうと思うわ。最後のころは病気ばかりして、なんの役にも立てず、醜い姿になっていたのだから。いわば家族のお荷物だったのよ。だから、わたしは子供なんか産みたくないし、妊娠するような危険は冒したくないの」

ハートは困惑したような表情を浮かべていた。

「それなら方法はいろいろ……。いや、だって、きみは結婚していたじゃないか」

エマは最後の一撃を繰りだした。「妊娠しないように必死だったわよ。祈りもしたし、抵抗もしたわ。太って不細工になるのは絶対にいやだったし、泣いてばかりの子供たちにまつわりつかれるのはごめんだったもの」エマはにっこりと笑った。ハートがみるみるよそよそしい表情になるのがわかった。

「だけど、きみはまだ若い。まだこれから――」

「そうよ、若いわ。だから、この若さを精いっぱい楽しむつもりよ」

「修道女のような人生を送りながら？」

「わたしの人生がそんなに禁欲的に見えて？」

ハートが体をこわばらせた。「避妊する方法はたくさんある」

「どれも完璧に妊娠を防いでくれるわけじゃないわ。将来的にいつかは赤ん坊が欲しいけれど今ではない、ということではないの。絶対に欲しくないのよ。あなたはたまに危険を冒すようだけど、わたしはそんなまねはしない」

「もしきみが妊娠したら、わたしは喜んで援助を――」

「わたしの代わりに赤ん坊をはらんでくださるの？　妊娠したらまんまるに太るのよ。産むのは痛いし、血だらけにもなるし、授乳中はおっぱいが牛みたいになるし。それに母親は赤ん坊の奴隷よ。だってひとりじゃなんにもできないんだもの」エマはぞっとしたふりをしてみせた。「冗談じゃないわ」

「わかった」ハートは短く答え、これまで幾度もそうしてきたように、こちらの表情をうかがった。唇の端が少しさがったところを見ると、わたしのことをなにかが欠けている女だと思ったのだろう。ハートはゆっくりとうなずいた。「説明してくれたことに感謝するよ。今日はいろいろあったから、きみも疲れただろう。約束どおりわたしはもう行くから、ゆっくり休むといい」

ドアが閉まった。凍えるほど冷たい空気が流れこみ、目にたまった涙が冷たく感じられた。エマは黙ってその場に立ちつくしたまま、壁紙の小さな破れをじっと見つめた。

ハートの馬車はまだ戻ってきていなかったが、どうやって帰るつもりなのかエマは尋ねなかった。声を出すことができなかったのだ。ハートがドアを開けた。

ハートに話した内容のほとんどは真実だ。それを思うとつらくなり、エマは黙ってその場に立ちつくしたまま、壁紙の小さな破れをじっと見つめた。

本当に赤ん坊は産みたくなかった。子供を持つことなど考えただけでも苦痛だ。だがそれは母親が太ったからではない。おそらく母は、夫から求められるのがいやで、わざと体重を増やしたのだろう。ウィルを産んだことで母が徐々に衰弱し、やがては死にいたったのも事実だが、それでさえ、わたしが子供は欲しくないと思う理由にはなっていない。

結婚さえしなければ、子供のことなど考えずにすむ。だが、夫などいらないと口にするたびに、その本当の理由が胸に突き刺さる。わたしにはわが子のような存在がいた。弟のウィルだ。あの子が悪い夢を見たときは慰めてやり、痛い思いをしたときには抱きしめてやった。どこへ行くにも連れていき、乳母の女性が父親のベッドの相手で忙しいときは、文字の読み方を教えた。でも、弟は死んでしまった。

わたしにはかけがえのない弟だったのに、ウィルは泥まみれの遺体となって帰ってきた。それでも世の中は動いたが、わたしだけは時間がとまったまま、変わり果てた世界をただ呆然と眺めていた。

わたしはウィルを心から愛していた。あの子を失った胸の痛みは、たとえ生まれ変わったとしても癒《い》えないだろう。

エマはとぼとぼと階段へ向かい、重い足取りで二階へあがり寝室へ入ると、冷たいベッドにもぐりこんだ。あまりに疲れすぎていて夕食の用意をする気にもなれない。ベスも悶々としていてそれどころではないだろう。

窓の外は暗くなりはじめていた。エマははれぼったいまぶたを閉じた。

「彼女はもういないんだ。いい加減に忘れろ」

ブロムリーは父親をにらみつけた。「よくそんなことが言えますね」

父親はお手あげだというように両手をあげ、顔をしかめた。

「考えてもみろ。姿を消した相手のことをいつまでも思っていても仕方がないだろう。たしかにおまえにはお似合いの女性に見えたが、彼女には結婚するつもりがなかった。おまえのプロポーズを何度も断り、あげくにはここを飛びだしていったんだ。祈ってばかりいるだけじゃなくて、少しは頭を使え」

ブロムリーは勢いよく立ちあがり、両手をどんとテーブルに置いた。

「なんてことを言うんですか。父親だから尊敬しなくてはいけないと思っていますが、教会を冒瀆《ぼうとく》するような言葉は許しませんよ」

「われわれが通っているのは英国国教会だ。なのにあの司祭はまるでローマ・カトリック教の神父みたいじゃないか」

「ウィッティア司祭は立派な方です！　彼とそのお仲間の司祭の方々は教会を神の手に戻そうとされています。教会が本当の姿を取り戻すよう尽力されているんですよ。そしてぼくが自分の魂を見つけられるよう導いてくださってもいます」

父親は薄くなった白髪を手ですいた。

「おまえの魂はここにあるし、それでなんの問題もない。教会だって今のままの姿がいちばんいいんだ。おまえの言っているような司祭たちはもうすぐ追放されるはずだ。彼らは人々をまどわせている。おまえもああいう司祭になれば教会にはいられなくなるぞ」

「父上はなにもわかっていない」ブロムリーは吐き捨てるように言った。

「あの司祭らやローマ・カトリック教的な儀式については、教会側も立場を明確にしている」

「そんな話はもう聞きたくありません。彼女と結婚さえすれば、ぼくを聖職者に推してくださるとウィッティア司祭はおっしゃいました。ぼくは人々の魂を癒《いや》し、教会を本来の姿に戻すお手伝いをするつもりです。でも、ぼくの魂が罪と欲望で汚れているあいだはそれができないのです」

父親は黙って首を振った。これは父子のあいだで幾度も交わされてきた会話だった。ブロムリーは父親の柔らかい毛髪と赤みがかった肌をにらんだ。父親は性格の弱い人間だ。あまりに優しく、他人の罪を簡単に許してしまい、気の強い妻の言いなりになってきた。ブロムリーは自分が母親の精神力を受け継いだことを短い言葉で神に感謝した。

「彼女との結婚を父上は認めてくださったじゃありませんか。応援するとおっしゃいましたよ」

「あのときは相手も結婚を望んでいると思ったから、そう言ったのだ。だが彼女は――」

「いいえ、これは彼女が自分で選んだことです。彼女はぼくに道を踏みはずさせ、ぼくの魂を汚しました。だから責任を取らなくてはいけないのです。ぼくは彼女と結婚します。こうなってはもう、そうするしかないんです」

年老いた父親はうなだれ、頭を抱えた。「だが、どこにいるかさえも知らんのだろう？はるばるロンドンまで行っても、なにもわからずに帰ってきたじゃないか。もうこれ以上、旅費を出すわけにはいかん。うちにはそんな余裕はないんだ」

怒りがつのり、毒づきたくなったが、ブロムリーは冷静に考えようと努めた。しかるべきときが来れば父は必ず味方をしてくれるはずだと思い、穏やかな声で言った。「わかりました。でも、ぼくは神に祈りつづけます。もし神さまがなんらかの情報をもたらしてくださったときは、もう一度だけチャンスをくれますか？」

父親は長いあいだ黙りこんでいた。がっくりと肩を落としている。

「彼女を愛しているんです」ブロムリーは小さな声で言った。

ようやく父親がうなずいた。「もし彼女の所在がわかったら、そのときは旅費を出してやろう。だが、無理に連れ戻すようなことはしてはだめだぞ。わかったか？」

ブロムリーはそれで満足した。父親の助けなどなくても、自分で連れ戻せると思ったからだ。父親はまだうなだれていたが、ブロムリーはほほえんだ。

「もちろん、それで結構です。ありがとうございます」そして、さらに一生懸命に祈るため、また教会へ向かった。

11

背中にあたる日差しがあたたかく、ランカスターの腕にかけた手に彼の優しいぬくもりが伝わってきた。エマはきらきら輝くテムズ川の水面に目をやると、ほほえみを浮かべ、歩みを緩めた。そろそろ散歩も終わりだが、それがエマにはひどく残念だった。ランカスターはハンサムで魅力的だ。求婚はしてこないから、友人ということになるのだろう。それにしても、今日は春のように気持ちのよい日だ。

ふとエマの心がざわついた。残された時間はあと一カ月。春になれば貴族たちが領地からロンドンにやってくる。手元の資産も順調に増えていた。議員のなかには先に単身でロンドンに戻ってくる者もぽつぽつといたが、家族を呼ぶのは三月に入ってからだ。男性たちは娯楽を求めている。賭事は間違いなくそのひとつだ。娼館もそれに含まれるのだろうが、わたしが興味を持てるのは賭事だけだ。

こうしていると、すでに冬は去ったような気がしてくる。冬とともに始まったわたしの後ろ暗い計画も、もう終わったのだと勘違いしてしまいそうだ。こんな日は、大おじの家庭菜園で午後のひとときを過ごしたことや、朝、鶏《にわとり》小屋で卵を集めたことなどを思いだす。あたたかくてなめらかな丸みの感触がてのひらに戻ってくるようだ。

ほんの一メートルほど先を鷗《かもめ》が横切った。そういえば母は、海岸でアザラシやペリカンを見つけるたびにうれしそうな声をあげたものだ。

「なにを考えているんだい？」

エマは笑みを浮かべたままランカスターのほうへ顔を向けた。

「子供のころ、母と海岸を散歩したことを思いだしていたの」

「ブライトンかい？　ぼくは足を運んだことがないんだよ」

「あら、わたしもないわよ。母と行ったのはスカーバラだもの。母は静かな場所を好んだの。きっと穏やかにのんびりと過ごしたかったのね」

今のわたしもそういう時間が欲しい。

「昔のことを考えていたときのきみの顔は、たしかに穏やかだったな」

「スカーバラはとてもいいところよ。大好きだわ」エマは自分がしゃべりすぎていることに気づいた。姿を消すときは、あとになにも残してはいけないというのに。ランカスターがなにか言いかけるのを見て、エマは慌てて話題を変えた。「まさか、こんなに早い時期からヨットに乗るものだとは思ってもいなかったわ。まだ水が冷たいでしょうに」

「水面に氷さえなくなれば、レースをしようということになるんだろう。賭をしたがる人間はどこにでもいるからね」ランカスターはエマを見てにやりと笑った。「だからレースをしたがる人間も出てくるのさ」

ろうね」

「殿方たちはきっと女性に説得されてヨットを出しちゃうのね」

「よく言うよ。きみは説得する側だろう？　きみなら、さぞや上手に言いくるめてしまうだろうね」

エマはランカスターの腕を軽くたたいて大笑いしながらも、自分はハートさえ説得できたのだと思った。この三週間、彼からはなんの連絡もない。二、三度、パーティで見かけたが、ハートは軽く会釈をする程度で、こちらに近づいてこようとはしなかった。エマも自分から寄っていくようなまねはしなかった。ようやく距離を置くことができたのだから、その苦労を水の泡にするわけにはいかない。こうするしかないのだ。つらいけれど、ほかにどうしようもない。

物思いに沈んでいると、ランカスターの声がした。「賭といえば、オズボーン卿から聞いたよ。この一カ月ほど、きみはとても調子がいいんだってね。たいした腕だと誇らしそうに言っていらしたよ」

エマは笑いながらも、罪悪感に胸が痛んだ。オズボーン夫妻は久しぶりに会った姪《めい》のようにわたしをかわいがってくれる。ふたりとも、昔は大おじとずいぶん親しくしていたらしく、庭造りの苦労話など、大おじのことになると楽しそうに話を聞いてくれた。自分たちがともに過ごした若き日々の思い出話をしているときは、それ以上にうれしそうだった。わたしの巧みな嘘にだまされたと知ったら、ふたりはさぞや傷つくだろう。きっと恩を仇《あだ》で返されたと思うに違いない。

「オズボーン卿は本当にいい方よ」エマは本心からそう言った。

「きみが姿を見せそうなパーティをサマーハートがわざと避けているようだとも言っていらしたぞ」

エマは顔をあげた。ランカスターは口元にからかうような笑みを浮かべている。彼はすてきな男性だし、わたしを笑わせてもくれる。嘘を取り繕うのに必死になってさえいなければ、彼の優しさをもっとうれしく感じるだろう。ランカスターはハートとは違い、心を開いてくれる。だからこそ、いつも申し訳なく思うのだ。だが、今はまた嘘をつくしかない。ハートとの関係がもう終わったらしいなどという噂が流れれば、わたしは毎晩、マーシュのような男性を追い払うのに時間を費やさなければならなくなる。

「どちらかというと、わたしがハートと出会ったころ、彼はパーティに顔を出しすぎだったのよ。今はただいつもの生活に戻っただけだと思うわ。あまり人とかかわるのが好きな人ではないから」

ランカスターはうなずいた。「そのようだな」

「あなたは彼の妹さんをご存じなの？」エマはそんな質問をしたことに自分でも驚いた。

「レディ・アレクサンドラか？　ああ、知っているよ。気性は激しいけれど、楽しい女性だ。そういや、きみと彼女は似ているよ。ただ、彼女のほうが……」

「もっと若い？」

「ああ、若いのはたしかだ。だが、それだけじゃなくて、もっと無謀なんだ。きみは自分が引き受けるリスクを計算している」

どんな女性なんだろうとエマは思った。ことあるごとにスキャンダルを招いたり、ゴシップの種になったりしているようだ。だが、ハートはその妹を心から愛しているらしい。騒ぎを起こした妹を許し、世間からかばっている。彼は不思議な人だ。世間の笑いものになるのをひどく嫌うくせに、その原因を作る妹を大切にし、噂になるのはいやなくせに、わたしを追いかける。いや、今となっては〝追いかけていた〟というべきか。

散歩の出発点だったヨット・クラブまで戻ると、ランカスターがエマの手を取った。

「ぼくの馬車がすぐそこで待っている。家まで送らせてくれないか」

「ええ、ありがとう」

ランカスターは手を振って御者に合図を送った。「ここできみに会えてうれしかったよ。あまり顔を合わせる機会がないからね。ぼくらは行動範囲が違う。お互い、経済的な問題をそれぞれ違う方法で解決しようとしているもんな。いや、きみと行動範囲が同じでなくてよかったよ。ぼくには、きみのような腕も、運の強さもないからね」

エマは馬車に乗った。ランカスターは向かいの座席に腰をおろした。

「まだ、すてきな資産家の女性とはめぐり会えていないの？」

「残念ながらね。だけど社交シーズンが始まれば少しは状況も変わるだろう」

エマは首をかしげ、かげりの差したその目をのぞきこんだ。「なにか悩みを抱えているように見えるわ。貴族ではない成金の娘と結婚するのはいやだと思っているの？」

ランカスターはため息をついてほほえみ、茶色の目にやや自嘲《じちょう》ぎみのいたずらっぽい表情を浮かべた。「そういうことじゃないんだ。ただ、ぼくがこだわりすぎているだけだと思う。できれば少しなりとも恋愛をして結婚したい。金のためだけというのは自尊心がちょっとね」

「ちょっと？」

「大いにと言える立場じゃないさ」ランカスターはからからと笑い、そして黙りこんだ。エマは背中に日差しのぬくもりを感じながら、ランカスターの顔をのぞきこんだ。ささやかな寂しさというよりは、もっと深刻な心配事があるような表情をしている。ランカスターは頭を振った。「父のせいで家族は苦境に立たされている」穏やかながら真面目《まじめ》な口調だ。「だが、母は……それに弟も妹も、現実を見ようとしない。でも、ぼくにはこの先のことが想像できてしまうんだ。債権者に脅されているからね」

つらそうな笑みを見て胸が痛み、エマは腕をのばしてランカスターの手を握った。

「貴族じゃなくてもすてきな女性はいくらでもいるわ。社交界で探すより、かえってたくさん見つかるかもしれないわよ」

「そうだな」

「毎年二〇〇〇ポンドを家に入れてくれるということをわきにおいても、一緒にいたいと思える女性にきっと出会うわよ」

ランカスターはまた声をあげて笑った。いつもの屈託ない笑い声だ。エマはその手をぎゅっと握りしめた。

「本当にご主人は財産を遺《のこ》してくれなかったのかい？　もしくは、きみが賭事でぼろ儲けしたなんて話はないのか？」

「ごめんなさい、どっちもないわ」

「残念だな。理想的な女性が目の前にいるというのに、その人が経済的にはぼくのお仲間だとはね」

「わたしたちが結婚したら、それこそ世間からいろいろ言われるでしょうね」エマはほほえんだ。馬車が自宅のある通りに入った。そのとき、遠くに細身の男性の人影が見え、エマは表情をこわばらせた。かなり距離が離れているし、帽子のつばで影になっているため顔はよく見えない。だが、その立ち姿には見覚えがあった。一瞬で恐怖がこみあげた。

「どうした？」ランカスターが肩越しに後ろを振りかえった。「なにか困ったことでも？」

「いいえ、べつに」人影はこちらに背を向けて歩きはじめた。その歩き方も知っているような気がした。多分、間違いない。おそらく……。「なんでもないわ」エマは力をこめて答えた。

「そうは見えないぞ。なにか心配事があるのなら、ぜひ力にならせてほしい。どんなことでもだ」

エマは無理をしてランカスターと目を合わせ、小さくほほえんでみせた。

「ちょっと寒気がしただけ。とくに理由はないの」

ランカスターはもう一度、肩越しに後ろを見た。明らかにエマの言葉を信じていない様子だ。だが馬車がとまると、黙ってエマがおりるのに手を貸した。

「楽しかったわ」

「ぼくもだ」ランカスターがまだなにか言いたそうな気配を見せたが、エマはそっと手を離し、玄関へ向かった。そしてにこやかにさよならの挨拶をした。だがドアを閉めると、すぐに表情を曇らせた。

馬車の音が遠ざかるのを待ち、大声で叫んだ。

「ベス、あなたのマントを貸してちょうだい。急いで！」

使用人が着るようなマントのフードを深くかぶれば、誰もわたしだとは気づかないはずだ。あの人影がブロムリーであるわけがない。きっと、わたしの思いすごしだろう。多分、なんでもないことなのだ。この前の不審者も、結局のところ、ブロムリーとはなんの関係もなかった。根拠のない不安におびえているわけにはいかない。あの人影の男性は、きっとまだこのあたりの通りを歩いているか、あるいは店にでも入っているはずだ。彼を見つけ、顔を確かめ、ものの一五分でこんな不安はぬぐい去ってみせる。

一階で物音がし、エマは急いで階段をのぼった。「ベス、わたしはすぐに――」

ベスが応接間から姿を見せた。「お客さまがお見えです、奥さま。先におうかがいすべきだとは思ったのですが……」

エマは愕然とし、とっさに玄関ドアを振りかえった。まさか、ブロムリーのわけがない。

あのドアの向こうにたたずんでいる可能性はあるかもしれないが、わたしの家に入っているなどということはありえない。客というのはきっと……。

「ハート」応接間から出てきた相手を見て、エマはどきっとした。ベスが顔を赤くした。女主人の許可も得ずに男性客を家のなかに通すべきではないということをわかっているからだ。だが、自分を夫の暴力から守ってくれた公爵がなかに入りたいと言えば、それを断ることはできなかったのだろう。

「申し訳ございません」ベスは不安そうに膝を折ってお辞儀をした。

「いいのよ」

ハートは小首をかしげ、悪びれたふうもなく、してやったりという笑みを浮かべた。どんなに急いでハートを追い払ったところで、そのころにはもう表にいた男性はこの界隈から姿を消しているだろう。エマはあきらめて最後の二段をあがり、ため息をついてベスに言った。

「紅茶を持ってきてちょうだい」

ハートが得意気に鼻を鳴らしたのを聞いて、エマは思わず笑いそうになった。

あれはブロムリーじゃなかったのよと自分に言い聞かせ、エマは着ていたマントを脱いでベスに手渡した。応接間に入るとき、背中にハートのぬくもりが近づくのを感じ、不安が吹き飛んだ。もう、ほかのことはなにも考えられなかった。

紅茶が運ばれてくるまで、ふたりは互いの表情をうかがっていた。エマのピンク色の頬と風で乱れた髪を見ていると、ハートの心は揺れ動いた。口元にかかるほつれ髪につい目が行ってしまう。彼女に会うのは数週間ぶりだ。そのあいだ、ばったり出会う場面を幾度も想像しては、そのたびにいらだっていた。

あんなに軽い口調で、子供にまつわりつかれるのはごめんだとか、妊娠するのは絶対にいやだとか言われたときにはショックを受け、なんと自己中心的な心ない女性だろうと思った。だが、わたしにとっては今さら驚くほどのことではなかったのだ。なんといっても自分の母親がそうだったのだから。母は三人の子供を産んだあと、もう義務は果たしましたとばかりに育児を放棄した。

そういう過去があるせいで、わたしは彼女の言葉に過剰反応をしてしまったのかもしれない。わたしは母親が大嫌いだった。自分がうとまれていることを感じとり、母を嫌いだと思うことで自分を守っていたのだろう。だが、この三週間でいろいろなことを考えた。そして気づいた。エマが自分の子供時代について語った数少ない言葉を思いだしてみると、彼女もまた悲惨な幼少期を送ってきたのだということがわかる。

エマが沈黙を破った。「わたしのことはもうどうでもいいと思ったのではなかったの?」

「そう思っていた」

「なのに、また来たわけ?」エマはハートに紅茶を差しだし、自分のカップに砂糖を入れた。

「そうだ。それなのに、また来てしまった」

エマが顔をあげ、こちらの目を見た。「なぜ?」

ああ、なんと美しいのだろう、とハートは思った。どうしてそう感じてしまうのかはわからない。今はそういう状況ではないというのに。だが、そのはしばみ色の目できっとにらみつけられると、緊張を覚えながらも、どこかほっとしさえする。

「わたしの父も冷酷な男だった」ハートはようやく口を開いた。

エマはまぶたをぱちぱちさせた。「なにを言いたいの?」

「きみの父上の、家族に対する行いのことを聞いて……それならば、きみが子供はいらないと言うのも理解できると思ったんだ」

エマは紅茶のカップを置き、自分のナプキンを折りたたんだ。

「そんなお涙ちょうだいの話じゃないわ」

「いや、充分に涙を誘う話だ。自分を愛してくれるはずの相手に裏切られることほどつらいものはない」

エマは目をしばたたき、膝に手を置いた。「あなたがそうだったように?」

ハートは顔をこわばらせた。だが、彼女がそう返してくるだろうということは想像がついていた。自分が仕向けたようなものだ。だから受けとめなくてはいけない。ハートはうなずいた。

「わたしも、そしてきみもそうだったようにだ」

「そうね……」

「きみはわたしを追い払おうとした。わたしはされるままになった。だが、エマ、時が来れば傷は癒えるものなんだよ。たとえ自尊心が傷つけられようが、どれほど怒りにさいなまれようが」

「いいえ、心の傷がきれいに治ることはないわ」

ハートは同意のしるしにうなずいた。

「そうだな。たしかに、ときには傷跡が残ることもある」

「あなたを裏切った女性のことを話してちょうだい」

「噂は聞いているだろう？」

「どこまでが本当で、どこからがつくり話なのかわからない」

「単純な話さ。わたしが好きになる相手を間違えただけのことだ」

「でも、それだけではすまなかったのよね？　彼女はあなたを欺き、笑いものにした。どんな方法だったのかは知らないし、なぜそんなことをしたのかもわからないけれど」

エマが目をあげてこちらを見た。沈痛な面持ちをしている。この話題になるとハートは怒りを覚えるが、それでもエマがたんなる好奇心から尋ねたのではなく、ひどい話だと思っていることは伝わってきた。

エマとは理屈抜きで共感しあえるときがあり、ハートはそれを求めていた。エマと話がしたかったのだ。だから、ひとつため息をつき、打ち明けることにした。「悪い女性だったのかもしれないし、あるいはただ退屈していたところに、わたしという慰み者が現れただけなのかもしれない。どちらなのかはわからない。あまり深く考えたこともないからな」

それは本当のことだった。少なくとも、ある程度は。一連の出来事のなかで彼女の裏切りが最悪の出来事というわけではなかったからだ。それは始まりにすぎなかった。

「相手の女性は、最初からだますつもりであなたと交際していたの？」

「そうだ。彼女とその愛人のふたりがかりでね。その男にのぞき趣味があったという噂は本当だ。若くて道楽者だったわたしを、ふたりは自分たちの遊びに巻きこむことにした。もうひとつの噂は嘘だ。わたしはその男が見ているのを知らなかった。彼は隠れていたから」ハートは背中のこわばりをほぐそうと肩をすくめた。「自分は真面目な青年だったなどと言うつもりはない。ただ、あのときは彼女のことしか目に入らなかった。夢中だったんだ」

「その女性は思わせぶりなことを言ったりしたの？」

「ああ、言った。自分からも誘ってきたよ。おかげでわたしは、あのふたりにたっぷりお楽しみを提供するはめになった」

「手紙とか？」

「そうだ、手紙もだ」ハートはいつものかすかな耳鳴りがおさまるのを待った。「いい教訓だったよ。わたしはもう不用意なことはしないし、女性に手紙を書いたりもしない」

エマはかすかにほほえんだが、すぐに真剣な顔に戻った。眉間《みけん》にしわを寄せ、膝の上で手を組み、片方の親指を神経質そうに動かしている。「あなたは自分を変え、以前よりかたくなになったというわけね」

「そういうことだ。わかってくれるか？」

エマはうなずきながらも、うつむいたままだった。「ええ、わかるわ」

「だが、きみを傷つけるようなまねはしない」

「でもね、あなたの経験とは異なるかもしれないけれど、たとえ悪意がなくても人は傷つくときがあるものなのよ」ようやく顔をあげた。「わたしはそれに振りまわされて生きてきた」

「お父上のことだね？」

エマの沈んだ顔がかすかにゆがんだ。泣きだすのではないかとハートは思ったが、表情はすぐに戻った。「そうよ」エマはそれだけ答えると、あとはもうなにも語らなかった。

ひどく深刻なことなのかもしれないという思いがちらりと脳裏をかすめたが、ハートはあえてそれを追及しなかった。過去になにがあったのかを知ろうが知るまいが彼女のことは好きだし、そばにいてほしいと思う気持ちに変わりはない。彼女のいない人生など、なすべきことを淡々とこなすだけのつまらない毎日に思える。もう一度、彼女に振りまわされてみたいのだ。きっと、しばらくすれば彼女も気持ちを変えてくれるだろう。今はそれを待つしかない。これほど情熱的な女性がひとり寝を寂しく思わないわけがないのだから。

ハートは椅子の背にもたれかかり、片方の足首をもう一方の膝の上にのせた。

「ところで、よからぬ噂が聞こえてきたぞ。きみはずいぶんと危ないまねをしているらしいな。今日はそのことで説教をしに来たんだ」

エマは話題が変わったことにほっとしている様子だった。「噂なんてあてにならないことはよくご存じでしょう？　いったい、どんな話を耳にしたの？」

「きみが天気まで賭の対象にしているらしいとか、公園に行けば走る馬を見ても賭をしたがるだとか、明け方までカードゲームに興じているだとか、うさんくさい輩が主催するまともとは呼べない夜会に顔を出しているだとか、まあ、そんな噂さ」

「あら、まだ馬に賭けたことはなくてよ」

ハートが爆笑し、それにふたりともが驚いた。エマは胸に手をやり、にっこりと笑った。

「なによ？」

「ほかの件は否定しないのか？」ハートはまだ笑っていた。エマとの会話にいつものじれったさが戻ってきたことがうれしい。

エマはひと言だけ答えた。「今のところは勝っているわよ」それだけ聞けば充分だろうと言わんばかりの口ぶりだ。実際にハートはもうそれでいいという気がしてきた。はしばみ色の目がきらきら輝き、頬がキスをしたくなるようなピンク色に変わったからだ。

「ひとつだけ約束してくれ」ここで彼女に襲いかかるんじゃないぞと自分をいましめながら、ハートは言葉を続けた。「メイザートンの屋敷で池を渡れるかどうかの賭をしただろう。あのたぐいの危険は冒さないでほしい」

エマはあきれたように頭を振った。「あんなの、べつに――」

ハートがいいから黙って聞けというように手をあげると、驚いたことにエマは本当に口を閉じた。「きみのことはもうあきらめた。好きなだけスキャンダルでもなんでも起こせばいい。わたしは社交界の期待に応えて、せいぜい怒ったふりをしながらそれを見ていよう。だが、きみが本当に身の危険を冒していると思ったら、わたしは激怒する。だから、お願いだ。それだけはしないと約束してくれ」

エマの顔から笑みが消え、大きな目がこちらを見あげた。頬はまだピンク色だし、唇は赤く、柔らかそうだが、いくらか寂しげに見える。「ハート……」

それは吐息がこぼれただけのような響きだった。エマの口からそんな弱々しい声を聞いたのは初めてだ。ハートの胸の奥で、痛みにも似た感情がゆっくりとはじけ、鈍いうずきをともなって広がった。

「約束するわ。だから今みたいなことは二度と言わないで」

ハートは自分の胸のうずきに気を取られ、なにを言われたのかすぐにはわからなかった。

「今みたいなこととはなんだ？」

「そういう……優しい言葉よ」エマは拒絶するように首を振った。「あなたも約束してちょうだい。わたしに優しくなんかしないと……」

エマが追いつめられたような目をしているのに気づき、ハートは思わず立ちあがった。お互いに越えることはないと思っていた一線を、どうやらわたしは踏み越えてしまったらしい。意図的にしたわけではない。気がつくとそうなっていたのだ。

「ばかばかしいことを言うな」冷淡に聞こえることを願いながら、ハートはぼそりと答えた。

エマが立ちあがり、手を握ってきた。こちらのてのひらにすっぽりとおさまりそうな小さな手だ。

「わたしたちは、ときには戯れあうこともある」エマが張りつめた声で言った。「挑発もするし、喧嘩もするし、欲求に溺れることもある。お互いを楽しんでいるわ」

「そうだな」それだけではないとハートは思った。

「でも、わたしたちはどちらも優しい人間ではない。そうでしょ？」

「そのとおりだ」皮肉な笑みを浮かべてみせる。

「だから、お願い」エマがささやいた。目にきらりと光るものが見えた。笑っているのではない。涙を浮かべているのだ。「わたしに優しくなんかしないでちょうだい」

「まったく、きみという人は……」胸のうずきが腕にまで広がった。ハートはその苦痛を和らげようと、エマを腕のなかに抱き寄せた。エマは彼の胸を押しかえそうとしたが、その両手はふたりの体のあいだにはさまれた。エマが肩に顔をうずめた。

「本当にどこまで頑固なんだ」

ハートはエマの髪に唇を押しあてた。乱れていた髪がさらにほつれる。ハートはピンを抜いてしまいたい衝動に駆られた。その髪が、自分の手や、腕や、胸にかかる感触を味わってみたい。今ここでキスをして、彼女をその気にさせ、ボタンをはずし、安物のドレスを脱がせてしまいたい。情熱なら、彼女にもわたしにも理解できる。そこには優しさも、思いやりも、胸のうずきもない。

ことが終われば、きっと彼女は皮肉な笑みを浮かべ、女性を口説くのだけはお上手ねとかなんとかいやみのひとつも言うだろう。そして、わたしが優しい人間ではなく、わたしたちが友達でもないことを確認し、ほっとするのだ。わたしもまた同じことをするに違いない。

ハートは腕の力を緩め、ぬくもりに満ちたエマの華奢《きゃしゃ》な体を放した。

「いいか、面倒なことにだけは巻きこまれるなよ」

不機嫌な声でそう言い捨て、お互いの不安から逃げるように、その場をあとにした。

12

エマは辻馬車の御者に金を払い、足早に自宅の玄関へ向かった。おそらくもう夜中の一時をまわっているというのに、外は不気味に明るかった。月が冴え、濃い霧が出ているため、奇妙な影があたりに揺れ動いている。エマは寒さに震えながら、いわれのない恐怖を覚え、慌ててドアを開けた。大急ぎでドアを閉め、かちりと鍵をかけると、ようやく安堵がこみあげた。

今日は一日中、動揺しつづけていた。始まりはハートだ。昼間に訪ねてきた彼はとても優しく、思いやりに満ちていた。それが震えの来るほど怖かった。彼はほかの誰にも見せないような秘められた一面をわたしに見せた。そのせいで、わたしはもっと彼のことを知りたくなってしまった。体も、そして魂も。いっそのこと彼のものになり、彼を愛してしまいたい。ああ、なんという愚かな考えだろう。冬の心《ウインターハート》と呼ばれた人を愛したいだなんて。

昼のあいだも、そして夜になっても、彼のことが幽霊のように心につきまとい、一瞬たりとも頭を離れなかった。彼を愛してしまうかもしれない。きっとそうなりそうな予感がする。だが、彼は決してわたしを許しはしないだろう。わたしは出会ったときからずっと彼を欺きつづけているのだから。

そんなことを考えていたせいで、今夜は初めてチェスターシャーの屋敷に招待されたというのに、まともに頭が働かなかった。今宵の客は金にたっぷり余裕のある男性が多く、賭け金も高かった。だが、幸いにも負けた金額は九二ポンドですんだ。エマの所持金ではまともに張りあえなかったことと、用意されたテーブルが少なかったため、賭に参加した回数が多くなかったせいだ。そうでなければ、もっと悲惨な状況に陥っていたかもしれない。

エマは冷え冷えとした応接間に入り、奥の壁にある小さなドアへ向かった。ドアを開けると、書斎として使っている小部屋がある。今夜はベッドに入る前に、どうしても金額を確かめておきたかった。目的を達成するためにはあといくら必要なのかはっきりさせ、初心に戻りたかったのだ。

安物のラグの端をめくり、机のわきにしゃがみこんだ。床板の下に小さな金庫を隠してある。中身は順調に貯まっていた。エマは鍵を差しこんで鉄の扉を開き、ツキに恵まれなかった今日、なんとか勝ちとった金を丁寧に勘定した。それが終わるとマントと手袋を身につけたまま机につき、台帳を開いた。最後の数字は二〇六七ポンドとある。エマはそこに一行書き加えた。今日現在の金額は二一二二ポンドだ。

悪くない。ロンドンへ来たときの所持金は六〇〇ポンドにも満たなかった。このみすぼらしい家を借り、古着ではあるもののひととおりのドレスをそろえるのに金がかかったが、それを差し引いても充分な利益をあげている。

目標は三〇〇〇ポンド。もちろん、四〇〇〇ポンドあればなおよいが。それでも三〇〇〇ポンドを債券に投資すれば、年間に一五〇ポンドの収入を得られる。それだけあれば、本当は海岸沿いに小さな家を買いたいところだが、それがかなわぬとも、せめて借りることはできるだろう。もし一緒に来る気があれば、ベスに給金を支払うことも可能だ。一五〇ポンドあれば食べていけるし、家具やドレスをそろえることもできるし、ときには本だって買うこともできる。誰に頼ることなく、自分の納得する人生を送れるのだ。

エマはじっと台帳を見つめ、いくつか数字を書き、それをもう一度見直した。大丈夫、あと一カ月あれば、たとえ慎重に賭けたとしても目標額は達成できる。ハートとのあいだにどんな感情が芽生えようが、彼の目にどんな光が宿ろうが、それは消し去るしかない。わたしのためだけではない。それが彼のためでもあるのだ。ただ、彼を遠ざけなくてはいけないのかと思うと、とてもつらい。エマは台帳を閉じ、ランプを手に取った。二階へ向かう階段を一歩のぼるたびにため息が出た。

寝室に入る前から、部屋がぬくもっているのは伝わってきた。ベスが寝る前に火をおこしておいてくれたのだろう。ありがたい。エマは未練なくマントを脱ぐことができた。手袋を取って近くの椅子に放り投げ、ドレスの小さな前ボタンに手をかける。

ドレスはできる限り前で開け閉めができるものを買うようにしていた。ベスは早起きをして火をおこしたり、朝食の用意をしたりしなくてはいけない。ドレスを脱ぐ手伝いをしてもらうためだけに、深夜の二時や三時まで起こしておくわけにはいかないのだ。

指先が胸に触れ、その冷たさにエマは顔をしかめた。ベッドも冷たいだろうが、それはしばらくすればあたたまる。早く分厚い上掛けの下にもぐりこみたくて、エマはいちばん上のボタンを引っ張った。海岸沿いの家に引っ越したら、なにかベッドをあたためる道具を買おう。それを思うと今から楽しみだ――。

「エミリー」

突然、聞こえてきた男性の声に驚き、エマは悲鳴をあげた。とっさにハートだろうかと思った。だが、彼は〝エミリー〟という名前は知らないはずだ。わたしが嫌いなその名前を呼ぶ男性といえば……。

「エミリー」

寝室は狭いが、それでも部屋の隅は暗い。エマは声のした方向から遠ざかり、いちばん遠い片隅をじっとにらんだ。ようやく暗闇に目が慣れ、男性の姿がぼんやりと見えてきた。心臓が早鐘を打ち、体が震えだす。

「ハート？」エマはベッドに沿って移動し、ランプを置いたテーブルへ近寄った。

「驚かないで」

違う、やっぱりハートではない。エミリーですって？　その名前を呼ぶ男性はひとりしかいない。「誰？」

「心配しなくてもいい」明かりのなかに、声の主の足が入ってきた。エマは小さな悲鳴をあげた。

男性はエマの気を静めようと、細い腕をあげた。「きみを助けに来たんだから」

相手の顔が見えた。ブロムリー。では、昼間に家の前の通りで見かけたのは、不安による想像の産物などではなく、やはりブロムリーだったのだ。

「きみは面倒ばかり起こしているが、ぼくが来たからもう大丈夫だ」

「やめて……。こんなところで、いったいなにをしているの？」

「すまない」ブロムリーは薄い唇にいつもの人を見くだすような笑みを浮かべた。「怖がらせるつもりじゃなかったんだ。家に忍びこんだのは人目を避けるためだよ。よくない噂が広まるのはきみもいやだろう？」すべてわかっていると言わんばかりの表情だ。

「違うわ。いったいロンドンまでなにをしに来たのかときいているのよ」

エマは無意識のうちにベッドに座りこみ、昔の求婚者をにらみつけた。ブロンドのまっすぐな髪が額にかかり、緑色の目は初めて出会ったときにはなかった決意に満ちて光っている。

「もちろん、きみを捜しにさ。きみのような若い女性がこれほど完璧に蒸発できるとは思ってもいなかったよ。なかなか悪賢いね」

「わたしは……蒸発したわけじゃないわ。ただロンドンに来たくて来ただけよ」

「エミリー」ブロムリーは頭を振った。「きみのいるべき場所はチェシャーなんだよ。その話はもう何度もしただろう？　さあ、一緒に帰ろう」

ショックと恐怖で胸がつぶれそうになっていたが、その言葉を聞いて緊張が解けはじめた。エマはこぶしを握りしめた。「チェシャーには帰らないわ。わたしこそ、その話はもう何度もしたはずよ。あなたには、わたしのあとを追いかけたり、わたしの家に勝手に入りこんだりする権利はないのよ」

ブロムリーはにっこりとほほえみ、とがった犬歯をのぞかせた。

「あとを追いかけたんじゃないよ、エミリー。正直に言うとそれもした。でもバーミンガムまでしか追跡できなかった。ところが二週間前、父親のもとへロンドンから手紙が来たんだ。立派な封筒だった。幸いにもぼくはそれを先に読むことができた」

緊張の代わりにうねるような不安が胸にこみあげた。

「手紙？　誰から？」エマは、恐ろしい勢いで脈打つ心臓を抑えようと、胸に手をあてた。

「そんなのどうでもいいことだろう？　貴族の紳士からだったとだけ言っておこう。きみにとってはいい話じゃないね」

ハートだ。わたしの挑発を受けて、本当に過去を調べはじめたのだ。

「とても丁寧な文章だった。たいしたことは書かれていなかったがね。ところが、それを書いた人間はどういうわけか、きみの大おじ上は妻を遺して亡くなったと思いこんでいてね。その未亡人の親族がチェシャーにいないかどうか問いあわせてきたんだよ」

「それは……」エマは少しでも時間を稼ごうと唾をのみこんだ。「きっと、その人がなにか勘違いしているのよ。まだわたしと話をしたことのない方かもしれない。名前を教えてくれれば――」

「エミリー」ブロムリーはやれやれというようにため息をついた。「玄関のテーブルにレディ・デンモアと書かれた招待状が二通あった。きみはまた誰かをだましているんだな。ぼくのこともさんざんだましてくれたけれど」

エマはごくりと一回、そして二回、唾をのみこんだ。吐き気がこみあげてきた。

「わたしは……」ああ、考える時間が欲しい。「とにかく出ていってちょうだい」言葉が勝手に口をついて出てきた。ブロムリーは強迫観念にとらわれたように礼儀正しさにこだわる人間だということを思いだしたのだ。「女性の部屋に入りこんでいるなんて失礼よ」

両手をあげたブロムリーに、エマは人差し指でドアを指し示した。

「むしろ不道徳だわ。こそ泥みたいに忍びこみ、わたしが服を脱ぐのをじっと見ているなんて、最低きわまりないわね」

ブロムリーの頬が赤くなった。「まだマントを脱いだだけじゃないか」

「ドレスのボタンをはずしかけていたのよ」

「だけど、きみは……」ブロムリーは自分の言葉にむせた。「ぼくは、きみの……」顔を真っ赤にし、首の後ろをかいている。「きみはいつも大胆なことばかりしてぼくをまどわせた。ぼくを罪に陥れたんだ。ぼくはアダムで、きみはイヴだ」

「わたしが許したのはキスだけよ。結婚したいと思わせるようなことをした覚えなどないわ」

「でも、きみはぼくに、その……胸を触らせた」

まったく、冗談じゃないとエマは思った。ブロムリーには何度か軽く抱きしめられた程度だ。どう考えたら、その行為が胸を触らせたことになるのだろう。彼は昔から妄想癖があり、それがすべてをおかしくする原因になっている。

「ここは女性の寝室よ。こんな無礼は許されないわ。わたしの部屋からも、それにわたしの家からも、今すぐ出ていってちょうだい」

「きみはつき添いの女性も置かずに暮らすという非常識なことをしているじゃないか」

「まさに、それがわたしの言いたいことよ。つき添いの女性もいないのに、紳士が女性の寝室にいてもいいと思うの？」

「エミリー」ブロムリーはエマのほうへ寄ろうとした。

エマは顎をあげ、精いっぱい威厳のある表情を見せた。

「もしわたしを訪ねてきたければ、明日の午後三時から六時のあいだにいらして」

「ぼくはきみを訪ねたいわけじゃない。連れ戻しに来たんだ。きみが家名を汚し、ぼくらの将来を台なしにする前にね」

「そのことについては、明日、もっとまともな時刻に話しあいましょう」

ブロムリーは侮蔑のまじった怒りの表情を見せた。昔、一度だけ見たことのある顔だ。エマはあとずさった。そばにはテーブルがあり、ランプがのっている。もし襲ってきたら、このランプで殴ってやる。

ブロムリーは近づいてはこなかった。「きみはぼくをばかだと思っているんだろう？　明日になれば、きみは危険から逃げる鼠のように、こそこそと姿を消すに決まっている。きみが平気で人をだますことはもうわかっているんだ。結婚したら、ふたりでそれを直していこう。ウィッティア司祭にはもう相談してあるから」

「わたしはここに家を構えているのよ。数時間で荷造りなんかできるわけがないじゃない。ここはわたしの家なの。出ていったりはしないわ。約束の時間には家にいるわよ。だから、そのときに来てちょうだい」

ブロムリーは怒りに目をぎらつかせながら、エマの全身を見た。

「なんだ、その格好は。まるで娼婦じゃないか」

だが、その言葉に説得力はなかった。実際にそんな格好はしていないからだ。少ない予算で衣装をやりくりするため、仕立て直しをして着まわすことが容易な、特徴のない、無難なデザインのドレスばかりを買っている。だが、それでもエマは激怒したふりをしてみせた。

「あなたはわたしの夫になりたいのかと思っていたのに、わたしのことを娼婦などと侮辱するのね？　いいから、さっさと出ていって！」

ブロムリーは苦悶に唇をわなわな震わせていたが、やがて和解を求めるような表情になった。

「すまなかった。侮辱するつもりはなかった。ただきみのことが心配で仕方がないだけなんだ」

「わたしは鼠みたいに逃げだしたりはしないわ。たとえ、あなたが考えるような臆病者だったとしても、明日は銀行が閉まっているから、どのみち現金を引きだせない。床下にお金をしまっているわけじゃないのよ」

「も、もちろんだ」もうそれ以上、ブロムリーは言いかえしてこなかった。すべてが自分の思いどおりになると信じているから、そうならなかった場合の準備ができていないのだ。

「とにかく、明日、出直して」

ブロムリーは口を開きかけたが、そのまま閉じた。そしてついにうなずいた。「いいだろう。では、明日また来る。もう荷造りを始めておくんだ。一週間のうちにはチェシャーに帰るから」

「ねえ、わかってちょうだい」エマはもう一度だけ説得を試みた。「わたしはロンドンを楽しんでいるの。もし父が亡くなっていなければ、わたしは今年、社交界にデビューしていたのよ」

「でも、お父上は他界され、その結果としてきみはぼくのところへ来ることになった。だから、ぼくと暮らすのがきみの運命なんだよ。もうこれ以上、そんな話は聞きたくない。ぼくにひとりでチェシャーに戻り、きみが偽りの人生を送るのを許せというのか？　ぼくを愚弄《ぐろう》しているな」

エマはあきらめた。こういう答えが返ってくるのはわかっていたことだ。似たような話をこれまでにも何度も聞かされてきた。「明日話しましょう」

「おやすみ」蜘蛛《くも》のように暗闇にひそんでいたことなど忘れたかのように、ブロムリーは礼儀正しくお辞儀をした。「なにか姑息《こそく》な手段でも考えているなら、やめておいたほうがいいぞ。ぼくの父は執政官だということを忘れるな」

ブロムリーが階段をおりきるのを待ち、エマはそのあとを追って玄関のドアに鍵をかけた。ブロムリーがどこから侵入したのか確かめるために、家中の戸締まりを見てまわるつもりだった。

そのとき、ふとベスのことが頭に浮かび、エマはパニックに襲われた。慌てて地階への階段をおり、キッチンの隣にあるベスの狭い寝室へ向かい、勢いよくドアを開ける。ベスは眠っていた。ドアが開いた音にも気づかずに寝息を立てている。エマはほっとしてドアを閉め、キッチンに立ちつくした。

真っ暗でなにも見えない。記憶を頼りに玄関ホールからキッチンへと駆けてきたが、いったん立ちどまると、もう前に進めなくなった。パンとタイムのかすかな香りが鼻に感じられる。

手紙の主はハートだったに違いない。わたしはロンドンへ出てくるとき、手がかりを残さないよう必死に画策した。ハートの手紙さえなければ、ブロムリーに見つかることもなかったのに。どうしたらいいのだろう。逃げるべきだろうか？

だが、とにもかくにもブロムリーを追いかえすことはできた。この先も、きっとなにか方法はあるに違いない。生来の頑固さに小さな火がついた。そして、ひと呼吸ごとに決意が固まった。たしかにわたしはひとりぼっちだ。こうして古ぼけた家の真っ暗なキッチンにいると、ひしひしとそれを感じる。だが、それでもわたしの人生は誰にも邪魔させない。

エマはうなずき、一歩を踏みだした。さっきは暗闇のなかをここまで来たのだ。ならばもう一度、同じことをしてみせよう。

13

一階をぐるりとまわるときっかり一五秒かかるのだということを、それからの一時間でエマは知った。一階の南端には時計がかかっている。四周すると、時計の針が一分進んだ。エマは両手を握りしめ、またぐるぐると歩きはじめた。

エマは疑心暗鬼に駆られていた。それが、われながらはがゆかった。人にものを頼むのはいやだが、必要とあればなんでもするつもりだ。たしかに賽《さい》の目がどう出るかはわからない。だが、人生、賭に打って出るしかない場合もあるということは身に染みて知っている。

ブロムリーは厄介な存在だ。なんとしても追い払わねばならない。自分の体に流れるどす黒い血の望むところに任せるなら、ことは簡単だ。ここロンドンでは、たとえつてなどなかろうが、ほんの数ポンドで人殺しを請け負う人間などいくらでも見つけられる。だが、まだそこまでは落ちていないつもりだ。ブロムリーを殺したいわけではない。たしかに彼の心は理解できないほどにゆがんでいるし、なにをするかわからない怖さがあるが、危害を加えるようなまねはしたくない。

頼れる相手がいるとしたら、ひとりだけだ。完璧に信頼しているというわけではないが、彼なら充分に信用できる。

エマは足をとめて時計を見あげた。午前五時五二分。急ぎの用だと言えば、執事は取りあってくれるだろうか？　ランプをつけ、主人を起こし、手紙を渡してくれるだろうか？　わからない。やってみるしかない。

エマはそれからさらに一二回、一階を端から端まで行ったり来たりしたが、そこでもう我慢できなくなった。マントのフードをかぶり、いちばん分厚い手袋をはめ、こんな夜中とも明け方ともつかない中途半端な時刻に辻馬車が見つかることを祈った。そして、執事にこちらの真剣さを察するだけの心の優しさか、あるいは鋭い目があることを願った。

玄関のドアを開けると、濃い霧が足元から立ちのぼってきた。この霧では少なくとも誰にあとをつけられるということはなさそうだ。霧のなかへ出ると、平衡感覚が失われたような気がした。

辻馬車が近くまで来れば、たとえ車体は見えなくとも、せめて音は聞こえるだろう。だが、自分と霧のほかに動いているものはなにもないような気がする。エマはとにかく歩きはじめた。

霧は飢えた巨大な怪物の口のように、ゆらりと開いたり、こちらをのみこんだりした。自分の足音のほかに、ときおり、なんだかわからない音も響いている。本当は怖いと感じるべき状況なのだろうが、なにも感じない。もっと恐ろしい事態が身に迫っているのだから。エマは淡々と歩きつづけた。

大おじの屋敷で暮らしていたころ、マシュー・ブロムリーは村のなかではもっともましな独身男性に見えた。そしてエマ自身はといえば男性に興味を抱く年ごろだった。ブロムリーはエマを追いかけ、エマはときどきわざと捕まった。それが無邪気な間違いだった。いや、無邪気とさえ言えないほど、なにも考えていなかったのだ。だが、ブロムリーはどんどんエマに執着し、散歩やキスでは満足しなくなった。やがて体だけではなく魂も求めるようになり、何度もプロポーズをしてきた。エマはそれを断った。

四旬節の美しい月夜に、またブロムリーに誘われた。退屈しきっていたエマは川のそばまで彼に会いに行った。ただし、抱きしめられそうになると、するりと身をかわした。川に沿ってずいぶん遠くまで歩いたころ、風にのって流れてくる煙のにおいに気づいた。エマが屋敷を抜けだしたせいで、大おじはひとり火災で亡くなった。

エマはため息をつき、あたりを見まわした。夜が白みかけている。すぐに人通りも多くなるだろう。

あのころのブロムリーはまだ友人だった。住むところのなくなったエマを自宅に住まわせ、エマが悲しみと自責の念に駆られているあいだ、ずっとそばについていてくれた。彼の家族も優しく接してくれた。だが、やがてブロムリーは本性を現した。大おじが亡くなって二、三週間がたったころから、寝室を訪ねてきては愛の言葉をささやき、なにがエマの務めなのかを説くようになった。廊下や階段で迫ってきては、ふたりの将来についてや、ぼくはこんなに尽くしているのだからきみは感謝すべきだといったようなことを語るようになった。エマは追いつめられた。

ようやく大おじの相続問題が片づき、遺産を受けとることができた。ブロムリーの家を出られるのが、どれほどうれしかったことか。早速、粉屋のだだっ広い家に部屋を借りた。だが、ほっとしたのもつかの間だった。ブロムリーが激怒し、しつこく訪ねてくるようになったのだ。

ここにはいられないと、エマはすぐに思うようになった。ブロムリーからも、うるさい近所の目からも逃れたかった。いつ結婚するのだとか、どんな人がいいのだとか、そんなことばかりきかれるのにうんざりしたのだ。結婚する気はないなどと言ったところで、粉屋の女将であるミセス・シュロップシャーが納得するわけがなかった。エマがブロムリーからのプロポーズを断るたびに、女将はあきれたような顔をした。だが、そこから逃げだすにもひとつ問題があった。六〇〇ポンドで一生は暮らせないということだ。

荷馬車が通り、汚れた水しぶきが足元に飛んできた。エマは道の端に寄ったが、そのせいで水たまりに足を突っこんでしまい、呪いの言葉を吐いた。また別の荷車が行き過ぎ、耳まで外套にくるまった女性が足早に追い越していった。気がつくと、いくらか霧が薄くなっていた。ようやく大通りに出たエマは、次の角に辻馬車が三台とまっているのを見て笑みを浮かべた。車輪が霧に隠れ、馬車は浮いているように見えた。

一〇分後、エマは辻馬車をおり、緑色のドアを見あげた。ようやく朝らしい雰囲気になってはきたが、それでもまだ鈍い灰色の空に太陽はのぼっていない。エマは髪を後ろになでつけ、マントのしわをのばし、襟元からドレスの上等な生地をのぞかせた。そして玄関前の石段をのぼり、ノッカーを鳴らした。

いくら待っても返事はなかった。使用人たちはもう起きているはずだが、誰も玄関のほうなど気にとめていないのだろう。もし誰も出てこなければ裏口にまわるしかない。エマは先ほどより強くノッカーを鳴らした。

声が近づいてきた。エマが背筋をぴんとのばし、威厳を示すために顎を少しあげたちょうどそのとき、ドアが開いた。

やけに年若く見える執事が応対に出た。執事はドレスの濃紺の生地に目をやり、水に濡れた靴をじろりと見た。「なにかご用でございましょうか?」

「お願いがあってまいりました。急ぎの用です。これをランカスター卿にお渡しくださいませんでしょうか?」エマは折りたたんで封蠟を施した手紙を差しだした。執事はそれに目をやったが、受けとりはしなかった。

「主人は午後には在宅しておるかと存じます」

「レディ・デンモアと申します。ランカスター卿の友人です。助けが必要なときはいつでも来るように、と卿はおっしゃいました。今、わたしはそれを必要としております。どうかこの手紙をランカスター卿にお渡しくださいませ」

「いささか時刻が早いかと存じますが」

「そんなこと、もちろん存じあげております。火急の用件でなければ、こんな時間にはまいりません。お願いです。どうかランカスター卿を起こしていただき、この手紙を渡してくださいませ。外で待てとおっしゃるのなら、喜んでそういたします。ランカスター卿が会いたくないとおっしゃれば、それに従いましょう」

丸顔の若い執事はエマの顔から手紙へ視線を落とした。主《あるじ》の平穏な朝を守るか、この貴族とおぼしき女性にしかるべき対応をとるか迷っているようだ。おそらく、このような経験は初めてなのだろう。今のランカスターにはこの程度の執事しか雇えないということなのかもしれない。

「どうぞ、お入りください。あたたかいお部屋で、紅茶を飲みながら待ってくださるほうが主人も喜ぶと存じます」

エマは深々とため息をもらした。あたたかい部屋と紅茶を思い浮かべ、本当に目頭が熱くなった。「ありがとう」

執事は手紙とマントを受けとり、黄色を基調とした朝の間へエマを案内すると、主人を起こしに行った。

気持ちを落ち着ける時間ができてかえってよいが、しばらく待たされることになるだろうとエマは思った。ランカスターにしてみれば起こされて手紙を読んだあと、着替えなくてはいけないし、ひげもそらなくてはいけないし、紅茶の一杯も飲みたいところだろう。

メイドが紅茶とあたたかいロールパンを運んできた。エマは急に空腹を覚え、そのパンをたいらげた。唇についたパンのかけらをぬぐっているとき、ランカスターが大股で部屋に入ってきた。

「レディ・デンモア？」

その姿を見てエマは啞然とした。普段は上品で優雅な雰囲気の男性なのに、今朝はまるで違った。ブーツにもみ革のズボン、それに上着を着ているところまではよいとしても、白いシャツはしわだらけで、胸をはだけている。ブロンドの髪は寝乱れたままで、顎には無精ひげが生えていた。おまけにシャツの襟には口紅とおぼしき染みがついている。

「なにがあった？」

思わず胸を見つめていたエマは、慌てて視線をあげた。「あの……お力を借りたくて」

ランカスターはもどかしそうにうなずいた。

「もちろんいいとも。どうした？　なにか身の危険でも？」

「いいえ、あの……」神経が張りつめ、エマは立ちあがった。「こんな非常識な時間に訪ねてきてしまってごめんなさい」

「レディ・デンモア、そんなことはどうでもいいから、早く肝心なことを話してくれ」

エマはどのように話を切りだせばよいのかわからなかった。「エマと呼んでちょうだい」

「エマ」ランカスターが名前を口にした。ハートがその名前を呼ぶときのような甘い響きはなく、じれったそうにうなるような口調だ。

エマはふたたび彼の胸へ視線をおろし、首に傷跡があることに気づいた。エマが表情を曇らせると、それに気づいたのか、ランカスターはシャツのボタンをとめた。エマは目をあげ、相手の真剣な顔を見た。

「助けてほしいの」エマはようやく本題に入り、メイドが火をおこしてくれた小さな暖炉のほうへ行った。ちらりと後ろに目をやると、ランカスターは立ったまま腰に手をあて、険しい表情でこちらを見ていた。もう話してしまうしかない。「チェシャーから来た男につきまとわれているの」

「男？」

「その人は……まだ夫が生きていたころから、わたしに気があったのよ。夫が亡くなると、しつこく言い寄ってくるようになったわ。わたしを愛していると言って、結婚を迫ってきた。いくらお断りしてもあきらめてくれなかったの。それどころか、そのうちにだんだんと病的になってきた」

ランカスターは頭を振った。「病的とはどういうことだ？」

エマは唇を嚙み、考えておいた嘘を口にした。

「わたしは一度も結婚したことがないと思いこむようになり、デンモア卿は夫などではなかったと言いはじめたの。わたしは怖くなった。だからチェシャーを逃げだしてロンドンへ来たのよ。それなのに彼はロンドンまでわたしを追いかけてきた」

「そいつの姿を見たのか？」

「ええ」もう芝居をする必要はなかった。エマはこみあげる不安に胸を押さえた。「昨晩、家に帰ったら、彼が寝室に忍びこんでわたしを待っていたわ」

ランカスターははっとした顔になった。

「エマ？」言葉にならない問いに、エマは首を振った。

「大丈夫、説得して追いかえしたから。でも、今日の午後にまた訪ねてくることになっているの。チェシャーに戻って自分と結婚しろと言われたわ。逃げるなと脅迫もされた」

ランカスターは目をすがめ、問いかけるように首を少し傾けた。

「暴力は振るわれなかったのか？　本当になんともなかったんだね？」

「ええ、それは大丈夫。ただ怖いだけよ……。なんとかして時間を稼ぎたいの。家は引っ越すつもりだけど、それにしても行き先を見つけたり、あれこれ手配したりするのに数日か、もしかすると数週間かかってしまうかもしれない」

「よかったら、この家に来るか？」

「あの……それはとてもうれしいお申し出だけど……」

ランカスターはにやりとし、茶目っ気のある表情を見せた。

「もちろん、ぼくは出ていくから」

「もちろん、あなたのことは信用しているわ。でも、彼をいたずらに怒らせたくないの。それにそんなことをすれば……別の人も刺激してしまいそうだし……」

「そういえば、どうしてサマーハートを頼らなかったんだ？　もちろん、そっちへ行けばいいのにと思っているわけじゃないよ」

エマは両手を握りあわせた。「実を言うと、わたしたちの関係はもう終わっているのよ。

それに、たとえ続いていたとしても、彼は物わかりのよい人というわけではないから」

「たしかにそうだな。わかった。とにかくきみが無事でよかったよ。ぼくにできることならなんでも力になろう」ランカスターはエマを長椅子のほうへ手招きし、自分も椅子に腰をおろした。「どうせ、なにか考えがあるんだろう？　そういう口ぶりに聞こえるぞ」

「そう？」

エマは紅茶をついだ。ランカスターはほほえんだ。「助けは必要としているかもしれないが、きみがまったくの無為無策だとはとうてい思えない」

「たしかに考えはあるわ。彼をしばらく遠ざけておいて、そのあいだにここを去ろうと思っているのよ」

「ここを去って、いったいどこへ行くんだ？　どこへ逃げようが、また見つかるかもしれないぞ。今度はただではすまされないかもしれない」

「彼やご家族に危害を加えたくはないの。とくにご家族にはよくしていただいたから」

「彼から逃げるためにロンドンでの暮らしを捨てるというのか？」

ランカスターの心配そうな顔を見て、エマは本当のことを話そうと決めた。

「どのみち、ずっとここにいるつもりはなかったのよ。たとえそうしたいと思っても、わたしの経済力じゃ無理だわ。ロンドンに来た理由は――」

「それなら聞かなくても知っているさ。ひと財産築くためだろう？」理解と思いやりに満ちた優しい表情だ。

エマは顔をそむけた。「たいした財産じゃないわ」

「わかっているよ。きみはべつに後ろめたいことをしているわけじゃない。ぼくだってそうさ。きみは自分の仕事をしているまでだ。ぼくは結婚するけどね」

エマは笑った。「結婚は一生の仕事だと言う人もいるわよ」

「そうかもな」ランカスターはエマの手を握った。「ぼくにいくらかでも金銭的余裕があれば、それを渡して、きみを新しい人生に送りだしてあげられるのに。もっとも、そうなったらきみを行かせないかもしれないけれど」

エマは赤面しながら笑った。これほどせっぱつまった状況にあっても、彼はやはりすてきだ。魅力に満ちあふれた人だ。それでいて性的な誘惑は感じない。彼もわたしをそういう対象としては見ていないような気がする。彼はよく、わたしと結婚したいとにおわせるようなことを言うが、それは現実から目をそむけるための冗談にすぎないのだろう。彼の抱えている現実は厳しい。早く結婚しなくてはいけないのだから。しかも、金持ちの相手とだ。

シャツに口紅がついているところを見ると、どうやら現実逃避の手段はわたしだけではないらしい。

そう思うとエマはいくらか気が楽になり、ほほえみを浮かべた。

「ひとつ考えがあるんだけど、それにはあなたの助けが必要なの。ブロムリーを逮捕させて、痛い目に遭わせることなく、一週間か二週間ほど牢屋に入れておきたいのよ。でも、賄賂を受けとってくれそうな警官をどうやって探せばいいのかがわからなくて。不正は働くけれど、信用の置けそうな人を見つけなければならないから」エマは不謹慎だと思いながらも笑ってしまった。

ランカスターも笑顔を見せた。

「そういう頼み事の相手として、ぼくを思いついたのかい?」

「まあ、友人だからよ。べつにあなたのことを悪い人間だと思っているわけじゃないわ」

「ぼくはきみにとっては少々正直すぎる友人かもしれないな。買収される高潔な警官なんてどこにいるのか知らないけど、ともかくあたってみるよ」

「ありがとう。あなたにはお礼のしようもないくらいだわ」

「いや、お礼のしようはないわけじゃないが、ほら、ぼくの紳士的な一面がそれを受けとるのを拒むものでね」

「厄介な性格ね」

「それで、そいつは何時に訪ねてくることになっているんだい?」

「午後三時よ。彼は礼儀正しさを重んじる人で、そこのところをついておいたから、三時よりも早く来ることはないと思うわ」

「わかった。じゃあ、それまでにうまくいきそうな警官をきみのところへ送りこむか、ぼく自身が出ていって、きみのことをつけまわす男をのしてやる」

安堵と罪悪感がこみあげ、エマは涙がこぼれそうになった。ランカスターの友情をあてにし、助けを求めているというのに、わたしはやっぱり嘘ばかりついている。ブロムリーにも申し訳ないことをするはめになるが、わたしの人生を邪魔させるわけにはいかないのだから、それはどうしようもない。それにハートは……。

エマは震えながら息を吐き、ランカスターの手を握りしめた。「本当にごめんなさい」

「なにを言っているんだ。ぼくを頼ってきてくれてほっとしているよ」

エマはうなずいた。迷惑をかけたことを詫《わ》びていると思っているのだろう。今はそのままにしておくしかない。本当はみんなをだましていましたなどとは口が裂けても言えるわけがないのだから。

14

エマはおまるに顔をうずめていた。質素な白い磁器が冷たく感じられ、指が震えている。こめかみから汗が一滴、ぽたりと手の甲に落ちた。どうやら吐かずにすみそうだとわかり、ベッドに座って額の冷たい汗を袖でぬぐった。

ブロムリーは連れていかれた。わたしは彼を窓に格子の入った石造りの小部屋に送りこんだのだ。身の安全と快適さは保証すると警官は請けあってくれた。彼は自分が管理している独房を持っているとかで、食料はたっぷりあるし、ほかの囚人には許されないような贅沢《ぜいたく》品もあれこれ用意してあると言っていた。それでもエマは自分がしてしまったことのひどさに胸がむかついた。

彼がわたしを追いかけてこなければ、あるいは、それがせめてもう一カ月あとのことだったら、こんなまねはせずにすんだのに。

「いい加減にしなさい」エマは声に出して自分をいましめ、組みあわせた両手を額に押しあてた。「気にしても仕方のないことよ」ブロムリーは逮捕された。もう終わってしまったことなのだ。これを無駄にしないためには、計画を先へ進めるしかない。

ベスが開いているドアを軽くノックした。

「ランカスター卿はお帰りになりました。奥さまのことが気がかりだから、明日にでも連絡が欲しいとのことです。たいそう案じていらっしゃるご様子でした」

ベスも見るからに心配そうな顔をしているが、余計なことは口にしなかった。彼女は午後三時前に使いに出され、つい先ほど戻ってきたところなのだ。

エマは背筋をのばした。「赤いドレスにアイロンをかけてちょうだい」

「え？」

「夜の九時になったら出かけるから」

「でも……荷造りをするのでは？」

「それは今すぐじゃなくても平気よ。まだ数日はここにいるつもりだから」

「それで大丈夫なのですか？」

「ひとまず時間は稼げたから、あとはなんとかなるわ。赤いドレスをお願い」

ベスは衣装戸棚からドレスを出すときにちらりと不安そうな表情を見せたが、なにも言わずに部屋を出ていった。それはまだ一度も袖を通したことのないドレスだった。あまりに赤の印象が強く、美しいドレスなのだ。一度着ればみんなの記憶に残るため、二度と身につけることはできない。だがどうせもうここにはいないのだから、そんな悩みは無用になった。

たとえこれでブロムリーがあっさり身を引いたとしても、今度はランカスターが不安材料になった。逮捕される前、ブロムリーはさんざん罵詈《ばり》雑言《ぞうごん》を吐いた。〝エマはデンモア卿の妻ではなく親類だ。本当はまだ生娘なのに、恥知らずにもデンモア卿の未亡人のふりをしている嘘つきだ〞ブロムリーがそうわめき散らしているあいだ、ランカスターはじっとエマの様子を眺めていた。

エマは芝居をする必要もないほどの恐怖におびえていたが、ランカスターの目に疑念が浮かんでいるのには気づいていた。警官は始終、冷静さを失わず、エマに対しては父親のように振る舞った。ブロムリーがお得意の演説をしているあいだもだ。いわく、エマは〝アダムに林檎《りんご》を食べるよう誘惑したイヴであり、旧約聖書に登場する放埒なイゼベルだとも言え、新約聖書に出てくる娼婦のマグダラのマリアにも例えられる〞というものだ。

このときばかりはランカスターの顔から疑いの表情が消え、嫌悪の情が浮かんだ。そんな非難の言葉を浴びせられても、エマは取り乱さなかった。ランカスターと親切な年配の警官がブロムリーを警察の馬車に押しこんでいるあいだも、じっとその様子を眺めていた。だが、戻ってきたランカスターに震える手を握られたとたん、すでにぎりぎりだった我慢が限界を超え、二階の自室へ駆けあがってしまった。

だが、今は自分を甘やかして、ゆっくり休んでいられるときではない。どこかで賭をやっているのならば、たとえ一時間でもそれを逃すわけにはいかないのだ。あと一〇〇〇ポンド。なんとしてもそれだけの金額が必要なのだから。自分の心をかばっている余裕などどこにもない。

今はランカスターもわたしに同情しているが、数日もすれば、そんな気持ちよりも、先ほど芽生えた不信感のほうが大きくなるだろう。そうなれば、たとえ友人とはいえ、彼は自分の疑念を放っておけなくなるに違いない。つまり、わたしがロンドンにいられるのもそれまでということだ。

15

「彼女はどこだ？」

　自分としてはできるだけ冷静な口調で尋ねたつもりだったが、それでもベスがびくっとしたのを見て、ハートは申し訳なく感じた。ベスは荒れて真っ赤になった手で、玄関ドアの端をぎゅっとつかんでいる。「申し訳ございません。奥さまは本当にご在宅ではないのです」

「どうせそんなことだろうとは思っていた。自宅にいては賭事はできないからな。どこへ行ったんだ？」

　ベスはわからないというように首を振った。「行き先をおっしゃいませんでしたので」

　ハートはため息をつき、戸口に片手をついた。「さもありなんだな」

「すみません」ベスは後ろめたそうな顔をした。

「きみが悪いわけじゃないさ」それは本当だ。ベスに非はない。責めるべきはエマだ。「いったい彼女はどうしてしまったんだ」

「奥さまは……」

　ひとり言のような問いに相手が答えかけていることに驚き、ハートは顔をあげてベスを見た。

「奥さまは……動揺しているのです」

いやな予感がこみあげ、ハートはドアから手を離した。

「なにに動揺しているんだ？　あるいは〝誰に〟と言うべきか？」

ベスは首を振った。この二日間でエマの噂はいろいろ聞こえてきたが、そのなかでもとりわけ気になる件をハートは思い起こした。「ランカスターか？」

「はい？」ベスの顔が赤くなった。

使用人から情報を引きだそうとするのは下品な振る舞いだとわかっていながらも、ハートは尋ねずにはいられなかった。「ランカスターが原因で動揺しているのか？」

「いいえ」だが、そう言いながらもベスの顔はさらに赤くなった。

「なるほど」ハートはベスに背を向け、馬車のほうへ戻った。エマがランカスターと関係しているとは思いにくい。彼女はそうしたことを望んでいないと言ったし、その言葉には説得力があった。だが、噂によればエマは早朝にランカスターの屋敷からこっそりと出てきたらしい。

いや、やっぱり違うだろう。原因はランカスターではなく、このわたしだ。先日、わたしが心のうちを見せてしまったとき、彼女はおびえているとも取れるほど不安そうな表情をした。それからというもの、彼女は手に負えないほど暴走しているらしい。カードゲームに大金をつぎこみ、若者をそそのかして無謀な挑戦に巻きこみ、評判のよろしくないパーティに出入りしては明け方まで賭に興じているようだ。そしてわたしのことは完璧に無視している。何度も手紙を送っているというのに。

この四八時間というもの、怒りではらわたが煮えくりかえっている。気分がましになりそうな知らせはなにもない。昨晩は彼女の居場所を突きとめようとして失敗した。するすると逃げるのがうまい女性だ。だが、今夜は……。今夜こそは彼女を見つけてみせる。そして、堪忍袋の緒が切れかけていることをはっきりとわからせるのだ。

「帰った？」

エマは狭い書斎を出た。ベスは顔をあげなかった。「ベス？　彼はもう行ったの？」

「はい」

ベスがうつむいたままなのは非難の気持ちがあるからだということはわかっていたが、それには触れず、エマは背中を向けた。

「だったら、背中の紐を締めてちょうだい」琥珀《こはく》色のスカートが蠟燭の明かりを受けてゆらゆらと輝いている。美しいドレスだ。ただし、実は裾に泥染みがついていた。昨日の朝、ベスが購入し、二日かけてエマの体に合わせて仕立て直したものだ。ついでにえび茶色の柄物のシルクで、スカートの裾に二重の縁飾りと、ゆったりした袖をつけてくれた。今は共布で首にリボンを巻いている。

こんなふうに着飾っていると、エマは自分が詐欺師のような気がしてきた。ハートからの手紙には、最初のうちはエマを心配しているというようなことが書かれていたが、やがていらだちがこめられるようになり、最後にはそれが怒りに変わった。わたしが彼を傷つけているのだ。彼を放っておき、自分の評判をおとしめるようなことを平気でしているから。だが、仕返しのつもりでやっていることではない。たしかに裏切りとも呼べる彼の行為によって大変な目に遭わされたことは怒っているが、だからといって、それが悪意からの行為だとは考えていない。ブロムリーの父親に問いあわせの手紙を送ったとき、彼もまさかこんな結果になるとは思っていなかっただろう。

だが、わたしのことを信頼していないのはたしかだ。それならば、それでいい。こちらとしても気兼ねすることなく、自分のなすべきことをなせるというものだ。信頼を壊さないよう気を遣う必要もない。

ベスの手の動きがとまったことに気づき、エマは振り向いた。ベスは腕を組んでいた。

「ありがとう。ベス、あと二日か、せいぜい三日のことだから。そうしたらロンドンを去るわ。あなたの望みどおりになるのよ」

「あんなによい方ですのに」

エマは顔を少し傾け、なんの話かわからないというふりをするのはやめた。

「ええ、サマーハートはよい方よ。でも、本当に誠実とは言いがたいわ。だって、わたしを愛人にしたいと言っているのよ。妻ではなくて。だから、わたしがなにをしようが、どこへ行こうが、彼に指図されるいわれはないの」

「奥さまのことを気にかけておいでです」

「お気に入りの猟犬を気にかけるのと同じようなものよ。彼はお金も権力も持っている人だもの。わたしたちが心配してあげなくても、彼なら大丈夫よ」

ベスはしぶしぶうなずいた。「そうですね」

「このドレス、どう？」

ようやくベスの表情が和らいだ。「とてもきれいでございますよ。そのドレスにふさわしいマントもあったらいいのですが」

「ドレスがすばらしいのはあなたのおかげよ。さあ、わたしはもう出かけなくちゃ。遅くなってしまったわ。ディナーの約束があるから、これではカードをできるのは二時間ほどね。わたしのことを待っている必要はないから、あなたは先に寝てちょうだい。どうせ帰ってくるのは明け方近くになるだろうから」

頼んでおいた馬車はエマの自宅がある路地の入り口で待っていた。本当はもう一五分早く乗るつもりでいたのだが、思わぬときにハートが訪ねてきたせいで遅くなってしまった。ハートはいらだたしそうに玄関のドアをたたいてきた。まるでそのドアがエマの意固地さを象徴しているとでもいうように。そのことを思いだすと、エマの足が速くなった。不意を突かれた御者が慌てて馬車から飛びおり、エマのためにドアを開けた。

ディナーの約束を断れば、腰を落ち着けて賭ができるのはわかっている。だが、ディナーの相手がオズボーン夫妻であることを思うと、とても断る気にはなれなかった。今夜の機会を逃せば、もう二度と夫妻には会えなくなるからだ。エマがロンドンを去る覚悟であることを夫妻は知らない。『社交シーズンが始まる前に、ゆっくりと遅いディナーでもどうだい？』たまたまオズボーン卿からそう誘われ、エマは喜んでそれに応じたというわけだ。

だからタンウィッティのパーティに出たあと、エマはなにをおいてもオズボーン夫妻を訪ねるつもりでいた。裏切られていたと知ったら、ふたりはさぞや傷つくだろう。

だが、そればかり気にしているわけにはいかない。お金はゆっくりだが確実に貯まりつつある。もうすぐ夢がかなうのだ。

物思いにふけっていたせいで、馬車がとまったことに気づかなかった。ドアが開き、エマは馬車をおりた。執事に招き入れられて玄関を入ったとたん、エマは自分が場違いなところへ来てしまったことに気づいた。

男性客は知らない顔ばかりだし、女性客も多かった。そばにいた女性たちが振り向き、値踏みするような目でこちらを見る。エマは自分の実用本位のマントや、シンプルな髪形が気になった。慌てて首の紐をほどき、マントを執事に手渡す。どうやらうっかりと、ごくまっとうなパーティに来てしまったらしい。社交シーズンが近づくにつれ、ロンドンへ来る家族が増えている。本格的な舞踏会が催されるのはまだ二、三週間先のことだが、暇を持て余している貴族たちのために、このようなパーティが開かれるのだろう。パニックに陥ってはだめと自分に言い聞かせながら、エマはにこやかにほほえんだ。見くだすような視線を向けられたからといってそれがなんだというのだ。こちらの正体を知られているわけではないのだから、ちっともかまわない。大おじの村は小さく、のんびりした田舎だった。地元の準男爵や郷士たちはロンドンで社交シーズンを過ごすほど裕福ではない。そんな経済力は持ちあわせていないのだ。だからわたしの計画に支障はない。

髪が乱れていないか確かめたとき、編みこんだクリスタルが手に触れた。華やかな帽子や高価な羽根飾りを買う余裕はないが、せめてクリスタルをつけてきてよかったと思った。この髪飾りと今夜のドレスなら、少なくともこの屋敷の家庭教師と間違われることはなさそうだ。

腕を絡ませたふたりの女性が通りかかり、うさんくさい目でこちらを見た。だが、エマが会釈をすると、ふたりはぎこちなく会釈を返してきた。

「レディ・デンモア！」

エマはびっくりして飛びあがり、見知った顔がいるのかと広い玄関ホールを見まわした。

「ミスター・ジョーンズ」エマはほっとため息をついた。ジョーンズがこちらへ駆けてくるのが見えると、緊張が解け、思わず笑みがこぼれた。

エマの手袋をした手にキスをした。

「お会いできてうれしいですよ。もう一週間ほどもお顔を拝見していませんでしたから。あなたはいつも……」ジョーンズはひとつ咳払いをした。「なにか飲まれますか？　取ってまいりますよ」

「残念ながら今夜は長居ができないの。でも、もしよろしければ、お屋敷のなかを案内してくださらないこと？　タンウィッティのお宅は初めてなのよ」

「もちろん、喜んで」ジョーンズはほとんど目も合わせずに痩せた腕を差しだした。まだ若くてはにかみ屋のジョーンズに対し、エマは優しく接しながらも、気を持たせないように気をつけていた。だが、腕に手をかけただけで、ジョーンズはびくっとした。

「今夜もカードで遊ばれるのですか？」ジョーンズが尋ねた。「その……賭事になるとずいぶん熱心だなと思って……」

「そうでもないわ。手応えを楽しんでいるだけよ」

「お強いですもんね。ぼくはいつもあなたのことを……すごいなあと思って見ているんです。ぼくなんか駆け引きがうまくできなくて、お金を賭けるのがもったいないほどですから。あなたは本当に頭のよい方です」

「どうもありがとう」エマがそう答えると、ジョーンズはまた顔を赤らめた。エマは慌てて話題を変えた。「それにしても、すてきなお屋敷ね」ふたりはすでに三部屋ほどまわっていたが、ジョーンズはエマを賛美するのに忙しくて、それぞれの部屋について説明するのを忘れていた。

　エマはジョーンズを促し、にぎやかそうな部屋を目指して廊下を進んだ。ところがひとつ目の部屋に差しかかったとき、エマを呼びとめる大きな声が聞こえた。

「レディ・デンモアじゃないか！　今夜はぜひきみと同じテーブルで遊びたいと思っていたんだよ」

その部屋は図書室だった。結構な数の客人が集まっている。声の主がマーシュであることは一瞬でわかったが、エマはほほえみを絶やさなかった。それどころか内心ではほくそえんでさえいた。ロンドンから姿を消す前に、この無礼千万な男からたっぷりと巻きあげるいい機会だ。

「あら、マーシュ」エマは猫なで声を出し、ジョーンズとともに図書室へ入っていった。「カードで遊ぶなら、今夜はブラッグをしたい気分なの。あなた、ブラッグはされる？」

「ブラッグだと？」マーシュはエマの全身に視線をはわせ、胸のあたりをじろじろ眺めた。「もちろんさ。だが、あれは女性には少しばかり複雑なゲームだと思うがね。きみこそ、本当にできるのか？」

「ええ」エマはほほえんだ。

いあわせた男性たちが道を空けた。エマは高価なテーブルの空いた席に座り、知りあいには会釈をしながら、ほかのプレイヤーたちの顔ぶれを見まわした。いつもより知人は少ない。それはきっと自分にとって有利に働くはずだとエマは思った。概して男性というものは、カードゲームに関しては女性のほうが劣っていると思いがちだ。その油断がこちらに勝利をもたらしてくれる。

「シャンパンでも持ってきましょうか？」ジョーンズが背後から尋ねた。

「ええ、お願い」

マーシュは低い声で笑った。「諸君、気をつけたほうがいいぞ。こちらのデンモア男爵未亡人はなかなか手ごわい。しかも夜ごとに大胆になっている」男性たちは忍び笑いをもらし、エマが謙遜《けんそん》するようなほほえみを浮かべると、それをすんなりと信じた。ばかな人たちだ。

彼らはマーシュがわたしをからかっただけだと思っている。マーシュの言葉には上品とは言いがたい冗談が含まれているが、わたしがそれに気づいていないだろうとも考えている。もちろん、わたしは気づいている。マーシュはベッドでのわたしを知っていると周囲におわせた。そのひび割れた唇がわたしの肌に触れているところを連想させたのだ。こうなると彼から金を巻きあげるのがますます楽しみになってきた。

ジョーンズがシャンパンのグラスを持ってきた。カードが配られ、エマは最初の賭け金をテーブルの真ん中に置いた。ゲームが始まった。

一〇〇〇ポンドだ……。

テーブルの中央には紙幣や金貨で一〇〇〇ポンドが積みあげられていた。労働階級の家族が一生の半分か、それ以上、食べていけるだけの金額だ。それがもうすぐわたしのものになる。多分、勝てる。

ただし、エマはすでに手持ちの金をすべて賭けていた。それはマーシュも知っている。

エマは心配そうな表情を装いながらしばらくうつむいたあと、顔をあげて周囲を見まわした。まだ賭からおりていないのはマーシュとエマだけだった。高額のゲームが進行していると噂が広まったらしく、テーブルのまわりには見物人が大勢集まっていた。室内の雰囲気は熱く盛りあがり、たばこの煙が立ちこめている。女性客たちは煙たそうにしていた。高級娼婦ではない本物の貴婦人たちだ。

エマの安物の手袋に汗がにじんだ。

ここで引くわけにはいかない。わたしも四〇〇ポンドを投じているのだから。手札はとてもよい。これならきっと勝てる。きっと……。

「これじゃ、わたしが不利だわ」エマはつぶやくように言った。

マーシュはさも同情しているというような表情を浮かべた。

「不動産を担保にすればいい。なにかあるだろう？　ぼくが喜んでお金を貸すよ」

「それがなにもないのよ」

「そうか」マーシュは緑色の目を池底の苔《こけ》のように鈍く光らせ、体を寄せてきた。エマは手札を裏向きにして机に置いた。

マーシュの視線がエマの胸元をさまよっている。「なにか出せるものはないのかい？」

「もし負けたらいつか必ずお支払いするとお約束するから、その言葉を信じていただくしかないわ」

「女性の言葉を信じろって？　そりゃあ無理な相談だな。だけど、いいものがあるじゃないか。ぼくが絶賛するものをきみは持っていると思うけれどね」

「さあ、なにかしら？」

ここでこちらからも体を寄せれば、暗黙のうちに交渉は成立したと彼は思うだろう。だが、そんなことをするつもりはない。マーシュがなにを望んでいるのかはわかっている。それを衆人環視のなかで言葉にする勇気がないのなら、勝手にあきらめればいい。どうせスキャンダルに巻きこまれるのなら、彼も一緒に引きずりこむまでだ。ポートワインの甘い香りのする吐息がエマにかかった。

「わかっているだろう？」

「さっぱりよ」

マーシュは近くにいる男性客たちをちらりと見あげ、すぐにエマの胸の膨らみに視線を戻した。「ひと晩、きみと過ごしたい」

予想していた言葉だとはいえ、体がびくりとした。エマの緊張が、背後の見物人たちにさざ波のように広がった。みんなが固唾をのんで見守っているのがわかる。

エマは両眉をつりあげた。

「まあ、わたしの操を四〇〇ポンドごときで買えると思っていらっしゃるの？　そんなお申し出と、その金額のどちらが侮辱的なのかわからないくらいだわ」

見物人がざわめいた。

マーシュはエマの目をのぞきこんで笑みを浮かべた。本気で怒ってはいないことを読みとったのだ。「いいだろう。きみは自分が賭けた金をあのなかから引きあげればいい。それできみの価値はいくらになる？　七〇〇ポンドから八〇〇ポンドになるはずだ」

エマは唖然としてマーシュの顔を見た。この申し出に応じれば、世間の噂になるのは間違いない。だが、どうせすぐにゴシップになる身だ。このゲームに勝てば、明日の明け方にはロンドンを発つことができるではないか。すでに荷造りは終わっていて、身のまわりのものはトランクや木箱に入っている。そもそも、持ち物の数などたかが知れていた。必要だった金額以上の金を手にし、晴れてわたしは自由の身になれる。

もし、このゲームに負けたら？　どちらにしても明朝にはロンドンを去ろう。望んでいた金額は用意できないが、そんないまわしい賭のツケを払ったあとに大手を振って歩けるわけがない。

エマは両手をきつく握りあわせ、体のなかをうねる鈍い痛みをこらえた。どうせわたしは嘘つきではないか。もうひとつ嘘が増えたところで、どうだというの？

だが、どうしてだかわからないが、約束を反故《ほご》にすることを考えると気分が悪かった。たとえこのゲームに負けたとしても教訓は得られるのかもしれない。マーシュと一夜をともにするはめになれば、父親から受け継いだ下品な血もさすがに沈黙するだろう。

「財産を没収されるほうがいいか？」エマが葛藤しているのを見て、マーシュはからかうような顔をした。カードゲームでは何度も一緒になっているため、ここでエマが引きさがったりはしないとわかっているのだ。

エマは握りあわせていた指を一本ずつ引きはがし、両手をテーブルに置いた。そしてゆっくりと片手をのばし、これまでのゲームで気軽に投げ入れてきた四〇〇ポンド分の金を取り分けはじめた。

「一夜だけね」エマははっきりとそう口にした。室内がどよめいた。個々の言葉は聞きとれない。だが、エマにはそれがありがたかった。なにを言われているのかなど知りたくない。マーシュが唇を赤くして狡猾な笑みを浮かべ、視線を胸の膨らみに戻した。彼が頭のなかで思い描いているベッドでの光景が、エマには具体的に見えるような気さえした。父親のパーティで姿を見かけたことはないが、マーシュなら下品きわまりない集まりに参加しても、きっと居心地よく過ごすに違いない。

エマは四〇〇ポンドを手元に引き寄せ、震えるなと自分の手に念じながら手札を持った。それを見てマーシュが目を輝かせた。

「どうぞ。手のうちを拝見といこうか」

エマは歯を食いしばった。「そっちからでしょう」

「いいとも」マーシュは自分のカードを表向きにしてテーブルに置いた。見物人たちは暗く冷たい水に沈んだかのように、一瞬にして静まりかえった。

エマはその三枚のカードを凝視した。スペードのジャックと、ハートのジャックが、いつもの見慣れた笑顔でエマをからかうようにウィンクしている。エマは涙がこみあげて喉がつまり、だまってうなずいた。ペアだ。三枚そろってはいない。

艶《つや》のある木製のテーブルに自分のカードを表にして並べながら、興奮で体が熱くなった。「ランニング・フラッシュよ」エマはささやいた。頭に響くほどの歓声がわきあがった。

「マーシュ、おまえはとんでもないやつだな」

「おい、恥を知れよ」

「賭には勝ったかもしれないけれど、彼女の人生はこれでおしまいだな」

「汚らわしい」

「信じられん」

エマは周囲から聞こえる言葉をすべて無視し、マーシュの冷たい目を見据えながら、金を小物入れの袋に落とした。

マーシュの唇が〝おみごと〟と動き、冷笑に変わった。エマはほほえみを返し、袋の口紐を締めた。勝利の喜びと安堵感がこみあげてきた。それは酸に肺や肌を焼かれているような感覚だった。エマは深く呼吸し、もう一度、胸いっぱいに空気を吸いこんだ。

見物人たちの聞くに堪えない言葉が次第に消え、周囲がしんとした。エマは本心からの笑みを浮かべて立ちあがった。誰もエマのために椅子を引こうとはしなかった。

体の向きを変えて数歩進むと、真っ青な顔をしたジョーンズが立っていた。小首をかしげてみせたが、ジョーンズは微動だにしなかった。エマはわかっているということを伝えるためにうなずいてみせ、わきを通り過ぎようとした。だが、手のあたりに腕が差しのべられたのに気づいてはっとした。

「わたしのことは放っておいてくれてかまわないのよ」エマはささやいた。

ジョーンズは首を振った。「ぼくがこの部屋にエスコートしてきたんです。部屋を出るときも、ちゃんとエスコートします」

「ありがとう」

ドアに近づくと、そばにいた優雅に着飾ったふたりの女性が背中を向けた。スキャンダルはすでに広まりはじめているのだ。エマは気にしないよう努めた。どうせお互いに知らない間柄だ。

「わたしはもう帰らせていただくわ」エマはジョーンズにそう言い、階段へ向かう足を速めた。だが、ジョーンズの腕がそれを引き戻した。

「急ぐと逃げているように見えます。どうか堂々としてください」

「なにをどう堂々としろというの？」

ジョーンズはちらりとエマを見た。「あなたが賭事に興じるのを恥ずかしいことだとは今日まで思っていませんでした」

「今日はそう感じたということ？」

それに答えるにはジョーンズは紳士的すぎた。エマが通るのを見て、別の女性がまた背中を向け、若い娘があとずさりをして部屋に隠れた。

「玄関まで送ったら、もう一緒にいてくれなくていいから、どうか行ってちょうだい」

「いいえ」

エマは執事にマントを出してくれるよう頼んだ。従僕がエマの馬車に合図を送った。エマはあえて後ろを振りかえった。二階の手すり越しに大勢の顔がこちらを見おろしている。エマはその全員に向かって、膝を折り曲げてお辞儀をしてみせた。そして目をつぶり、ジョーンズの手でマントを肩にかけてもらった。

「外までお見送りします」

ジョーンズはエマについてきた。頑固な若者だ。

「どうしてこんなことをされるんですか？」

ジョーンズはもうエマを見ていなかった。首をうなだれ、歩道の白っぽい石をにらんでいる。

「あなたは無茶ばかりするけれど……」冷たい一陣の風が髪をかきあげ、ジョーンズはぶるっと震えた。「時がたてば、それは自然におさまると思っていたんです。まだロンドンに来て間がないから、きっといろいろなことを楽しみたいんですよね。あの……ぼくにはそれなりの収入がありますし、おじが由緒ある爵位を持っています」

「ミスター・ジョーンズ、わたしは……」

「ぼくはあなたの家族を捜す努力もしました。問いあわせの手紙を書き――」

申し訳なく思いながら聞いていたエマの体が凍りついた。「手紙？」

「ご家族にお見知りおきいただきたいと思ったのです」

「父はもう亡くなっているわ」

「ええ。心からお悔やみ申しあげます。ぼくはただ――」

「わたしに直接きいてくだされればすんだものを。どなたに手紙を書いたの？」

ジョーンズは混乱しているように見えた。

「すみません。どうしようか迷ったんです。あなたはまだ長い意味では喪中ですから、夏が来るまでプロポーズをするのは待つべきではないかと思いました」

「手紙を書いた相手はどなた？」

「ブロムリーという名字の地元の執政官です」

車輪の音が近づいてきた。振りかえると、馬車がすぐそばまで来ていた。御者が馬車から飛びおり、ドアを開けた。

エマは表情を緩めた。「今晩のことはごめんなさい。これから知人とディナーをご一緒する約束をしているので、わたしはここで失礼させていただくわ」

馬車のドアが閉まっても、ジョーンズはまだうつむいたまま、寒さから身を守るように腕を組んで立っていた。エマはどう声をかけていいかわからず、馬車が出発するあいだも黙っていた。

タンウィッティ邸に入ってくる馬車とすれ違った。羽を広げた厳《いかめ》しい金色の鷹《たか》が宵闇を通り過ぎていった。サマーハート家の紋章。ハートが来たのだ。

エマは両手に顔をうずめた。手袋は硬貨のにおいがした。さっさとタンウィッティ邸を出てよかったとエマは思った。わたしはハートを辱めるようなことをした。彼は決して許してはくれないだろう。そう思うと、エマは不安に襲われた。

16

「もう行かなくてはいけないの？　まだ一二時をまわったところよ」レディ・オズボーンが引きとめた。

　オズボーン卿が妻の腕に手をかけた。

「これからまだひとつパーティがあると言っているんだから仕方がないだろう？　エマはカードをやらせたら才能がある。わしらが邪魔をしてはいかんよ」

「まあ、エマに賭事を勧めていらっしゃるの？　あなたったら、なんて人かしら」

　エマはふたりにほほえみかけた。ここはあたたかくて居心地がよいが、そろそろおいとましなくてはいけない。今夜はもうどこのパーティにも行かないつもりだが、出発の準備をしなくてはならないのだ。だが、それにしてもなんだろう、この奇妙な倦怠感は。体が地面に引っ張られるように重くて、そしてだるい。

　オズボーン夫妻は仲むつまじい口喧嘩を続けていた。ロンドンを離れたら、きっとこのふたりのことを心から恋しく思うだろう。ふたりは恋愛をして結婚したわけではないと大おじは言っていた。それどころか、最初の数年は喧嘩ばかりしていたらしい。だが娘が生まれたことで、ふたりの関係は変わった。それまでは敵対していたのに、愛情が芽生えたのだ。以来四〇年間、ふたりは愛しあっている。

ひところからレディ・オズボーンの体は領地までの旅に耐えられなくなった。三日間も馬車に揺られなくてはいけないため、腰が痛くなり、何週間も体調を崩すようになったのだ。そのためオズボーン卿は年に数カ月は領地で楽しんでいた狩猟をあきらめた。そして今ではふたりそろって一年中ロンドンで暮らしている。

エマはため息をついた。いつもどおりさようならを言って、それで終わりにすることなどできない。わたしにとって、ふたりはとても大切な人たちなのだから。

「実は、ロンドンを出ようと思っているのです。多分、明日には出発すると思います」

「え？」レディ・オズボーンが息をのんだ。「でも、わたしたちの舞踏会には来てくれるんでしょう？　復活祭のあと初めての舞踏会になるから、せいぜい盛大にしようと思っているのよ」

「ごめんなさい……舞踏会には出席できそうにありませんわ。社交シーズンをロンドンで過ごすつもりはないんです」エマは言葉を切り、どこまで話そうか思案した。「お恥ずかしいことに、ついさっき、スキャンダルになるようなことをしてしまいました。おふた方がきっと、今夜わたしがここに来たことは内緒にしたいと思うようなことをしてしまって……」

オズボーン卿がむっとした顔をした。「きみともし縁を切りたいと思えば、そうすることはもちろん可能だ。だが、そんなことを思うわけがなかろう？　せっかく社交シーズンが始まるというのに、なんでまたロンドンを出ようなどと思うんだ？」

「衣装をそろえるのが大変なのね？」レディ・オズボーンが言った。「ここはなにもかもが高いもの。エマ、この屋敷へうつっていらっしゃい。賃貸料を払って家を借りることなんかないわ。うちには使っていない部屋が一五室もあるのよ。一緒に暮らしましょう。ドレスのことはわたしたちに任せてちょうだい」

エマはふたりの手を握った。「違うんです、そういうことじゃないんです。たしかに経済力はないに等しいような状態ですが、そんなことは関係ありませんわ。そのうえ、今夜わたしが引き起こしてしまったスキャンダルはそれだけでここから逃げだしたくなるような内容ですけれど、でもそれも理由ではないんです。ただ、自分が社交シーズンの華やかさや活気に耐えられるとは思えなくて……。冬場のあいだ社交界にかかわっただけで疲れきってしまったのです。だから、今年の夏は領地で過ごそうと思っています。どうやら夫に影響されて庭いじりが好きになってしまったみたいですわ」

レディ・オズボーンはあきらめなかった。「お庭ならこの屋敷にもあるじゃないの」

エマは首を振った。オズボーン卿は妻と視線を交わし、それからエマの手を取った。

「きみがいなくなると、わしらも寂しくなるよ。娘のように思っとるんだ。だから、秋には必ず遊びに来ると約束しておくれ。この年になるとスキャンダルに巻きこまれるのも楽しいもんさ。自分ではもう引き起こせんからな」

レディ・オズボーンが夫の腕をぴしゃりとたたき、若い娘のようにくすくす笑った。

「まあ、妻に隠し事くらいはするが」オズボーン卿はいたずらっぽく片眉をつりあげた。

エマは涙をこらえながらほほえんだ。「いろいろとありがとうございました。おふたりの優しさにわたしがどれほど助けられたことか。本当です。どうぞ、それだけは信じてください」

エマは立ちあがった。レディ・オズボーンがふっくらした腕でエマを長々と抱きしめ、何度も母親のようなキスをした。ようやくオズボーン邸を出たものの、馬車へ向かうエマの足取りは重かった。

ロンドンへ来たときは、意気揚々とこの町を去る日を夢見ていた。そして今、実際にそのときが来たが、とても得意気な気分にはなれない。次の町へ行っても、どうせ偽名を名乗ることに変わりはないのだ。たしかに芝居は変わる。ここでは世間慣れした女性を演じてきたが、これからは慎み深い女性のふりをするつもりだ。だが、嘘をついているのに本当の友人ができるはずもなく、孤独であることに変わりはない。それでも、せめて少しはましな人生にしたい。心の底からそう願っている。

「マダム、次はどちらへ？」馬車に乗るエマに手を貸しながら、御者が尋ねた。エマはスカートを踏んでしまい、椅子に倒れこんだ。

「次は……」どこへ行こう。多分、家に帰るしかないだろう。だが、タンウィッティ邸を出るとき、ハートの馬車を見かけた。わたしが引き起こしたスキャンダルのまっただなかへ彼は入っていったということだ。さぞや怒っていることだろう。逆上しているかもしれない。

その勢いでわたしの家に来て、そのまま待っているということだってありうる。

「どうしますか？」

だが、ほかに頼れる先もない。わたしが顧客をまわる娼婦のようにランカスター邸の玄関に馬車をつけたりしたら、彼がよい女性とめぐり会う可能性を邪魔してしまうかもしれない。

「家に戻ってちょうだい。でも、玄関までは行かなくていいわ。路地に入ったところで馬車をとめてほしいの」

「わかりました」御者は帽子をちょっとあげて挨拶し、不審そうな顔ひとつせずにドアを閉めた。エマは暗い馬車のなかでひとりきりになった。

疲れ果てていた。このまま座席に横たわり、あたたかいスカートに包まれた脚を折り曲げたい。でも、今そんなことをしたら、きっとすっかり気が抜けてしまい、自分がどうなるか自信がない。そう思い、座席の背にもたれかかることさえせずに姿勢を正した。馬車はリージェント・パークからメイフェアにかけて立ち並ぶ、壮大で立派な屋敷の前を通り過ぎていった。ハートはこの高級住宅街に住んでいる。いったいいくつの建物を所有しているのかはわからない。もしわたしが彼の愛人になることに同意したら、どの屋敷に連れていかれるのだろう？

通りの角を曲がると、メイフェアの明るい街灯が遠ざかった。馬車はベルグレーブを抜け、エマの自宅のある通りまで来た。

馬車が路地に入ってとまったころには、エマは緊張で体が震えていた。窓に顔を寄せ、暗闇に目を凝らして見る。降りはじめた小雨が窓にあたり、視界がぼやけた。ぼんやりと自宅の玄関が見えた。激怒したハートが立っている様子はない。

だが、家のなかにいるかもしれないし、馬車に乗ってこちらへ向かっているところかもしれない。そう思うと体が震えた。

ハートに非がないことは充分に承知している。わたしは自分の過去を調べられたのだと思って怒っていたが、それは間違いだとわかった。彼はずっと正直に接してくれていたのに、こちらが裏切りつづけていたわけだ。だが、かまうものか。彼は富も権力も持っている遊び人の公爵だ。わたしが心配する必要がどこにある？

自宅の玄関ドアが街灯のかすかな明かりを受け、寂しげにぽつんと光っていた。明朝、あのドアから出て、わたしは姿を消す。結局のところハートはわたしの偽りの姿しか知らずに終わる。彼の頭に、私は恥ばかりかかせた女として残るだろう。本当はもっと多くの記憶を残したかった。わたしも、もっと多くの思い出が欲しかった。

もし、ハートが家のなかで待ち受けているのなら、せめてちゃんと顔を合わせるぐらいのことはするべきだろう。わたしをののしり、怒りをぶちまける権利が彼にはある。それでも彼が傷つくことに変わりはないけれど。

家に入るべきだ。

どうせ、ほかに行くあてもない。

エマがドアに手をかけたとき、馬車が傾き、御者の「おい」と怒鳴る声が聞こえた。

反対側のドアが開いた。エマはどきっとして座席の隅に縮こまった。ハートがどういう行動に出るかはわからないが、とにかく怖かった。

小さな顔が視界に入った。「スティンプなの？」

「おりろ、小僧！」御者がまた怒鳴った。

スティンプは馬車に飛び乗り、責めるように言った。「どこに行っていたのさ」

御者がおりたらしく、馬車が左右に揺れた。

「大丈夫よ」エマが大きな声で制した。「この子は知りあいなの」

スティンプがにやりとした。「覚悟しといたほうがいいよ」

「またお金をもらってわたしを見張っているわけ？」

「見張っているだけじゃないよ。帰ってきたら、あの人を呼びに行くことになっているんだ。すっごく怒ってたよ」

「わかってるわ」

「ぴかぴかの馬車のなかでずっと待っていたんだけど、帰るころにはずいぶん酔っぱらってた。ものすごく怖い目をしてたよ」

状況がわかったことで、エマはいくらか大胆になった。「酔っぱらってものすごく怖い目をした人を、あなたはこれから呼びに行って、わたしの家まで連れてくるつもりなの？」

スティンプはつんと顎をあげた。「だって、結構な金額をくれるもん」

「わたしのほうがたくさん出せるかもよ」

「嘘だね。まだ一回しかくれたことがないくせに。今のぼくは、あの人に雇われているも同然さ」スティンプは肩をすくめ、同情するような表情を見せた。申し訳ないとは思っていないらしい。

エマはもう一度、自宅の寂しげな玄関ドアのほうへ目をやった。ハートは激怒し、酔っぱらい、わたしに償わせようとしている……。

エマは体が震え、息がつまった。すでに心は決まっていた。どうせこの町を去るのだから、今なら愚かなことをしてもかまわない。

「わざわざ彼を呼びに行かなくてもいいわよ。わたしのほうから出向いていくから」

スティンプは顔をしかめた。「信じられないやい」

エマは汚れた手袋を脱ぎ、向かい側の座席にぽんと放り投げた。

「信じなくてもいいわよ。でも、わたしはなにもせずに追いつめられるのは嫌いなの。さあ、馬車からおりてちょうだい。彼が喧嘩をしたいなら受けてたつわ」

その事実を知ってからもう数時間がたっているが、ハートはまだ自分の聞いたことが信じられなかった。

たしかにエマは大胆に振る舞うし、無謀なことはするし、そのくせ色気があるからスキャンダルの多い女性ではある。だが、まさか自分の体を賭けるようなまねをするとは思わなかった。

本当にマーシュと一夜をともにする気ではなかったと思いたい。そんなことはわたしがさせるものか。だが、それでも怒りはおさまらない。彼女はわたしの気持ちはいっさい拒絶したくせに、公然とほかの男に体を許す約束をしたのだ。

〝わたしたちはどちらも優しい人間ではない。そうでしょ?〟とエマは言った。「そのとおりだ」ハートは誰もいない図書室に向かってうめいた。「もう優しくなどするものか」

エマに対して抱きはじめていた深い感情は、腹の底で憎しみに変わった。気持ちを落ち着けようと飲みはじめた酒だが、怒りに火をつけただけだった。

ハートは両手で鉛クリスタルのグラスを握りしめた。グラスからはねたバーボンの滴が手の甲にかかり、こぶしのひっかき傷がひりひりと痛んだ。マーシュをぶん殴ったときにできた傷だ。本当はもっと殴りたかったのだが、相手は気絶しているのだからもうやめろと言われ、たったの二発でとめられた。それがいまだに納得できない。

ほかに誰がいるわけでもないのに、ハートは声に出して何度かののしりの言葉を吐いた。そしてグラスに残っていたバーボンをあおり、呼び鈴の紐を引いた。

マーシュをぶちのめしたことで事態を悪化させてしまった。本当は、自分とエマとの友人関係はすでに破綻《はたん》していたとにおわせるような言動を取ればよかったのだ。そうすれば人々はきっとわたしに同情しながらうなずき、さっさと別れたのは賢明だったと言ってくる人すらいただろう。だが、あのときは頭が働かなかった。思いもよらない出来事に激しい怒りがこみあげ、なにも考えずに行動してしまった。

「ご用でしょうか？」

「ボトルが空だ」

「かしこまりました」執事はお辞儀をして部屋を出たあと、ものの数秒で戻ってきた。こうなることを予想して、すでに次のボトルを用意してあったのだろうかとハートは思った。だが、執事は手ぶらだった。

「なんだ、モートン」

「お客さまがお見えになったと従僕が知らせてまいりました」

ハートは目をしばたたいた。自分でもわかるほど、まぶたの動きが遅い。

「スティンプか？」

「いいえ、レディ・デンモアでございます。お通しいたしましょうか？」

ハートは先ほどよりもさらにゆっくりと目をしばたたき、酔った頭で状況を判断しようと努めながら、すでにうなずいていた。別のレディ・デンモアか？　まさかエマのはずがない。どの面さげてここへ来たというのだ？　彼女がそのドアから入ってくるのが怖い。自分がなにをしてしまうかわからない。ハートがそう思ったとき、エマが図書室のドアから入ってきた。ぼんやりしていた頭がはっきりした。

燃えたぎる怒りのおかげで酔いは吹き飛び、ふらつくことなく、すっくと立ちあがれた。エマは動じる様子もなくこちらを見据えている。エマ、きみはもっとおびえているべきなんだ。そう思いながら、ハートは冷笑を浮かべた。

「なにをしに来た？」

金色を帯びた琥珀色のドレスのせいで、肌がクリーム色の真珠のように輝いて見える。胸の膨らみが押しあげられ、腰は細くくびれていた。これほど美しいエマを見たのは初めてだ。

「きみはばかな迷える子羊だな」

「あなたはさしずめライオンといったところかしら？」

「そうさ」

モートンがドアを閉めた。エマはまだ図書室に数歩入ったところだ。濃い色のドアを背景に立っていると、柔らかな金色のオーラを発しているような雰囲気がある。髪にドレスの色が映り、明るい茶色の筋が入っているように見えた。

エマは大きく息を吸いこんだ。胸の膨らみが盛りあがった。

「わたしをお捜しだと聞いたわ」

「だから素直にここへ来たのか？」

「ええ」

「エマ」ハートはたしなめるように舌を鳴らした。「それは浅はかすぎるぞ」

エマは腹部の前で両腕を重ねた。

「どうして？　あなたはわたしにお説教をしたいのでしょう？」

ハートは首を傾け、広い図書室をのんびりと歩きながら、徐々にエマのほうへ寄っていった。それにつれ、怒りは沸点に近づいた。「そう思っているのか？　わたしが説教をしたがっているとと？　きみもかなりうぶだな。わたしはきみを諭すべき後見人ではない。きみの父親でもない。説教なんかしたいとは思っていないんだよ」

ハートは間近まで寄り、相手の呼吸が浅く、速くなるのを見てとった。

「わたしがしたいのは……」腕をあげると、エマが目でそれを追った。ハートは人差し指で彼女の鎖骨をなぞった。「きみを罰することだ」

エマが息をのんだ。胸の膨らみがハートの手の甲に触れた。

「わたしはなにもしていない……あなたにはわたしを罰する権利なんてないわ」

「矛盾しているぞ」ハートは襟ぐりに沿って指を滑らせた。「もし本当にそう思っているのなら、なぜここへ来た？」

エマは頭を振り、一歩後ろにさがって、ハートを押し戻そうとするように両手をあげた。

「あなたは酔っているわ」

「どうしてあんなまねをした？」

エマは不意をつかれ、手をおろした。「なんのこと？」

「なぜ、あいつを相手に娼婦のように振る舞ったのかと尋ねているんだ」

「それは……」エマはまた頭を振り、抵抗するのをあきらめたような表情をした。「勝つとわかっていたからよ」

「それは違うな。きみの手札はそこまでよくはなかった。相手が同じ数字を三枚そろえていたら、きみは負けていた。わたしを見くびるな。詳しいことまですべて知っているんだ。それで、どうしてきみはそんな危険を冒したんだ？」

「さあ、なぜかしら。きっと、わたしがばかで衝動的な人間だからよ。うっかり、もう勝てると思いこんでしまったの」

「うっかりだと？　公園へ行くのに、うっかり曲がる道を間違えてしまったのと同じか？　うっかり手袋を置いてきてしまったのと同程度のことだと言うのか？」

「もう少し深刻な間違いかも――」

「間違いだと？　こっちの男には誰の愛人にもなるつもりはないと言っておきながら、あっちの男にはたかが数百ポンドのために脚を開くと約束するのが、ただの間違いなのか？」

「いいえ」消え入るような声だ。

「わたしならもっと出したぞ。今でも、まだそのつもりだ。きみはあの男と寝たわけじゃないからな。二〇〇〇ポンドでどうだ？　なかなかいい金額だと思うがね」

「彼と一夜をともにするつもりなんてなかったわ」

エマの顎がかすかに震えている。それを見て、ハートは少し気分がましになった。

「なるほど。娼婦ではなくて、ただの詐欺師だと言いたいわけか？」

「そうよ」エマは虚勢を張るように顎をあげた。

「なぜ、ここへ来た？　どうしてみずからライオンの巣にのりこんできたんだ？」

エマはさらに一歩あとずさり、ドアに背中をつけた。

「あなたに謝りたかったの。恥をかかせてしまったから」

「考えたの。きっとあなたは……」

「嘘つきだな」

「きみは、わたしを傷つけたと思った。そして罪悪感を覚えた。だから、わたしの要求を受け入れて償いをしようと決めた」

「ばかなことを言わないで」

「そうすれば、きみは気分が軽くなる。借りは返したと思えるからな」

「あなたは酔って分別がなくなっているわ。そんな話、聞く気にもなれない」

「それはよかった。どうせもう話は終わりだ」

エマが反論しようと口を開きかけたが、ハートはかまわずに腕をのばして、首筋に手を置いた。

エマは驚いて声をもらした。

ハートは強引に彼女を引き寄せ、こめかみに唇を押しあてた。「マーシュは……」そして耳元で吐き捨てるように言った。「げすな男だ」

「ハート、わたしは――」

「その美しい唇を閉じたほうがいいぞ、エマ。さもなければ、わたしが無理やりふさぐことになる」

エマは歯を食いしばった。

「いい子だ」

ハートは手をのばしてドアを開き、エマを廊下へ押しやった。執事の姿は見えなかったが、誰かが近くに控えているのはわかっていた。

「わたしの寝室にワインを運ばせろ」従僕が姿を見せてお辞儀をした。

エマはハートの手を振りほどいたが、逃げる素振りは見せなかった。ハートが腕を広げて行く先を示すと、彼女は胸を張って階段のほうへ歩きはじめた。そしてゆっくりと階段をのぼり、寝室のある二階へ向かった。

ハートはすでに体が熱くなっていた。もうすぐエマはわたしのものになる。あの汚らわしい男になにを言ったにせよ、そんなことは関係ない。彼女はわたしだけのものだ。

エマを抱けば、かえってつらくなるだけかもしれないということは承知している。これでまた彼女が裏切るようなことをすれば、自分はいっそう深い傷を負うことになるだろう。だが、かまうものか。彼女が欲しい。自分がこれほど強く誰かを求めることになろうとは思ってもいなかった。若いころは、気に入った女性がいれば気持ちのおもむくままに自分のものにしてきた。最近ではそこまでの思い入れさえなくなった。自分にそれを許さなかったからだ。

だが今は、ぴったりと体の線に合ったドレスが腰のあたりで揺れるのを見ているだけで血が騒ぐ。エマが階段を一段のぼるごとに、氷のようだと言われたわたしの心がざわつく。わたしの怒りをなだめようと裸でベッドに横たわる姿を思い描くだけで、胸がせつなくなるのだ。そんなことをされても、わたしの気持ちが癒されるわけではないが、それでも彼女を追いつめずにはいられない。

エマは階段をのぼりきり、そこで立ちどまった。部屋がどこかわからないからだろう。ふいに彼女がひどく若く見えた。ハートはエマの手を取り、彫刻を施した両開きのドアへいざなった。従僕がトレーを手にして近づいてきた。ハートはエマを寝室へ入れ、そのまま待たせた。

ドアが閉まると、ワインのグラスを手渡した。エマが四口で飲みほしたのを見ても驚きはしなかった。「もう一杯いくか?」

「ええ」

「わたしの酔いに追いつこうとしているのか? こっちは三時間も前から飲んでいるんだぞ」

「せいぜい努力するわ」エマは二杯目を先ほどよりはゆっくりと口にした。ハートはそのまわりを歩きながら、獲物を見るような目でエマを眺めた。今夜の彼女は本当にきれいだ。ワインのせいか、頬がピンク色に染まっている。いや、頬が紅潮しているのは不安のなせるわざか、それともすでに気持ちが盛りあがっているからか、あるいはその両方のせいかもしれない。エマはハートの動きを目で追っていたが、視線が合うと顔をそむけた。舌がちらりとのぞき、ピンク色の唇についたワインの滴をなめた。ハートは我慢しきれなくなった。

「後ろを向いて」

エマは言われたとおりにした。ハートはグラスを取りあげ、肩に手を置き、肩甲骨をなぞった。エマの肌は熱かった。

「背中に触れたのは初めてだな」ハートはそうささやき、肌の感触を確かめながら背骨のほうへ手を滑らせた。ドレスは背中が大きく開いていた。ハートは背骨に沿って手を下へはわせ、そのまま、また首のほうへと戻した。エマは震えていたが、ハートがドレスの小さなフックをはずしはじめると、今度は体をこわばらせた。

ハートは急がなかった。急ぐ必要はない。今夜はこちらが望む限り、彼女はここにいる。ひとつずつフックをはずしていくと、アイボリー色の質素なコルセットが見えた。腰までフックをはずすと、ドレスが開いた。ハートの下腹部がうずいた。袖を脱がせると、シルクの生地はするりと体を滑り、床に落ちた。ペチコートもおろした。アイボリー色の薄いシュミーズの生地を通して、腰のくびれや、裸のヒップの膨らみがはっきりと見てとれた。

ハートは首筋から背骨へと指をはわせ、コルセットを通り過ぎ、ふっくらとした膨らみまで手をおろした。そしててのひらを広げ、あたたかいヒップの感触を味わった。

エマが息をのんだのを見て、ハートは笑みをこぼした。ヒップは引きしまっているが、同時に柔らかくもあった。そのまま腰へ手を滑らせ、正面からの姿を見ようと、エマの前にまわった。

すばらしい眺めだった。ハートは気持ちを隠すことなく、歯をのぞかせてにっこりとほほえんだ。コルセットに押しあげられて胸が盛りあがり、淡いピンク色の乳輪がちらりと見えている。コルセットより下では茂みの形がはっきりと認められた。シュミーズは膝上までしかなく、ガーターはアイボリー色で、靴下は薄い金色だ。

ハートはエマの手を取り、床に落ちたドレスから足を抜かせ、その姿に見入った。裸も同然ながら、まだヒールのある靴を履いている。自分が愛《め》でるために作られたような肢体だとハートは思った。

ハートの目を意識してか、エマは瞳を輝かせ、少し背中を反らせた。そのせいでピンク色の乳輪がコルセットからさらにはみだした。

「こんなふうにわたしに見られたいと思っていたのか？　鏡の前に立って、わたしがその姿を眺めている場面を想像したことはあるのか？」

「ええ、あるわ」淡々とした口調だ。

それでも、その答えにハートは心臓がどきっと鳴った。

「きれいな体だ。美しいこと、このうえない」ハートはエマに近寄り、顎に手をかけ、うやうやしくキスをした。促されることもなく開いた口に舌を差しこみ、熱く湿った唇の内側をなぞる。絡められた舌に刺激され、体の別の部分がうずいた。エマの熱くなめらかな舌の感触をそちらでも感じてみたい。

唇をむさぼると、エマがハートの手首をつかんだ。顔をあげ、さらに濃厚なキスを求めてくる。ハートが顔を離すと、エマの唇はキスのなごりで赤らみ、ふっくらと膨れていた。これまで幾度、こんな場面を想像し、息をのんだことだろう。

「膝をついて」ハートはささやいた。

エマの手がぴくりと動き、手首をつかむ手の力が強くなった。なにを求められているのか悟ったらしく、衝撃を受けたような表情をしている。

「ひざまずくんだ」ハートはかすれた声で命じた。エマはハートの目を見たまま、静かに膝を折った。ハートが思い描いていたとおりの表情だ。エマは目をそらすことなくハートの手首を放し、ズボンのボタンに手をかけた。ハートはシャツを脱いだ。

ボタンをはずそうとしているエマの手の動きが、ハートには責め苦のように感じられた。

「マーシュにもこういうことをしたのか?」

エマは首を振った。

「言葉に出して答えなさい」

エマの手が震えている。ハートは下腹部の苦痛が増すのを感じた。「いいえ」ようやく答えが返ってきた。

「わたしには……」エマの手がズボンのなかに差しこまれ、ハートは言葉を切って荒々しく息を吸った。「してくれるのか?」

「ええ」ささやくような声だ。熱く張りつめたものに冷たい指がかけられ、ズボンの外に出された。ハートは声をもらしそうになったが、それを我慢した。

エマは自分が取りだしたものに目をやり、かすれた声で言った。「ええ、あなたなら」

エマが手を広げ、指先でそれをなぞった。その焼けるような感触にハートの体がびくっとした。膝がくずおれそうになるのをなんとかこらえ、ゆっくりとした指先の動きに目をやった。

　エマは先端をなぞり、てのひらでかすかに触れ、ちらりとハートの顔を見あげたあと、また視線を戻し、彼の腿に手を置いた。薄い布地を通して伝わってくる手の感覚に、腿の筋肉がぴくりと動いた。

　エマはわずかに唇を開き、軽くキスをした。それだけのことなのに、ハートは食いしばった歯のあいだから息がもれるのをこらえることができなかった。エマはかすかに笑みを浮かべ、すぐに元の表情に戻った。

　ハートはぞくっとした。下腹部に目をやりながらちらりと見せたそのほほえみを、自分は一生覚えているだろう。そう思ったとき、エマが硬くなったものに舌の先でそっと触れた。ハートは一瞬でほほえみのことなど忘れてしまった。エマがまた軽く舌で触り、今度は湿った筋を残した。屹立したものがぴくっと動くと、エマは驚いた顔でこちらを見あげた。

　快感が体を突き抜け、深い余韻が残り、ささやかな疑惑が頭をかすめた。

　エマがもう一度キスをし、先端を舌でなぞった。これ以上焦らされたら、死んでしまいそうだとハートは思った。エマはようやく唇を開き、高ぶったものをほんの少しだけ口に含み、湿った舌を押しつけたと思うと、すぐに唇を離した。

　ささやかな疑惑が確信へと変わり、ハートは自分が気づいてしまった事実に愕然とした。彼女はこういうことをした経験がないに違いない。

　七〇歳の夫はそれを求めなかったということか。唇で男性自身に触れた相手はわたしが初めてらしい。

なんということだ。

彼女にとって未知の経験をこんなふうに要求してしまったことを恥じるべきなのかもしれないが、かえって暴走しそうなほどの欲求がこみあげてきた。膝が震えている。

「エマ」

エマがちらりと顔をあげた。その目は燃えているように見えた。ああ、彼女もこの状況を望んでいるのだと思いたい。

ハートはエマのしなやかな手を握り、今すぐにでも彼女を立たせるべきだと自分に言い聞かせた。だが、そんなことができないのもわかっていた。葛藤に負け、その手をみなぎったものの根元に添わせる。気持ちを読んだように握りしめられ、甘い歓びが広がった。

ハートは震える手でエマの髪に触れ、数本あったヘアピンを手探りで引き抜いた。豊かな髪が肩にかかった。

「続けてもいいのか?」

「ええ」あたたかい息が先端にまつわりつき、ハートはこのまま絶頂を迎えそうな予感を覚えた。「ずっとこうしたかった。それなのに拒絶していてごめんなさい。わたしは……」

「口に含んでほしい」

エマが唇を開いた。

「もっと深くだ。それに舌も……」ハートは相手の頭を自分のほうへ寄せた。エマは情熱がほとばしるものを握りしめたまま、深く口に含み、舌を添わせた。ハートは頭を少し押しやり、また自分のほうへ引き寄せた。ハートが手を離したあとも、エマは自分でリズムを刻みつづけた。

ハートは体をこわばらせ、かすむ目でエマを見ながら、愛撫に身を任せる。

なんという女性だろう。罪と無垢が混在している。コルセットを身につけたまま、ひざまずき、無心に集中しているさまは、あまりに悩ましい。その髪に指を差し入れ、自分の望むリズムを教えたいという気持ちもあるが、それよりも今のままのほうがはるかにすばらしい。こちらがなにを求めているのか、彼女がみずからそれを学びたいと思っているのだから。

エマがゆっくりと目を開け、上目遣いにこちらを見あげた。

ハートはうめき声をもらした。体が締めつけられるような歓びがこみあげ、なにも考えることができなくなった。重く突きあげるような快感にクライマックスへと押しあげられていく。エマの唇は……湿っていて、あたたかく、そして新鮮だ。

もう我慢ができなかった。彼女に至福へと導かれる瞬間を、幾度、頭に思い描いてきたことだろう。だが、そのときためらいが芽生え、衝動を押し殺してエマの頭を放した。

エマはまだ唇をつけたまま、荒い息を吐いていた。息がこわばっているものにかかり、どうにかなってしまいそうだ。

だが、もっとゆっくりことを進めたい。ここで果ててしまうのはいやだ。彼女のすべてを知りたい。

「もういい」ハートはかすれた声でそう言い、エマの手を取って立たせた。

エマがこちらを見た。興奮で瞳孔《どうこう》が開き、唇が膨らんでいる。ふいに、押しつぶされそうなほどの所有欲に襲われた。これほどの色気がありながら、彼女はなにも知らないに等しい。この女性を手元に置き、ほかの男性とは決してしないようなことを教えこみたい。

ふと、エマはマーシュとこういう関係になっていたのかもしれないと思い、嵐のような感情が渦巻いた。

ハートは自分が自制心を失いかけていることに気づいた。わたしは彼女を大切な人のように感じはじめている。こんなはずではなかった。本当は彼女などなんでもない存在だということを見せつけるつもりだった。ふたりの奇妙な友情は決裂したのだということを思い知らせ、ほかの女性と同じような扱いをするつもりでいた。

ハートはズボンのボタンを閉めた。エマが眉をひそめる。

「初めに約束事を話しておきたい」ハートはトレーのほうへ進み、自分のグラスにワインをつぐと、しどけない姿をしているエマの前へ戻った。エマにワインは勧めなかった。グラスを差しだせば、手が震えていることを気づかれてしまう。

「わたしとのことは誰にも話してはいけない。わたしとの関係を尋ねられても、肯定も否定もしないことだ。もし、ふたりしか知らないはずのことがほんのわずかでも噂になれば、わたしたちの関係は終わりだ。それだけではない。わたしは今後いっさい、きみのことを無視する。わかったか？」

エマの表情からなまめかしさが消えた。目をすがめてこちらを見ている。

「わたしとかかわっているあいだは、決してほかの男性をベッドに誘いこまないこと。いちゃつくようなまねもしてはいけない。それから別れるときは涙を流したり、感情的になったりしないでくれ。わたしときみはベッドをともにするだけの関係だ。愛情があるわけでもないし、これから愛が芽生えるということにもならない。別れはたんにお互いが相手に異性としての魅力を感じなくなったというだけのことだ。いいか？」

エマの口元が怒りにこわばった。「愛人になる女性には、毎回、そう言っているというわけね」

「そうだ」

エマは少し首を引いた。

「それで、その長ったらしい要求を突きつけられた女性たちはどう答えているの？」

「今のきみのような表情でわたしを見る者もいるし……」いや、本当はまったく違う、とハートは思った。エマは自分がその他大勢の女性たちと一緒にされるのをいやがっている。

「それに、黙って従う者もいる。どちらにしても愛人になった女性たちは全員が同意した」

「あなたって、本当に傲慢で臆病な人ね。噂になるのがそんなに怖いの？」

ハートは肩をすくめ、ワインをひと口飲んだ。

「わたしはただいつでも冷静でいたいだけだ」

「あら、さっきは違ったわよ」エマはハートの胸に視線を落とし、それから下腹部に目をやった。

怒りをかきたてられたことにハートはかえってほっとした。

「今は冷静だ。さっきのことは関係ない。残りの衣服を脱ぎたまえ」

「わたしを侮辱しているの？」

「怒ったふりをするのはきみの自由だ。だが、きみはわたしと関係を持ちたいと思っている。最初からそうだった。わたしと考えていることは同じさ」

エマは食ってかかった。「わたしはこんなことは望んじゃいないわ」

ハートはワインを飲みほした。喉の渇きは癒されたが、荒れ狂うような体のうずきはおさまらなかった。グラスを置き、エマの怒りに満ちた目を見ると、獰猛なほどの衝動がこみあげた。

「わたしが激怒しているのを知りながら、きみはここへ来た。わたしが暴力を振るいかねないほど酔っていることをわかっていながら訪ねてきたんだ。たとえわたしとの関係を望んでいないとしても、今夜はそうするしかないと思っているはずだ」

ハートは黙ってほほえんだ。エマが目をしばたたいた。

「それに、今夜のわたしは我慢の限界を超えている。今この瞬間、ロンドン中の人間がわたしのことを噂し、わたしをあざわらっているんだよ。わたしの過去を話題にし、きみのような女性に振りまわされるばかな男だと話しているんだ。わかるか？　笑いものにされているのは、このわたしなんだ。今夜だけは、なにがあっても許さない。たとえ、今後二度ときみの名前を口にしないと決めたとしてもな」

ハートは怒りを爆発させ、グラスを払いのけた。華奢なクリスタルのグラスはドアにぶちあたり、美しい音を立てて砕け散った。

エマは一歩あとずさった。

ハートは肩をまわし、怒りにたぎった血を鎮めた。

「さあ、コルセットを取るところから始めようか」

17

エマはコルセットに肺を強く締めつけられ、ろくに息ができなかった。そのせいでまともに頭が働かない。そのくせ、浅く呼吸をするたびに、それに合わせるように下腹の奥がうずいた。

ハートのことが怖かった。だが、それゆえになおさら体のうずきは増した。不安と高ぶる気持ちに押しつぶされ、どうしていいかわからず、言われたとおりに背中を向けることしかできなかった。ハートがコルセットの紐をほどきはじめた。

紐が緩まると、エマは自分でフックをはずした。ふいに肺が楽になり、呼吸ができるようになった。血流が戻り、四肢の隅々にまで血が届いたような気がする。ほっとするかと思ったが、息が楽になっても緊張はおさまらず、かえって神経が張りつめた。

最後のフックをはずすと、コルセットが床に落ちた。

「次はシュミーズだ」ハートがささやいた。エマは頭からシュミーズを脱いだ。ハートが背中をじっと見ているのはわかっていた。

「靴と」ハートは言った。「靴下も」

ハートはどうしてこんなにわたしの感情が読めるのだろう。彼からしてみれば簡単なことなのだろうか。それとも、わたしの肌には父親からのいまわしい遺伝が刻みつけられていて、彼には最初からそれが見えていたのか。あるいは、もしかすると女性というのはみな、こういうことを求めているものなのかもしれない。

靴下を脱ぎながら、彼に裸を見られているのだと思うとぞくぞくした。振りかえると、ハートも服を脱ぎ終えていた。その姿を見て、心臓がとまりそうになった。体はしなやかに引きしまり、下腹部はこちらを求めているのが見てとれる。もうすぐ彼とひとつになれるのだ。わたしは一生、このときを待ちつづけていたような気がする。

ハートが剣のように鋭い口調で言った。「うつぶせになりなさい」

その冷静な声を聞き、エマは自分に力が戻ってきたような気がした。大きなベッドのほうへ歩いていくときも、少しもおびえてはいなかった。つま先立ちになり、ベッドカバーとして使われているシルクのタペストリーに片膝をのせる。そのまま体ごとベッドにのり、枕のほうへはっていった。そのあいだもずっと、彼の目に自分の姿がどのように映っているのかを意識した。さぞや苦しい思いをしていることだろう。

ハートの呼吸が乱れたのが聞こえたような気がした。ひんやりとした感触のシルクに腹ばいになり、胸をつける。ハートの手がふくらはぎをのぼってきた。

「今夜は……」自分の声が弱々しいことに気づき、エマは驚いた。「わたしをほかの愛人たちと同じように扱おうと決めているのね」

エマの膝の裏あたりでハートがおもしろそうに笑った。かかとに彼の胸があたっている。

「そうだ、ほかの女性たちと同じように扱うつもりだ。だが、きっとみごとに失敗するだろうな」彼の顔はエマの腿まで来ていた。彼の手が膝の裏側の柔らかい肌をなで、上へとのぼってくる。「淡々と荒々しくきみを奪うつもりでいるが、どうすればそうできるのかさえわからない。きっと、それでは物足りなく感じるだろう。本当はかつてのようにきみを抱きたい」

「それは……昔の話をしているの？　わたしを……そういう場所にいた女性たちのように扱いたいということ？　若いころ、あなたが参加した……」それ以上、話を続けることができなかった。彼の手によって体が熱くなり、彼の言葉によって心が傷ついていたからだ。

「いかがわしい秘密のパーティのことか？　興味があるのか？　知らない人々のセックスを見たり、自分が絶頂に達しようとしているところを他人に見られたりすると興奮するとでも？」

「わたしは……」わたしがずっと恐れてきたことを彼ならするかもしれない。そういったパーティでわたしを怪物たちの手にゆだねるようなことを。

ハートの手は腿よりさらに上を包みこんだ。「いいぞ、連れていってやろう。わたしはそういうことのできる男だからな。きみがわたしを昔に引きずり戻すんだよ、エマ。自分勝手で、女性を求める気持ちが旺盛だったころのわたしにね。そういうパーティにきみを忍びこませるのも一興だな。きみが顔を赤らめながら、固唾をのんで眺めているさまを見てみたい。

だが、それだけではまだ足りないな。ほかの男には絶対にきみを触らせない。たとえきみが望んだとしても、他人ときみを共有するのはまっぴらだ」

エマはこわばった。「わたし、そんなことは望んで――」

「それはよかった。きみをほかの男の視線にさらすようなこともしない。だが、そこへ連れていってはやろう。そしてわたしがきみを奪う。誰もいない暗い部屋で、ドアにきみを押しつけながら……。それもよし、そしてこれもまたよし」

ハートはエマの腰に手を置きながら、腿の上のほうに唇をさまよわせた。脚に彼の重くて硬いものが触れている。エマは身をよじらせた。

「これもいいが……」ぞくっとするような深い声だ。「きみを四つんばいにさせるのもさぞ楽しいだろうな。背後から入るのもいいし、きみをシルクの紐でベッドに縛りつけるのもまた興味をそそられる」

エマは枕に顔を押しつけていたが、それでも声がもれた。

ハートは忍び笑いをした。「シルクの紐が気に入りそうか？　無防備に手足を縛られてみたいのか？　きみとさまざまなことを味わってみたいものだ。この一〇年間、考えるのさえやめていたようなことをね。コヴェント・ガーデン劇場のボックス席できみを押し倒し、カーテンの向こう側を客が歩いているそばできみを自分のものにしたい。舞踏会のカーテンの陰で、声がもれないように唇をふさぎながら、きみを絶頂に導いてみたい」

彼の唇が腰から背中へとのぼった。ハートは膝でエマの脚を開かせた。

「きみの姿が、なまめかしい声が、それにきみの目が、もう二度と戻りたくないと思っている昔のわたしを呼び戻すのさ」

肩甲骨のあたりに円を描くようにキスをされ、エマは声をもらした。ハートは肌に軽く歯を立て、敏感になっているところに腿を押しつけてきた。エマはさらに脚を開き、背中を反らせ、熱くなっている部分を冷たい腿にこすりつけた。

「すっかり潤っているね。まだそこには触れてさえいないというのに」

ああ、それは自分でもわかっている。エマはそう思いながら、その先を求め、ハートの腿にさらに強く自分を押しつけた。ああ、彼が欲しい。

「落ち着いて」ハートはそうささやき、舌をはわせ、首筋に何度かキスをした。唇と舌と歯の感触が入りまじったキスだ。エマは荒い息を吐きながら腰を浮かせた。

「お願い」

脚のあいだから彼の腿がどいた。エマは強い希望を感じた。だが、ハートはその脚を閉じさせ、なかば体を起こしてエマにまたがった。

「仰向けになりなさい」

エマはもぞもぞと体勢を変え、輝く月のような目を見あげながら、ずっと待ちつづけた。ハートはエマの膝のあいだに入り、目を閉じて、初めてお互いの秘めたところを触れあわせた。

エマは息をのんだ。「ねえ、お願い」だが、ハートは首を振り、冷たい笑みを浮かべた。

「それはまだまだ先だ」

なぜと問いただしそうになったとき、口をふさがれ、エマはわれを忘れた。それは濃厚なキスだった。

たかがキスだというのに、とても官能的だった。唇をむさぼり、舌を絡ませ、ときには軽く歯を立てたりもする。エマは息ができなくなり、空気を求めて顔を横に向けた。ハートは首筋へ唇をおろし、舌をはわせたり、歯を立てたりしたあと、鎖骨を通って肩へ、そしてそのまま胸の膨らみへと口をさまよわせた。初めて胸の先に唇が触れ、エマはすすり泣くような声をもらした。乳首を口に含まれたときには、恥ずかしいことに小さな悲鳴をあげてしまった。

ハートは唇を押しあてたまま、くっくっと笑った。エマが視線をさげると、ハートはにやりとしながらこちらを見ていた。「よい響きだ。もう一度、聞きたいものだね」

エマは唇を引き結び、ハートを押しやろうかと考えた。だが、そのときまた乳首を刺激され、エマはあえぎ声をもらすことしかできなくなった。

エマがまた小さな悲鳴をあげるまで、ハートはさいなみつづけた。ようやく唇が離れたかと思うと、今度は反対側の胸へうつった。エマは彼の頭をつかんだ。やっとハートがうめき声とともに顔をあげた。

「なにかご希望でも？」

「わかっているくせに、ばか」

「そんな汚い言葉を使うようでは、まだ希望はかなえてやれないな」

「ごめんなさい！」だが、遅かった。ハートはエマの両手首を押さえこみ、顔を胸にうずめると、また舌で責めたてはじめた。エマは抵抗することができず、力ずくで押さえつけられていることに妙な興奮も覚えていた。

全身の神経が張りつめている。胸の先端も、腿の合わせ目も、ひどく敏感になっていた。手を振りほどこうともがくが、手首はびくともしない。

ようやく彼の唇が胸から下へさがりはじめた。みぞおちを通り、へそのまわりを一周し、下腹へおりる。エマは我慢ができなくなり、懇願した。

「ハート」息が下腹にかかっている。「お願い」顎が茂みをくすぐった。

手首をつかんだ力が強くなり、ようやくエマの望むところに唇が触れた。潤ったところを舌がなぞるのを感じ、エマは激しく身をよじった。

泣きそうな声をあげ、さらに先をせがんだ。今にも絶頂に達してしまいそうだ。あと数秒で……。

そのとき熱い唇が茂みから離れ、腿の内側を滑りおり、肌を軽く噛んだ。

「違う」エマは叫んだ。「ねえ、ハート、お願いよ」

「なんだ？」

「あなたが欲しい」

「ああ」だがその返事とは裏腹に、ハートはエマの両手を腰のそばで押さえつけたまま、唇をさらに下へおろし、膝の横にふれた。エマは耐えられなくなった。

「あなたが欲しいの。お願いよ、ハート……」

ようやく願いが聞き届けられたのか、唇が脚を伝ってあがってきた。さらに強く手首をつかまれ、エマは熱い息をこぼしながらベッドにかかとを食いこませた。

「これまでいろいろとごめんなさい」それは本心だった。

「本当にごめんなさい」ハートは体を沈めるどころか、上体を起こしてしまっている。だが、エマはかまわなかった。真実を語りはじめたら、とまらなくなってしまった。

「あなただけなの、ハート。わたしが抱かれたいと思うのはあなただけ。だから、お願い」

ハートはエマの手首を放して腹の上に置かせ、頬を包みこんで荒々しくキスをした。それから下腹へ手をのばし、歓喜の源を愛撫した。エマははしたない声をあげた。

熱く潤ったところに硬くなったものの先端が触れたのがわかった。

「ハート、お願い……あなたが欲しい……。あなたとひとつになりたいの」

ハートはキスで唇をふさぎ、エマのなかに分け入ってきた。下腹部が引き裂かれるような衝撃を受け、エマは悲鳴をあげそうになったが、ハートのうめき声にのみこまれた。エマは鋭く息を吸いこんで痛みに耐え、彼の肩に爪を食いこませ、苦痛を見せまいと努力した。幸いにも体は充分に受け入れる用意ができていたし、心も相手を求めていたため、すぐに痛みはおさまり、エマはなんとか涙をこぼさずにすんだ。

涙を隠すために目をぱちぱちさせたとき、ハートがさらに深く進んできた。

「エマ、きみは……」

わかってしまったのだろうかと思い、エマは一瞬、恐怖に包まれた。

ハートがエマの首筋に顔をうずめてささやく。「きみの体は……とてもきつい……」

ハートが動きはじめると、エマの恐怖は消えた。もうなにも考えられなかった。ただ、ようやく彼と結ばれたことに圧倒されるほどの幸せを覚えていた。

これこそまさに自分の望んでいたことだと思った。どうやら、それを声にしてつぶやいていたらしい。ハートがびくっと反応した。エマはみずから少し体を動かしてみた。そして深い歓びを覚えた。ハートがびくっと反応した。ハートの体に脚を絡みつかせ、腿の裏にかかとを押しつけると、下腹部の奥のどこかが刺激され、思わず低い声がもれた。

さらに体の奥を刺激され、耳元で言葉をささやかれ、エマは喜悦の淵《ふち》へと引きずりこまれていった。甘くてせつなく、優しくて怖いような言葉だ。これからふたりがいざなわれるところを予言しているような言葉でもあった。エマは暗い海に漂い、もっと暗く、もっと深い場所を目指した。

ハートのリズムが速くなると、エマは全身の神経が、筋肉が、肌が張りつめた。

ハートが「そうだ」と言い、それを聞いてエマは頭をのけぞらせ、さらに強く相手に体を押しつけた。時間がとまり、残酷なほどの時が過ぎたのち、ようやく緊張が凝縮されてねじれ、そして爆発した。明るく暗い光の波に襲われ、エマは悲鳴をあげた。

ハートが苦悶の声を発しながらエマの名前を呼び、自分の体を引き抜いた。エマが手をのばすと、それはまだ猛りたっていた。ハートはエマの腿の上に果てた。

エマは少しずつ体の興奮がおさまり、感覚が戻ってきた。部屋の空気がひんやりと感じられ、肌はふたりの汗で湿り、腿のあいだには初めて知る痛みが残っている。頬を涙が伝った。ハートの重みが心地よく、体は深く満足していた。けだるさと、安堵感に包まれている。もっと早くにこうしておけばよかった。彼をたきつけ、酒に酔わせ、こちらの体のささやかな抵抗になど気づかないほど怒らせればよかったのだ。

ハートが眠そうに、ひとつ息を吐いた。エマはその髪をなでた。このなめらかな手触りと、つんとした甘い香りを覚えておこうと思った。多分、これが彼の使っている石鹸の香りなのだろう。

ハートがゆっくりと体をどかし、エマの鎖骨に唇が触れた。「寒いな」そう言ったとき、エマの腕に押しつけられた胸が震えた。

ハートは仰向けになり、身をよじりながらベッドカバーを体の下から引き抜くと、それをふたりにかけた。肌を覆うぬくもりに、エマはとろけそうになった。たくましい腕に引き寄せられ、腿に脚がかけられた。ぬくもりに包まれ、エマは守られているような感覚を覚え、愛されているような錯覚に陥った。

「帰らないでくれ」ハートが寝息まじりにささやいた。

エマは答えなかった。彼はすでに眠りに落ちかけているし、黙っていれば、また嘘の数をひとつ増やさずにすむ。

彼が目覚めたとき、レディ・デンモアなる女性はもういなくなっている。幽霊よりもきれいさっぱりと消えているのだ。そもそも、レディ・デンモアという人物はこの世に存在しなかった。ただ、わたしにとっては、そしておそらく彼にとっても、そう思うことはとても難しいけれど。

数日もすれば、彼はわたしを憎むようになっているだろう。それが自己防衛というものだ。そしてわたしは一生分の後悔を抱えこむことになる。

「紅茶をお持ちいたしました」

ぼんやりと声が聞こえ、鈍くてあたたかい光が差しこんだ。体が重く、頭が痛く、肩が冷たい。つまり起きる理由はなにひとつないということだ。

いれたての熱い紅茶の香りが漂い、鼻孔を刺激した。ハートはそれから逃れようと枕に顔をうずめ、別のにおいを見つけた。淡い柑橘《かんきつ》系の芳香……。エマの香水だ。

体が重い理由と、頭が痛い原因がよどんだ頭によみがえった。エマがいる。わたしのベッドに。

二日酔いではあるけれど、自然に笑みがこぼれた。彼女はようやくわたしのところに来た。いや、わたしが屈したのか？　どちらなのかはわからないが、どっちでもいい。あれほど濃厚な至福のひとときを過ごせたのだから。

思いだしただけでも胸がうずく。もう少し体調がよければ、すぐにでもまた始められるものを。だが今はあまりにも喉が渇いているし、頭が痛い。とりあえずは紅茶が欲しい。それもたっぷりと。そのあとで彼女をトルコ様式の風呂へ案内しよう。

ハートは枕に顔をうずめたまま、もう一度、笑みをこぼした。紅茶なんかいらないし〝あとで〟もなしだ。体は充分に客人をもてなす準備ができている。今すぐに彼女を熱い湯につからせ、蒸気の立ちこめる床に寝かせよう。体がぬくもれば頭痛もおさまるはずだ。

それにはまず体を起こして、呼び鈴の紐を引かなくてはいけない。風呂の準備には時間がかかるからだ。それに、せめてからからになっているこの口のなかを湿らせたい。用意ができるまで彼女は寝かせておこう。

するべきことが決まり、ハートは寝返りを打った。だが、目を開けられるようになるまでには数分かかった。近侍はカーテンをわずかしか開いていかなかったが、それでも日の光が目に痛かった。エマのことで激怒していたとはいえ、いい年をして飲みすぎてしまった。

ハートは体を横に向けながら、エマのほうへ腕をのばした。手探りをしつつ目を開けたとき、がっかりする事実を知った。そこにエマの姿はなかった。夜のうちにこっそり帰ってしまったらしい。帰らないでくれとたしかに頼んだはずだ。それなのに彼女は行ってしまった。

もしやと思い、体を起こして、ドレスが脱ぎっぱなしになっていないか床を見まわした。だが、なにもなかった。自分の服さえも。洗濯とアイロンのために近侍が持ち去ったのだろう。昨夜の甘いひとときのなごりはどこにも感じられない。

ハートは枕に倒れこみ、声に出して毒づいた。ひと晩をともに過ごしたくらいで、彼女を優しくて従順な愛人に変えられるとでも思ったのか？　自問自答をしながら、ふんと鼻を鳴らした。いや、そんなことは望んでいない。ただ、ここにいてほしかっただけだ。

ベッドわきの時計に目が行った。もうすぐ一時だ。もしかすると、彼女はずっとここにいたのだが、午後になったのであきらめて帰ったのかもしれない。

だめだ、頭が働かない。

あきらめて起きることに決め、窓から細く差しこむ光のなかでまだかすかに湯気をあげているカップに手をのばした。目をつむって紅茶を飲みほし、仕方なくまた目を開けて紅茶をつぎ直した。

二杯目を飲み終えたとき、ノックの音がした。ハートは入れと命じた。頭痛は少しましになったし、胃も大丈夫なようだ。

従僕が視線を避けながら告げた。

「スティンプと名乗る少年が、絶対にお会いくださるはずだと言って聞かないのですが」

ハートは会う気はないと伝えるために首を振り、頭痛に顔をしかめ、そっと頭を押さえた。

「来るのが遅かったと言って追いかえせ。あとでこちらから連絡を取る」

「承知いたしました」

ゆで卵は避け、冷めたトーストに手をのばした。ひと口目をのみこもうとしたとき、ベッドカバーになにかがついていることに気づいた。グレーとグリーンの模様に赤黒い小さな染みが残っている。とたんにトーストが喉につまり、紅茶で流しこんだ。

きっとなんでもないことだ。ハートはしょぼしょぼした目をこすった。まさか、そんなわけがない。

そう思いながらも、ハートは膝をついたまま、その染みから目を離すことができなかった。見過ごしてしまいそうなほど小さい。だが、たしかについている。月経が始まったのかもしれない。

そうだ、きっとそうに違いない。だから彼女は帰ったのだ。

「きっとそうだ」声に出して言った。それなら筋が通る。動悸《どうき》が静まってきた。エマは結婚していたのだから、処女のはずがない。それにとても未経験のようには見え……。

また鼓動が速くなりはじめた。

わたしの前にひざまずいたとき、気持ちはありながらもどうしていいかわからない様子だった。それにあれほど潤っていたにもかかわらず、体のなかがとてもきつかった。そのうえ、わたしが入ったとき、絞りだすような声をもらし、わたしの肌に爪を食いこませた。そういえば、そのあとしばらくじっとしていた。

「まさか」そう言いながらも、すでに確信しているのが自分でもわかった。ハートは自分の下腹部に目をやった。そこには一筋の乾いた血痕が残っていた。「嘘だ」

そんなことはありえない。夫が高齢だったとはいえ、夫婦生活はあったはずだ。それに彼女はわたしにあんな行為を見せろと求めたほどの女性だ。とてもうぶな生娘だとは思えない。

ハートは裸のままベッドから飛びおり、呼び鈴の紐を強く引っ張った。手早く着替えのシヤツを選んでいるとき、近侍が寝室に入り、喉がつまったような声で言った。

「ご用でございましょうか」

「服を着る。今すぐだ！」山ほどある疑問に答えが欲しい。だが、ここにいてもなにかがわかるわけではない。いや、ひとつある……。

「レディ・デンモアはいつ帰った？」

「はい？」

「何時に帰ったかときいているんだ。気を遣わず正直に言え」

「もちろんでございます。お帰りになったのは三時少し前でした」

夜中の三時だと？　わたしが眠りに落ちたそのすぐあとにベッドを抜けだしたということか？　そして逃げた。なぜだ？

一〇分後、焦る近侍をあとに残し、ハートは大急ぎで俊足の馬に乗った。交通量の多い昼間は馬車より馬のほうがはるかに速い。その判断の甲斐あって、目覚めてから一時間もしないうちに、ハートは開いたドアの内側に立ち、日光が差しこむ部屋に埃《ほこり》が舞うのをにらんでいた。

すでに家中の部屋を捜してまわったあとだった。安物の家具にはカバーがかけられ、引き出しは空っぽだった。彼女の姿はない。こちらが覚悟していた以上に、エマは手の届かないところへ行ってしまったのだ。

「伝えようとしたんだ」隣から小さな声が聞こえた。ハートは呆然としてスティンプを見おろした。帽子をぎゅっとつかみ、不安そうに顔をゆがめている。

ハートは頭がずきずきした。「なんだと?」

「夜明け前に出ていったみたい。それに気がついて、あなたのお屋敷まで行ったのに」

さまざまな思いが脳裏をよぎるなか、ひとつの悪い予感がこみあげた。

「どこへ向かったのか知っているか?」

スティンプは黙って肩をすくめ、ちらりとハートを見あげたが、すぐに目をそらした。

「ごめんなさい。わからないよ」

〝ごめんなさい〟か。そういえば昨夜、彼女はせつない声でそう言った。これまでずっと嘘をつきつづけてきたであろう彼女が、初めて本当のことを言った瞬間だったのかもしれない。

怒りがこみあげてきたせいで、胸の痛みが押しやられた。

「手伝ってくれ」急に大声で言われ、スティンプが飛びのいた。「なにか手がかりが残っているはずだ。それを見つけて、彼女を捜しだす」

18

進展はなにひとつなかった。エマはいっさい手がかりを残さなかったらしく、あれから二週間がたとうというのに消息はようとして知れなかった。もちろん、噂は飛び交っていた。彼女はずいぶん悪い女だったとか、スキャンダルから逃れるために姿を消したのだとか……。

目の前にある真っ白な便箋《びんせん》をハートは厳しい顔でにらんだ。

先週からまたクラブに足を運ぶようになった。話し相手を求めているわけではなく、情報が欲しいからだ。なんでもよかった。だが、話はいくらでも聞こえてくるものの、役に立ちそうな内容のものはなにひとつなかった。誰もエマの本当の姿など知らずに、やれ、ふしだらな女だったとか、根っからの賭事好きだったとか、勝手に言いたてている。もちろん、ハートとの関係も取り沙汰されていた。公爵の愛人だったが手に負えない女で、浮気性だったなどとささやかれている。

公爵を人影のないところへ連れこんでは誘惑し、ほかの男にも同じようなまねをしていたということらしい。相手はリチャード・ジョーンズ、マーシュ、それにランカスターだ。その噂だけは無視できると思うと、ハートは少しほっとした。その確たる証拠こそが、まさに頭を離れない事柄なのだから。

　今この瞬間にも、エマがそのドアから入ってこないだろうかという淡い期待があった。腹に一物ありそうな笑みを浮かべながら、結婚しろと迫るためだ。ただし、未亡人でありながら処女だったことをどうやって証明するかはまた別問題だ。だが……本当に未亡人だったかどうかも怪しいものだとハートは思うようになっていた。

　たしかに自分でそう名乗ってはいたが、エマがデンモア男爵未亡人だという証拠はなにもない。彼女はある日、忽然とロンドンに姿を現し、老夫婦を魅了し、家を借り、社交界に乗りこんできただけだ。

　偽名を騙《かた》っていたという可能性もある。それに……わたしの子供を妊娠しているかもしれない。きちんと避妊具を使用したわけではないのだ。おそらく彼女はデンモア卿の隣人かなにかだったのだろう。あるいは、せいぜいメイドか家政婦というところだろうと踏んでいる。

　それを調べるのは決して難しいことではない。

　午後の明るい日差しを受け、便箋がこちらを脅すように輝いて見えた。事実を知りたければ、デンモア家の事務弁護士に一筆したためるか、地元の執政官に問いあわせ状を送ればすむことだ。あるいはチェシャーまで出向いてもいい。案外、エマはちゃっかりと古巣に戻り、ロンドンでの武勇伝などを吹聴《ふいちょう》しているかもしれない。

　とはいえ、そんな簡単に見つかるわけがないことはわかっていた。彼女はロンドンで一世一代の大芝居を打ったのだ。ただ、その現実に直面するのが怖い。

それに、これ以上、噂の火に油を注ぎ、恥の上塗りをするのもいやだった。もし、わたしが彼女のことを調べはじめれば、それはすぐ世間の口の端にのぼるようになるだろう。詐欺師だったかもしれない女、いや、本当にそうであったろう女性のことを、手間暇かけて追いかけていると言われるのは目に見えている。

〝あの尊大な公爵殿は、また娼婦にほれてしまったわけだな〟
〝自分のばかさ加減にさぞやいらだっていることだろう〟
〝世の中には学ばないやつがいるものだ〟

そう陰口をたたかれるようになるのだ。しかも最悪なことに、すべて事実だ。それがいちばんやりきれない。

だが、深追いをするわけではない。手紙を一通、書くだけだ。いったい彼女はどこの誰だったのだろうと悩みながら一生を過ごすのはいやだ。せめて憎む相手の素性くらいはきちんと知っておきたい。

ペンに手をのばしかけたとき、玄関のほうからかすかに女性とおぼしき声が聞こえた。ハートは首筋の毛が逆立つほどびくっとして感覚が麻痺し、体が熱くなった。

エマか？

「わざわざ知らせに行かなくてもいいわ。わたしが直接会いに行くから」その声は言った。

ハートはぎこちなく立ちあがった。女性の声に間違いない。だが、あの声は……。

「お兄さま！」明るく弾んだ声が聞こえたかと思うと、図書室のドアが勢いよく開き、小柄な女性がカールした黒髪をなびかせながら飛びこんできた。「お兄さま」女性は大きな青い目からぽろぽろと涙をこぼし、こちらへ駆け寄ってくる。

　ハートは反射的に両腕を広げ、机をまわってきた妹を抱きとめながらも、内心ではひどく落胆していた。「どうしてここにいるんだ？」

「まあ、ご挨拶ね」アレックスは洟《はな》をすすり、ハートの上着に大きな涙の染みをつけた。

「おいおい」

「一カ月前に手紙で連絡したじゃないの。知らないとは言わせないわよ。ちゃんとお返事をくれたくせに」

「手紙？」そうだ、思いだした。その手紙を読み、妹が来るならパーティでも開いて、エマも招待しようなどと考えていたのだ。「そうだった……。コリンは一緒じゃないのか？」

「夫なら玄関で使用人に指示を出しているわよ。みんな、わたしが来たことに驚いている様子だったのはなぜ？」

「それは……」

　アレックスは体を引き、片眉をつりあげてハートを見た。小さな顔は涙に濡れているが、笑いをこらえているのがわかる。

「すまない。おまえが来るのを忘れていた」

　アレックスは兄をからかうような笑みを浮かべた。「そりゃあ七カ月もご無沙汰していたんだもの。わたしのことなんて忘れてしまうのは当然だわね」

「相変わらず、こまっしゃくれたやつだ」

「あら、その呼び方は覚えてくださっていたの？」

「少しずつ記憶が戻ってきたのさ」

アレックスはにっこりと笑った。ハートの口元にも笑みが浮かんだ。忘れていた。妹はいつもこうしてわたしの気分を明るくしてくれる。「来てしまったものは仕方がない。歓迎するふりをしないといけないな」

ハートは妹の両肩を持ち、一歩さがって全身を眺めた。

「元気そうだな、いつものごとく」

「ええ」

ハートは細い腰に目をやった。「まだ……できていないのか？」

アレックスの笑みが少し陰った。「ええ、まだなの。でも、コリンはかえってほっとしているわ。こんな小さな体で、大柄なスコットランド人の子供なんか身ごもるのは無理だと思いこんでいるから。まったくもう」

「ちゃんとしたやり方を知らないいんじゃないのか。聞くところによると、スコットランドの男というのは……」ふと顔をあげると、その当人がしかめっ面をして戸口に立っていた。

「やあ、コリン」

「どうも、サマーハート」コリンが不機嫌な声で言った。「ぼくの男としての能力を侮辱し終えたら、土産に持ってきた牝馬《ひんば》を見てみるかい？」

ハートはうなずき、机に置いたままの真っ白な便箋には目をやるまいと努力した。

「もちろんさ。馬丁頭に馬房の用意をさせよう」

「彼とはもう話をしたよ。ところでお宅の家政婦が、アレックスさまがおいでになるのならひと言そうおっしゃってくだされればよかったのにと怒っていたぞ」

ハートは顔をしかめた。エマのせいで思わぬところにまで波紋が広がっている。つむじを曲げた家政婦と顔を合わせることほど困った事態はないと言ってもいいくらいだ。だが、使用人たちはアレックスの帰省を喜び、どうせ一時間もすれば機嫌を直すだろう。

ハートの気分も明るくなっていた。幽霊のようなエマなどより、アレックスのほうがずっと大切だし、話し相手としてもはるかに楽しい。だが、そう思いながらも、今はひとりにしておいてほしいと感じてしまうのを抑えきれなかった。

そんな考えをさえぎるように、アレックスが強引にハートの腕を取り、廊下へ連れだした。

「心配しないで。わたしたちはどうせ一週間しか滞在しない予定だから」そしてハートの顔をじろじろ眺めた「まあ、ひどい顔だこと。やつれきっているじゃないの。これは間違いなく恋わずらいね」

ハートはうめき声がもれそうになるのをこらえた。だが、そんなものを聞かなくても、アレックスは兄の動揺を察したらしい。眉根を寄せて難しい顔をしている。

「それならば、ぜひ、しっかりとお話を聞かせてもらわなくては」

そう言われ、すべてを打ち明けてしまいたい衝動に駆られたことにハートはわれながら驚いた。だが、こんなことを話せるわけがない。ハートは首を振った。

「コリン!」アレックスが大声で呼んだ。コリンは玄関ドアの近くで足をとめ、肩越しに振りかえった。「牝馬を見せるのは少しだけ待ってちょうだい。どうやら兄は恋わずらいをしているみたいだから」

コリンは信じられないという顔で片眉をつりあげた。

アレックスはハートを図書室へ連れ戻した。

「話すことなどなにもない。どうせまた、おまえを怒らせるだけだからな」

「あら」アレックスは廊下へ頭を突きだした。「モートン! ウイスキーを持ってきてちょうだい!」そう叫ぶと、多くの男性たちを手なずけてきた愛らしいほほえみをこちらへ向けた。ハートはいやな予感が背筋をはいのぼるのを感じた。「まあ、お兄さま、わたしたちを歓迎して乾杯してくださるの? お優しいのね。ちょうどよかったわ。上等なウイスキーを一箱持ってきたのよ」

ハートは手近な椅子にどさりと座りこんだ。執事がボトルを持ってきて開封しても知らん顔をしていた。アレックスがグラスになみなみとウイスキーをついで、無理やり手に握らせても、目を向けようとはしなかった。アレックスはめげることなくにっこりとほほえみ、乾杯の音頭を待っていたが、ハートはそれも無視した。

ようやくあきらめたのか、アレックスは目をぱちぱちさせ、グラスを掲げた。

「じゃあ、悪友たちに乾杯」

ハートはこわばった。

「それから、いろいろとおもしろい手紙を送ってくださるオーガスタおばさまにも乾杯」

ハートはうめいた。

アレックスはウイスキーをひと口飲み、満足そうな声をもらすと、改めて無邪気な笑みを兄に向けた。ハートはいやな予感が背筋を滑りおりるのを感じた。

「でも、何点か詳しくききたいことがあるのよ。おばさまの手紙に何度も出てくるレディ・デンモアという未亡人は、いったいどこのどなたなの?」

ハートは最後のひと口を飲みこみ、二杯目をついだ。アレックスは無邪気な笑みをたたえたまま、兄が話しはじめるのを待っている。わたしはこの妹に抵抗しきれたためしがないとハートは思った。いつも言いなりだった。だいたい、妹を甘やかして育ててしまったのはこのわたしだ。ハートは観念し、支離滅裂な話になりながらも、これまでの経緯を洗いざらいしゃべった。


お兄さまがなすべきことははっきりしているわ、とアレックスは言いきった。スキャンダルの多い女性に対して誰よりも同情的な妹の目からすると、すべては違って見えるのだろう。ハートは妹に説得され、デンモア卿の事務弁護士への手紙を一気に書きあげた。そして今は、ランカスター邸の朝の間に通され、こぶしを握りしめながら当主が姿を現すのを待っている。

もし、エマのことでなにか知っている人間がいるとすれば、ランカスターのほかには考えられない。ふたりは仲のよい友人だったようだ。ランカスターがエマの自宅を訪れるところを、スティンプが一度ならず目撃している。

「サマーハート？」

ハートは立ちあがり、部屋に入ってきたランカスターと握手を交わした。本当は握手などせずに、顔に一発お見舞いしてやりたい気分だった。自分が知る限りランカスターはなにも悪いことなどしていないはずだが、それでも、その鼻をへし折る場面を想像すると胸がすっとする。だが、ハートはその誘惑を払いのけた。

ランカスターは片眉をつりあげた。「ぼくになにかご用でしょうか？」

「レディ・デンモアが姿を消したのは知っているな？」

ランカスターの顔から好意的なほほえみが消え、とたんに無表情になった。

「ええ、知っています」

ハートは冷たい目で相手の顔を見据えた。「彼女からなにか聞いているか？」

「いいえ」

「きみらはつきあいがあったんだろう？」

ランカスターは警戒しながらうなずいた。「ただの友人ですよ。それだけです」

「それは知っている」

その言葉を聞いて、ランカスターは少し驚いたような表情をした。あれだけ何度も裏切られておきながら、それでもまだわたしが彼女の貞操観念を信じていることが、奇異に感じられたのだろう。この男もなにもわかっていない。

ランカスターは肩をすくめた。

「レディ・デンモアとは何度か散歩をしましたけど、個人的なことまでは話していません。あなたがぼくにそれをきくのはお門違いでしょう。いったい、ぼくがなにを知っているというんですか？」

「口の利き方に気をつけろ。自分が人好きのする人間だと思っているなら、それはとんだ大間違いだ。わたしには通じない」

ふたりの視線がぶつかった。一〇秒ほどもすると、ランカスターの顔から軽い調子が消えた。目が冷たくなり、表情が厳しくなっている。ハートは意外に感じた。この男にこんな表情ができるとは思わなかった。ただ人あたりがいいだけの軽薄な人間ではないのかもしれない。

「なにをききたいんです？」

「彼女はどこにいる？」

「知りませんよ、そんなこと」

「彼女が姿を消すつもりでいたことは知っていたのか？」返事はなかった。つまり、否定はできないということだ。「理由はなんだ？」

「あなたとのこととはまったく関係ありませんよ」

ハートは眉をひそめた。「どういう意味だ？」

「つまり、そもそも彼女は目的があってロンドンへ来たということです」

「どんな目的だ？」

ランカスターは茶目っ気のある笑みを見せた。「もちろん、汚い金儲けに決まっているでしょう？　ぼくにはすぐにわかりましたよ」同類ですからと言わんばかりに、軽く自分自身を指差した。

「汚いと言うが、べつに人の金を盗んだわけではない」ハートは擁護したが、どこまで本気でそう思っているのかは自分でもわからなかった。

「彼女は正直者です。ちゃんと自分の腕で稼いだんですから。もっともあなたは……彼女がほかの面では嘘つきだったと思っているようですが」

ランカスターのほかに、レディ・デンモアという名前が偽名だったかどうか知っていそうな人間がいないだろうか？　いや、もうそんなことはどうでもいいのかもしれない。もうすぐ社交シーズンが始まる。どうせすぐに誰かが真実を暴露してくれるだろう。今朝、デンモア卿の事務弁護士に問いあわせの手紙を送ったが、返事を見るまでもなく確信が持てたような気がする。

「彼女はデンモア卿の妻などではなかった」ハートはつぶやいた。自分で吐いた言葉が胸に突き刺さる。わたしは彼女に心をさらけだし、長年、封じこめてきた考えまでもしゃべってしまった。ところが気がついてみたら、相手はどこの誰かもわからない女性だったというわけだ。

「ぼくも違うだろうと思っていましたよ」

どくどくと流れる血のように、怒りが表に噴きだした。ここのところ感情を押し隠すのがとみに難しくなっている。「きみはなんでも簡単に見通せてしまうようだな」

ランカスターは肩をすくめた。「簡単ではありませんでしたよ。確信があったわけでもないし。エマは貴族としての立ち居振る舞いを身につけていましたからね」

エマだと？　ランカスターがその名前を口にするのを聞くのは不愉快だ。

「ほかにはなにを知っている？」

「べつになにも。少なくとも、女性を相手に復讐《ふくしゅう》を考えるような人に話すことはなにもありません」

とことん頭に来るやつだ。「わたしは言葉ひとつできみの人生をたたきつぶすこともできるんだ。どのみち、きみの評判は地に落ちる寸前のようだがね」

「あなたならやりかねないでしょうね」そう言いながらも、ランカスターにおびえた様子はなく、その目は冬のように冷たかった。「だけど、あなたが言ったように彼女は友人です。ぼくにも友情を重んじるぐらいの良識はまだ残っているんですよ」

なんだ？　こいつは人あたりがよいだけではなく、高潔な精神までも持ちあわせているのか？　自分の負けだとハートは思った。「大丈夫だ、彼女を傷つけるようなまねはしないと誓うよ。彼女がいったいどういう素性の人間で、今どこにいるのかを知りたいだけだ。それで少なくともわたしの気持ちが少しは落ち着く。たとえレディ・デンモアという名前が偽名だったとしても、エマが優しい女性だったことに変わりはない。それなのに今はたったひとりで、どこかへ逃げている。危険な目に遭っているかもしれない。だからこそ……」無表情だったランカスターの顔がかすかに曇ったことに気づき、ハートは言葉を切った。「どうした？　なにか問題でもあるのか？　もしかして本当に危険が迫っているのか？」

「多分、大丈夫ですよ」

「多分？　どういう意味だ？」

ランカスターが肩をすくめたのを見て、ハートは即座にこぶしを握りしめた。

「いったいなにを隠している？　ちゃんと話せ。さもないと痛い目に遭わせるぞ」

「ぼくの目が節穴だとでも思っているんですか？　仕返しをしてやると顔に書いてありますよ」ランカスターはハートの手を振り払った。「彼女はまだまだ若い。あなたを傷つけるつもりなんてなかったと思いますよ」

「だが――」

「彼女はただ、生きるのに必死だったんです。そしておびえていた。それがわからなかったんですか？」

「わたしは……」

ハートは言葉につまった。たしかにエマはときおり不安そうな表情を見せた。だが、それについて語ろうとはしなかった。なぜか？　それは、わたしが彼女のことなどなんとも思っていないというふりをしてきたからだ。

「教えてくれ」声がつまりそうになった。「どうか頼む」

「そう簡単に居場所がわかるとは思えませんが、たとえ彼女を見つけたとしても、直接的にも間接的にも危害をおよぼしたりはしないと名誉にかけて誓ってください」

「わかった。絶対にそんなことはしないと約束する」たしかに思い知らせてやりたいという気持ちはあったが、危害を加えようなどとは考えたこともない。それでもランカスターは疑わしげに、長いあいだこちらの表情をうかがっていた。

「いいでしょう、あなたを信じることにします。ぼくも彼女を心配していましたから。実は……」

「早く言ってくれ」

「数週間前に彼女はここへ来ました。まだ夜が明けるかどうかという時間帯に訪ねてきたのです。そして助けてほしいと言いました」

鋭い恐怖が胸をよぎった。そしてふと、それが心の痛みをともなっていることに気づいた。自分は傷ついているのだ。なぜエマはわたしのところへ来なかった?

「なにがあったんだ?」

「ある男がロンドンまで彼女を追いかけてきたんです。過去に彼女とかかわりがあった人物です」

ハートは首を振った。だがエマに男などいたはずがないと思うまもなく、ランカスターが言葉を続けた。

「チェシャーから来た男でした。エマの説明によれば、その男は彼女に気があり、昔からしつこく言い寄っていたそうです。やがて彼女の夫が亡くなると、男は病的になり、彼女は一度も結婚などしたことがないと主張するようになったとか……。妻になるようその男に迫られ、それが怖かったと彼女は話していましたね」

ハートはその男の病的な主張について考えをめぐらした。

「そいつはほかにどんなことを言ったんだ？」

「エマから聞いた話はそれだけです。彼女は本気でおびえていました。その男は彼女の自宅にまで忍びこんだのです。だからなんとかして男をしばらく遠ざけ、そのあいだに自分はロンドンを去りたいと言っていました」

「だからエマは姿を消したのか？」

「それも理由のひとつだと思います。ただ、今度こそ絶対にあとをつけられないようにする必要がありましたから、ぼくが男を逮捕してくれる警官を見つけてきました。そしてエマは、自分がロンドンから離れる準備が整うまで、その男がちゃんと食事を与えられ、独房で快適に過ごせるよう、警官に賄賂を渡しました」

「そいつはまだ牢獄のなかなのか？」その男なら真実を知っているかもしれない……。

「先週、釈放されたはずです」

「名前は？」

「マシュー・ブロムリーといいます。警官が男を逮捕する場面にはぼくも立ちあいました。

正直言って、そのときからエマの話に疑問を感じてはいるのですが……。ただ、そいつもかなり困ったやつでしてね。アダムとイヴの逸話を持ちだしてきて、女性という生き物はすべからく嘘つきだとかなんとかまくしたてていましたよ」

「エマについてはほかになにをしゃべった？」

ランカスターはおもしろそうに笑った。「あなたの思っているとおりですよ。彼女はレディ・デンモアなどではないと主張していました」

ハートは口のなかが乾いた。「それで、本当は誰だと？」

「そんな男の話なのでどこまで信用していいのかはわかりませんが、エマはデンモア男爵の妻などではなく、実は娘なのだとほざいていました」

「娘だと？」それが真実なのかもしれないと思うと、ハートはぞっとした。

「デンモア卿の娘といっても、一〇代目ではなく九代目のほうですけどね。第一〇代のデンモア卿は彼女のおじというか、正確には大おじだということです」

「そんな……」なんということだ。もしそれが本当なら、エマはあの好色漢の娘だということになる。「九代目は六年以上も前に亡くなっている。会ったことはあるか？」

ランカスターは首を振った。

「身勝手な飲んだくれで、良識のかけらもない男だった。昔よくあった〈地獄の火《ヘルファイヤー》クラブ〉と呼ばれる猥褻《わいせつ》な秘密クラブに所属していたくらいだから、どんな人間かは想像できようというものだろう。爵位が一〇代目に引き継がれたことは最近まで知らなかった。そういえば、たしかに九代目には娘がいたかもしれない」

貴族の血筋に生まれながら、あんな娼館のような屋敷で育ったとは哀れな娘だとハートは思った。

「男を逮捕した警官の名前はローリーといいます」尋ねられもしないのにランカスターが告げた。

「わかった。一度、話を聞いてみよう。ところでエマがどこへ行ったのか、本当に心あたりはないのか？」

「さっぱりですよ。ただ、そういえば彼女は一度、スカーバラの海岸について話していたことがありましたっけ。なんでも子供のころ、母親に連れられて訪れた土地だとか」

「スカーバラ？」エマがそんなところへ行くだろうかとハートは思った。どちらかというとパリやローマやリスボンあたりのほうが似つかわしいような気がする。スカーバラはあまりに田舎だ。冒険できるようなことはなにもないし、たいした金持ちも住んでいないし、当然ながら、彼女にまどわされそうな公爵はひとりもいない。

「わかった。スカーバラのことは心にとめておくとしよう。いろいろと情報を提供してくれたことと、それからわたしを信頼してくれたことに感謝している。もし、わたしでなにか力になれることがあれば――」

「そのうち、銀行にぼくの推薦状でも書いてくださいよ。でも今は、ただ彼女を見つけて、ぼくは無事にやっていると知らせてくだされればそれで充分です」

これほど気持ちが焦っていなければ、ハートは御者の反応を大いに楽しんだことだろう。通りへ出たハートが「刑務所へ急いでくれ」と言うと、御者は目を丸くした。

まさかエマのおかげで生まれて初めて刑務所を訪れるはめになろうとは思ってもいなかった。だが今はもう、これしきのことでは驚きも感じなくなっていた。

19

教会の静寂に胸を締めつけられ、マシュー・ブロムリーは組んだ両手の上にぽろぽろと涙をこぼした。

あの頭のいかれた警官はようやくぼくを釈放してくれたが、エミリーがまた姿を消してしまった。必死に捜したが彼女を見つけることはできず、ただ閉所恐怖症だけがぼくのなかに残った。自分の魂を癒すことにも、彼女を神のもとへ連れていくことにも失敗したのだ。

ウィッティア司祭はあたたかくぼくを迎え、慰めるように抱きしめてくれたが、ぼくを厳しく叱りもした。〝彼女への情欲に悩まされつづけているあいだは、聖職につくことなどできません。彼女との関係を修復できないのなら、神に許しを請いなさい。そして自分の人生のために祈るのです〟

だからぼくは祈っている。毎日、そして毎晩……。膝はがくがくしていて歩くのもままならず、首はひどく凝っているが、それでも祈るのをやめるつもりはない。神がぼくからこの情欲を消し去ってくださるか、あるいは奇跡を起こしてエミリーをぼくのもとへ返してくださるまでは。

「マシューさま？」小さな声が聞こえた。

ブロムリーは頭をあげ、キリストの像をじっと見つめた。

「祈りの邪魔をするなと言ってあるだろう」

「申し訳ございません」メイドのおびえた声が教会のなかに響いた。「お父さまがお呼びでございます。ロンドンからお客さまがお見えになったので、どうかお戻りになるようにと。お客さまは貴族の男性の方でございます」

ブロムリーがはっと振りかえると、メイドは驚いて一歩あとずさった。

「ロンドンからだと？」

メイドはうなずき、ささやくような小声でつけ加えた。

「はい。紋章のついた馬車でご到着になられました」

ブロムリーはふらふらとメイドのわきを通り過ぎ、足を引きずりながら必死にドアのほうへ向かった。奇跡だ。ようやく奇跡が訪れたのだ。

自宅の前にとまっている黒塗りの馬車はやけに大きく見えた。日光を受け、金色の紋章が威厳と退廃を象徴するように光っている。ブロムリーはよく見もせずに、その紋章をやり過ごした。自分は神に仕える身であり、貴族の名前や紋章など興味もなければ知りもしない。だが、その男性がエミリーのことで訪ねてきたということだけは確信がある。

壁にぶちあたるほど勢いよくドアを押し開け、応接間に飛びこんだ。三人の顔がいっせいにこちらを向いた。父親と、姉と、美形になりすました悪魔のような男性だ。ギリシャ神話に出てくる神かと思うほど完璧に整った顔立ちをしているが、その表情は冷たく、恐ろしいほどの自信に満ちている。

　ブロムリーは震えた。

「マシュー」父親が息子に声をかけると、客人が立ちあがった。「こちらはサマーハート公爵。エミリーのことでお見えになった」

　エミリー、エミリー。ブロムリーは舞いあがり、頭が混乱した。

「彼女はどこですか？」ようやく声が出た。

　太った姉が息をのみ、父親が青ざめた。だが、ブロムリーは状況がよくわからないまま、三人をにらみつけていた。いったいぼくになんの用事だ？「彼女はどこにいるのですか？ぼくが迎えに行きましょう。この家こそが彼女の帰るべき場所ですから。ぼくらは結婚するんです。時間がもったいない。さあ急いで――」

　父親が一歩前に進みでた。「お客さまの前で失礼だぞ」

　失礼だと？　そんなくだらないことを気にしているのか？　ブロムリーはいらだち、どうでもいいというように手を振ってみせた。だが、客人のほうへ目をやったとき、自分が間違いを犯したことに気づいた。父親が気にしているのはこちらが失礼かどうかということではなく、この信じられないほど淡い色の瞳をした男性が恐ろしい権力者だということのようだ。

　ブロムリーは深々と頭をさげた。「申し訳ございませんでした」かすれた声で謝罪しながら、悪魔のごとき客人がこちらを見ている図を頭に思い浮かべ、これからこの悪夢に悩まされることになるのだろうかと考えた。この男なら平気で殺人も犯せそうだ。

「先ほどご説明しましたように……」公爵の声は父親のほうを向いていた。そろそろ大丈夫だろうと判断し、顔をあげると、三人はまた椅子に腰をおろしていた。姉は扇子でしきりに自分を扇《あお》ぎながら、おびえた顔でこちらに鋭い一瞥《いちべつ》をくれた。

客人は淡々とした声で続けた。「お返ししたいものがあるのですが、彼女の居場所がわからないのです。そこで、こちらでなにか教えていただけないかと思い、おうかがいした次第です」

「彼女を捜しているのですか?」ブロムリーは思わず口をはさんだが、客人に視線を向けられ、言葉をのみこんだ。

質問は無視された。だが、ブロムリーはこれこそ奇跡だと思った。国を動かせるほどの権力を持った公爵なら、必ずやエミリーを見つけだすだろう。そして、夫になるべき自分のもとへ彼女を返してくれるに違いない。


一刻も早く、馬車に乗ってここを立ち去りたいとハートは思った。ここを訪れる前に、町はずれにあるエマの大おじの邸宅を見てきた。焼け跡はいまだに放置されていた。崩れ落ちた煉瓦や、焼け焦げた壁とは対照的に、正門には〝ジェンセン〟と刻まれた真っ白な表札がぽつんと立っていた。

エマはまだ一九歳だとわかった。事務弁護士の説明によれば、一八歳で大おじが死亡し、わずかな遺産を相続しただけで世間に放りだされるはめになったという。ロンドンに来たときも、まだ一八歳だったらしい。

エマの父親である第九代デンモア男爵は、分割売却が法的に不可能な限嗣《げんし》不動産だけを残し、それ以外の土地はすべて売り払っていた。跡継ぎである息子を道連れにして死亡したため、爵位と財産は九代目のおじにあたる人物が相続することになったが、屋敷や使用人を維持するための収入はまったく見こめない状態にあった。文字どおり名前だけの爵位と、まるで手入れされていない屋敷を相続した一〇代目は、賢明な判断をくだし、昔から暮らしている自宅に残る道を選んだ。

デンモア一族の過去を聞かされただけで充分に気分が滅入《めい》っているというのに、今度はブロムリー一家を前にし、ハートはうんざりしていた。父親と娘はおびえた顔でこちらを見ているし、マシューという名のこの息子にも我慢がならない。

エマはこの男をひどく怖がっていたということだが、当人を前にしてみると、さもありなんと思えてきた。この若者は血色が悪く、痩せすぎている。ブロンドの髪はだらしなくのび、ろくに洗ってもいない。まるで病人のように見えるが、どういうわけか目だけは異様に光っていた。憎しみと、情欲と、おのれの思いこみに凝り固まっているという感じだ。姉もおびえたような顔で弟を見ているし、父親はあきらめているようだ。事務弁護士によれば、大おじが他界したあと、エマはこの家族のもとで何カ月か暮らしていたらしい。

「火事のあと、エマを引きとられたそうですね」

「ええ」姉のキャサリンが勢いよく割りこんできた。「あの娘《こ》は身寄りもありませんでしたし、それにうちへ来れば……」ちらりと弟へ目をやった。「とにかく、ずっといてくれればよいと思っていました」

「ぼくたちは結婚することになっていました」ブロムリーがきっぱりと言い放った。

ハートは片眉をつりあげた。「婚約していたのですか？」

「ええ」

「いや、まだ正式にというわけではなかったのですが……」父親が訂正した。「それでもエマは、わたしたちにとって家族も同然でした」

父親が〝エマ〟という名前を口にしたのを聞き、ハートは身をこわばらせた。それもまたおそらく偽名なのだろうと思っていたからだ。書類はすべて〝エミリー〟と記載されていた。

「エマ、ですか？　本当の名前はエミリーだとうかがっていますが」

姉のほうがうなずいた。「そのとおりです。でも、あの娘はエマと呼ばれるほうを好んでいました。家族のなかでエミリーと呼んでいたのは弟だけですわ」

「エミリーが正式な名前ですからね」その話はこれまでさんざんしてきただろうと言わんばかりの口調だ。「生まれたときにつけてもらった名前を使うのが、ご両親に対する礼儀というものです」

ハートは肩の荷が少しおりたような気がした。エマという名前が本名だとわかったところで状況が変わるわけではないのだが、ハートにとっては大きな意味があった。少なくとも、そこに嘘はなかったのだ。そんなささいなことにほっとしている自分が哀れにも思えるが、それでも気分はずっと軽くなった。ハートは続けた。

「それで？　エマはロンドンへ行こうと決めたわけですか？」

「いいえ」ブロムリーが食ってかかるように答えた。「エミリーはぼくと結婚するつもりでした」

「でも、そうはしなかった」

「デンモア卿が亡くなったことでおかしくなり、自分の進むべき道を見誤ってしまったのでしょう。だから、誰かが正しく導いてやる必要がありました」

ハートは頭に血がのぼり、こぶしを握りしめた。

「なるほど。だからきみは彼女をロンドンから連れ戻そうと、最善を尽くしたというわけですか。手段も選ばずに」ハートは父親のほうへ向き直った。「できれば、あなたとふたりだけで少しお話をさせていただきたいのですが。かまいませんでしょうか」

姉のほうが飛びあがるように立つと、慌ててお辞儀をした。

「お会いできて光栄でございました」甲高い声で挨拶を述べ、そそくさと部屋をあとにした。

弟のほうはなかなか席を立とうとしなかったが、父親がひとつ咳払いをすると、ぶつぶつと文句を言いながら重い足取りで出ていった。

「申し訳ございません」父親が謝罪した。「マシューは……」息子をかばう言葉を考えていたのだろうが、やがてあきらめたように肩をすくめた。

「執政官でいらっしゃるからには、もしご子息がまたロンドンへ行ったらどのような事態になるか、きっとよくおわかりのことでしょう。彼がこのままミス・ジェンセンをしつこく追いかけた場合に、どういう結果になるかも。良心の求めるところに従えば、わたしとしてはご子息を当局に引き渡さざるをえませんから」

「おっしゃるとおりです。あのふたりは、かつては仲のよい友人同士でした。これは本当です。だが、エマはプロポーズを断り、一方、息子は愛情を抱くようになりました」

「あなたも彼女のことを大切に思われているようですね」

「ええ。娘になってくれるかと思うと、それはうれしかったものです。この村に来たころのエマは無口で警戒心の強い少女でした。それでもデンモア卿のことはとても慕っていましてね。ふたりでのんびりと庭いじりをしている姿をよく見かけたものです。だが、そのデンモア卿がいなくなってからというもの、エマは変わってしまいました。いつも不安そうな顔をするようになり、なんというか……」

ハートはその言葉の続きを待った。だが、父親のほうはただ頭をかいただけだった。

「うまく説明できないのですが、たとえばわたしが話しかけても返事をしないときがあったのです。体はここにあるけれども、心はどこかへ行ってしまったとでもいうような感じです。それを見ていて思いました。わたしたちはあの娘にずっとここにいてほしいと思っているけれど、それはもう無理なのだろうとね」

「なるほど。それである日、彼女はロンドン行きの馬車に飛び乗ってしまったというわけですか」

「いや、そうではないのです。ここで何カ月か暮らしたあと、エマは家を出て、しばらく粉屋に下宿していました。だから、いなくなったことにわたしたちが気づいたのは、あの娘が下宿を引き払って何日もたってからのことでした。それを見つけたのは息子です。エマは粉屋の夫婦に、従兄弟《いとこ》がデンモアの爵位を継いだから、そっちで暮らすと言ったそうです。でも、そんな従兄弟はおりませんでした。結局のところは、わたしたちとの縁を切りたかったということでしょう」

ハートはうなずき、厳しい顔をした。はるばるチェシャーまでやってきたが、なんの進展もなかったということだ。エマはここにはおらず、帰ってくることもないだろうと思われた。

「もうこちらに彼女の身内はいないし、一二代デンモア男爵は彼女のことを知らないのですね」

「そういうことです。たしか爵位は、かなり遠縁の方が継いだはずです。ご当人も驚かれたと聞いていますから」

「彼女の行き先に、なにか心あたりはないでしょうか。どこか思いあたる場所とか……。わたしとしては、どうしても彼女に会いたいのです」

父親は視線をさまよわせながら、しばらく考えこんでいた。やがて、警戒するような目で玄関へ通じるアーチ形の戸口を見たあと、ハートのほうへ身を乗りだした。

「息子がロンドンでエマを見つけるまでは……彼女はヨークシャーの海岸地域へでも行った

のではないかと思っておりました」

ハートは肌がぞくっとした。きっとそこだという予感がしたのだ。そんなことはめったにあるものではない。ランカスターもスカーバラの海岸のことを口にしていた。ハートは努めてさりげなく質問した。「どうしてヨークシャーだと思われたのですか？」

「この近くにある森の裏手に川がありましてね。一度、そこへエマを魚釣りに連れていったことがあるんです。そのとき、エマは川面《かわも》を見ながら、海が大好きだとしゃべっておりました。なんでも、子供のころは母親に連れられて、毎年、スカーバラへ行っていたとか」父親はまた玄関へちらりと目をやり、さらにハートのほうへ顔を近づけた。「息子に話したことはありませんが」彼はそうつけ加えた。

ヨークシャー州、スカーバラ。絞りきれたというにはあまりに広い土地だが、それでも世界中を捜しまわるよりははるかにましだ。

20

耕された土はとても柔らかく、そして滋養に富んでいた。海風は想像していたよりあたたかい。先週、防寒のために敷いた藁《わら》のあいだを見ると、すでに土を押しあげて小さな芽がいくつも出ていた。

家のわきにある、自分が手入れをしている庭に立つと、エマは心から幸せだと思えた。ここからは薄いブルーの海と、切りたった崖《がけ》が見える。

まさに自分が望んでいたとおりの場所だった。数カ月前、ここの土地管理人に手紙を書き、こちらの希望を伝えておいた。土地管理人は四軒の物件を探しておいてくれたが、エマは二軒目でここに決め、残りは見に行きもしなかった。

ここは完璧だ。景色が美しく、そして静かだ。自分が求めていたものがすべてここにあるし、日が沈めば居心地のよいこぢんまりとした家でくつろぐこともできる。

エマは腰に軽く手を置いた。いまだに安堵感と一抹の寂しさが余韻を引いている。あのとき、わたしは薬草売りの女性から勧められた赤ん坊のできにくい薬をのんでいたし、ハートは彼なりの方法で避妊の手段を取ってくれた。だが、それでも不安は尽きず、いつもどおりの月経痛が始まったときはほっとするあまりに体が震えた。だがそれと同時に、これで過去への扉がぴしゃりと閉じられてしまったのだとも感じた。

今のわたしはエマ・ジェンセンではなく、エミリーでもなく、そしてレディ・デンモアでもない。未亡人のミセス・カーンだ。勝手に作りあげた人物という点ではレディ・デンモアと同じだが、それを装っているわたしの気持ちはまったく違う。

エマは鋤《すき》を土に差しこんだ。わたしの人生はすっかり変わった。ただ、ハートへの思いだけはまだ色あせていない。あの日、彼と一夜限りのちぎりを結んだことで、長いあいだ恐れてきた女としての欲求が解き放たれた。でも……。

それは自分が思っていたものとは少し違ったようだ。今でもハートのことを思うとせつなくなるし、彼が与えてくれる至福のひとときを想像してみることもあれば、それを夢に見るときもある。彼のことを考えただけで体が熱くなるし、もしあのままロンドンにとどまっていれば、きっと彼との関係に溺れていただろうと思う。

だが、わたしが恋い慕うのはハートだけだ。村の男性たちを見ても胸はときめかない。一度、彼らを見ながら想像を膨らませようと試してみたことがあるが、少しもうまくいかなかった。シャツを脱いだ若者たちが海辺で水遊びをしているのを見ても、罪と呼べるような感情はこれっぽっちも浮かんでこない。

わたしの心が求めているのはハートだけ……。

ため息が潮風とともに流されていった。エマは鋤を家の壁に立てかけた。壁の板木は歳月を経て灰色に変色している。海風から家を守るため、今年の夏は漆喰《しっくい》を塗り直さなくてはいけないだろう。そうすれば壁は真っ白になるが、そのときはこの銀色の光を反射する壁をなつかしく思いだすに違いない。

エマはエプロンをはずし、キッチンの窓辺にいるベスに手を振った。そして、海へ続く小道へ向かった。エマがここへ引っ越してきたときこの小道は草に覆われていたが、何度も通ったせいで、今は踏み分け道ができている。

ベスはこの崖沿いの小道や、玉石に覆われた海岸の魅力をちっともわかろうとはしない。〝今に転んで首の骨を折りますよ〟と何度も言われてきた。たしかにその危険はあるかもしれないが、それに見あうだけのすばらしさを堪能できるのも事実だ。

海岸には狭いながら砂浜もあり、そこを歩いていると自分は自由だと心の底から思えた。おかしなものだ。海岸は左右どちらの方向にも二〇〇メートルほどしか行けないというのに。だが、常に吹きつづけている海風と、鴎《かもめ》の鳴き声と、なにかはわからないが風にのって流れてくる植物の香りに体の隅々まで満たされると、全身全霊で生きているという感じがしてくるのだ。まるで昔の自分に戻ったような気がする。なんの不安もなく幸せに包まれ、愛されていると信じていた七歳のころの自分に。

それは海岸でしか味わえない感覚だった。家にまで持ち帰ることはできないし、ましてや夜になれば思いだすことさえできなくなる。

「ここはいいところよ」エマは小道をおりながらひとりごちた。玉石の上で足が滑ってごつごつした岩肌にぶつかったが、それでも足取りは緩めなかった。「すばらしい人生だわ」そうつぶやき、本当にそんな生き方をしようと誓った。すぐにロンドンのことなど遠い思い出になる。ハートのことは……。

「人生のおまけ」

その言葉の響きに残酷さを覚えながらも、そう思いこもうと努めた。

首筋がざわついた。うなじに触れてみたが、その妙な感覚は消えなかった。きっと罪悪感から来るものなのだろう。わたしは嘘をつき、人をだまし、他人を利用した。ハートは他人になど左右されない強い人だと自分に言い聞かせてきたが、本当は彼に対して忸怩《じくじ》たるものを覚えている。わたしは彼を傷つけたし、計算ずくで姿を消したことによってその傷をえぐった。

それから小一時間ほど白波の立つ海を眺めながら、ぼんやりとうなじをなでていたが、奇妙な感覚はずっと消えなかった。

ハートはヨークシャー州へ行き、まずはスカーバラからエマの捜索を始めた。エマはおそらく人の多いところにいるだろうと思われたからだ。行楽地であるスカーバラなら、賭事にも、もめ事にもことかかない。彼女の知っている冬のロンドンに比べると、この時期のスカーバラには貴族が少ないが、それでも商人階級は多く遊びに来ている。エマがまだ貴族らしい立ち居振る舞いをしていれば、商人の気を引くのはたやすいことだろうと思われた。

だが、スカーバラにエマはいなかった。丸々一週間かけて捜したが、彼女がいたという証拠も、通過したという痕跡すらも見つけることはできなかった。これであてがなくなったとハートは感じた。

たとえエマを見つけたとしても、まったく別の女性のようになっているかもしれないということは覚悟していた。そもそも自分の知っているエマが本来の姿ではなかったのだ。彼女はまだ少女と言ってもいいほど若く、両親もいたし、大おじもいた。その大おじとともに暮らした村では、無口な少女として好感を持って受け入れられていた。

エマは未亡人でもなければ、辛辣なことばかり言い、他人から金を巻きあげるような女性でもなかった。世間慣れもしていないし、人生経験も少ない。性的な知識は持っていたようだが、それは不道徳の巣窟《そうくつ》のような屋敷で育った影響だろう。本人が巻きこまれていたとは思いたくない。ただ見聞きしていただけであってくれと祈るばかりだ。

ずっとなにかが心に引っかかっていた。だが、それがなんなのかはどうしてもわからない。デンモア邸は一度だけ訪れたことがある。冷たい御影《みかげ》石の巨大な塊のような屋敷で、銃眼つきの胸壁のある塔がいくつもあった。記憶はほとんどなかった。ただ暗い廊下と、それより後ろ暗い客人がいたという印象が残っているだけだ。本当はもう少し覚えていることもあるのかもしれないが、その直後に自分にとっては大きな出来事が起きたため、それにかすんでしまっている。デンモア邸を訪問してから数日後、愛人に結婚を申しこみ、悲惨な結末を迎えたのだ。

だが、そのかすかな記憶はわきにどけておいても、エマが幸せいっぱいの子供時代を過ごしたわけではないのは想像にかたくなかった。まず母親を見とり、次に父親と弟を同時に亡くし、それから大おじに引きとられた。だが少なくとも、その大おじのもとで暮らしていたしばらくのあいだは幸せだったようだ。

エマをどう憎めばいいのか、彼女に対してどういう感情を抱けばいいのか、もうわからなくなっている。今はただ、ひと目彼女に会いたいだけだ。

だが、会ってどうする？

その先のことを想像しようとすると、いつも胸が痛み、肺が凍りついた。だから、あえてなにも考えることなく、決して見つかりたくはないと思っているだろう相手を追いかけつづけてきた。わたしがわが身を守るために作りあげた殻をたたき割っていった女性を。

「あと一キロ半ほどです、旦那さま」御者が肩越しに振りかえって叫んだ。

ハートはぼんやりとうなずいた。どうせまたなにも見つからないのだろう。これまで大きめの邸宅から小さな家まで何軒もあたってきたが、すべて徒労に終わった。話をした土地管理人は全員が、エマの特徴と一致する女性に物件を紹介したと断言した。ところが、この一週間というもの、海岸沿いの村や集落を洗いざらいまわったが、出会ったのは未亡人がふたりと、娼婦が数人と、エマの祖母くらいの年齢の女性がひとりだけだった。

きっとここにはいないのだろう。ヨークシャー州に来ていないとなると、アメリカにでも行ったのかもしれない。

もしアメリカへ逃げたのだとしたら、捜しだすのには何年もかかる。結局は見つけられずに終わってしまうかもしれない。ハートは左目の奥がずきずきと痛みはじめたのを感じた。

「旦那さま、そろそろです。ゆっくりと通り過ぎればよろしいでしょうか？」

「ああ、そうしてくれ」ハートは疲れ果てた体を座席から起こし、窓の外へ目をやった。緑色の草原と、風に揺らぐ木々は、この七日間に見つづけてきた景色とたいして変わらない。建物が見えてきた。造りは古いが、趣のある家だ。鶏が庭で餌《えさ》をつついている。じっと見ていると視界がぼやけてきた。

敷地の奥が見えた。ふたりの女性が畑でかがみこんでいる。ひとりは……。ハートは顔に風があたるほど窓に近寄った。ひとりはベスに似ているようだ。では、もうひとりのほうは……。

もうひとりはつばの広い帽子をかぶり、染みのついたエプロンを腰に巻いていた。青地に緑色の細かい小枝模様が入ったモスリンのドレスは質素で慎み深いものだ。

男爵の娘である貴族の女性が、家畜商人の妻のような格好で庭仕事をするだろうか？　だが、そういえばデンモア邸の焼け跡のまわりには、畑だったとおぼしき区画がいくつもあった。それに、エマは大おじと一緒によく庭いじりをしていたと、ブロムリーの父親も言っていた。

だが、彼女がこんな古い家に住み、質素なドレスを着て、鶏を飼っているだろうかと思ったそのとき、ふたり目の女性が顔をあげた――エマだ。エマはこちらを見てなんだろうという表情をしたが、すぐに顔をこわばらせた。目をすがめ、馬車の紋章を見極めようとしている。

「とまれ」ハートは命じた。

馬車は速度を落とし、エマははっとしたような顔をした。

エマの「ベス」と言う声が聞こえた。ハートは道におりたった。

エマは雑草の入った小さなバケツを落とし、裏口へ逃げようとした。だが、ハートがばたんと馬車のドアを閉めた音に、びくっとして足をとめた。

ハートは自分が拒絶されているような気がして、感情を押し殺し、心をかたくなにして彼女に近づいた。「何週間も捜したよ、エマ。それなのに歓迎されていないような予感がするのはどういうわけだ？」

呼吸が乱れているのかエマは肩を上下させ、手の甲が白くなるほどスカートを強く握りしめている。

「いくつか尋ねたいことがあるんだ。当然だろう？」

エマは喉元に手をやり、帽子の紐をほどいた。

「ベス、しばらくふたりにしてちょうだい」声がかすれている。

ベスが家の裏手に入り、ドアの閉まる音が聞こえた。エマは帽子を脱ぎ、髪をなでつけたあと、ハートのほうへ向き直った。

その姿は……愛らしかった。ここでの暮らしがよい静養になっているのか、健康そうな顔をしている。あたたかい日差しのせいで頬が紅潮し、こめかみに一筋の髪が張りついていた。だが、その目は虚ろで、おびえた表情しか浮かんでいない。

エマは黙ったまま、ハートの背後をぼんやりと見つめていた。頬の赤みが抜け、顔が青ざめてきた。

「まさかわたしが現れるとは思っていなかったようだな」

エマが細かくまばたきをしたのを見て、ハートは満足感が手足の隅々にまで行き渡るのを感じた。もう自分は無力ではないと思えてくる。

ハートは軽く首をかしげた。「きみが姿を消したことにほっとして、わたしが放っておくと思っていたのか？　きみの香りをさっさと洗い流し、社交シーズン最初の舞踏会に出向いてでもいるだろうと？」

エマの唇は震えていた。「ええ。どうしてそうしなかったの？」

「どうしてだと？」ハートは後ろで手を組み、エマの頭のてっぺんからつま先までじろじろと眺めた。

エマは緊張が増したのか、両手をきつく組みあわせている。「たしかにわたしは酔っていたし怒ってもいた。だが意識がなかったわけではない。だから、きみがつけた血痕を見逃さなかった。そして、きみが体をこわばらせていたことを思いだしたというわけさ」

「わたしは、あなたが思っているような……」

「きみの素性ならもう知っているよ、エミリー」

エマが初めてハートの顔をまともに見た。大きく見開いた目に、さまざまな暗い感情が渦巻いている。「お願い、誰にも言わないで。あれはもう終わったことなの。今はこの暮らしがすべてだし、これ以上はなにも望んでいないわ」

「きみがロンドンでしたことは消えない。貴族の身分を詐称するのは犯罪だぞ」

「そんなことくらいわかってるわよ。本当にごめんなさい！」だが、その目には後悔というより、強い決意が感じられた。「二度とロンドンには戻らないと約束するから。わたしはただひっそりと姿を消したいだけなの。あなたからも、誰からも、なにかを盗んだというわけじゃないわ」

「そうか？　信頼や友情は？」

「お願い……見逃して」エマの表情にかげりが差した。「償いならなんでもするわ」

意外に早くそこへ結論が行ったようだ。ハートは声をあげて笑うことで、心の傷を覆い隠した。

「なんでもだと？　じゃあ、まずは家に入れてもらおうか。紅茶をいただくところから始めるとしよう」

エマはうなずいた。さりげない動作だが、体で罪を償うことに同意したというしるしだ。その冷ややかな仕草ひとつで、ハートの感情を抑えこんでいた泡がはじけた。この一カ月ほどでエマについて知りえたことが高波のように押し寄せ、よそよそしい気持ちが押し流される。だが、ハートがわれに返り、相手を腕のなかに引き寄せたいと思ったときには、エマはすでにわきをすり抜けていた。

ハートは震えながら体の向きを変え、新たな自宅の玄関へと向かうエマのあとについていった。いくらかでも真実を聞かせてもらえるのなら、どこへでもついていこうという気分だった。

21

　こういう状況には慣れていないため、エマの心臓はまるで捕まった小鳥が激しく羽を動かすかのごとく、早鐘を打っていた。このままでは臓器の動きがとまってしまい、小鳥がぱったりと死ぬように、わたしも息絶えてしまうかもしれない……。

　ばかみたいに突ったったままハートが入ってくるのを待っていたというのに、玄関から差しこむ光を彼の影がさえぎったのを見て、エマはびくっとした。ハートは戸口に頭をぶつけないよう軽く身をかがめながら、家のなかに入ってきた。背筋をのばすと、ひどく長身に見えた。

　ベスの自室のドアがきしみながら開く音が聞こえ、そっと近づいてくる足音がしたあと、ベスがキッチンを抜けて姿を見せた。

「紅茶の用意をお願い」エマは言った。「そのあとはふたりきりにしておいてちょうだい」

「かしこまりました」

「ふたりきりね」ハートがそうつぶやき、室内を見まわした。

　この玄関に面した大部屋のほかには、キッチンと、寝室が二部屋と、奥に使用人部屋があなく自由に出入りすることができる。使用人部屋には外へ通じるドアがあるため、ベスは誰にも気兼ねなく自由に出入りすることができる。ふたりにとっては申し分ない家なのだ。だが、それももうすぐハートの手によって奪いとられてしまう。

ハートに値踏みするような目で室内を見まわされるのがいやだった。どうせ、失って惜しいような家ではないと思っているのだろう。彼は自分がどんな悲劇を招こうとしているのかに気づいていない。自分にとっては痛くもかゆくもない事柄だからだ。だが、こんな状況にあっても彼のことはすてきに見えてしまうし、ベッドをともにすることを考えても嫌悪感はわいてこない。

「どうやってわたしを見つけだしたの？」

ハートはゆっくりと室内のあちらこちらに目をやっていた。ようやくエマに視線を戻したとき、ちょうどベスが紅茶を持って入ってきた。ハートは黙ってこちらを見つめつづけた。先ほどまで冷たかった目が今は熱を帯び、憎しみの表情が苦悶に変わっている。

エマは息をすることも、話すこともできなかった。ベスの部屋のドアが閉まる音がした。ハートがまばたきをした。

「どうやってきみを見つけだしたかだって？　そりゃあ、捜したのさ。チェシャーを訪れ、きみを知っている人たちと話をした。みんなが口をそろえて言っていたよ、きみは海が好きだったと」

「それにしても……」

ハートが哀れむようなほほえみを浮かべたのを見て、エマは混乱した。

「わたしは公爵だ。田舎には公爵などというものには一度もお目にかかったことがないという人間がいくらでもいる。誰かから情報を聞きだしたいとき、たとえば土地管理人などにものを尋ねるときは、この身分がなかなか役に立つのさ」

エマは歯を食いしばった。

「なるほど。あなたにとって人生は勝手に開けていくものなのね」

驚いたことに、ハートはうなずいた。「きみのような人生を送ってこなかったのはたしかだよ」表情が優しくなっている。

わたしに同情しているのだ。

エマは深く傷ついた。その同情心を利用すれば自分の身は助かるかもしれないし、今のまの暮らしを維持できるかもしれないと頭ではわかっていたが、口元に冷笑が浮かぶのをとめられなかった。

「わたしの子供時代の話を聞いたのね。哀れな孤児の物語に涙を誘われた？　あなたがどう考えたかあててみましょうか？　なんとかわいそうな女性だろう。これは誰かが手を差しのべてやるべきだ。貴族の家柄に生まれながら、慣れない労働に携わらなくてはいけないとは気の毒な話だ。収入があれば助かるだろうに。そうすればおしゃれのひとつも楽しめるというものだ。だが、自分ならその金を出してやることもできる」

「わたしはそんなことは――」

「わたしをお金で買いにいらしたの？」

ハートの顔から同情の色が消えた。慈悲にすがれる可能性もなくなったということだ。

「きみの愚かさ加減には、相変わらず驚かされるよ。わたしはきみを愛人にするためにここまで来たわけじゃない」

「では、わたしを逮捕させるため？」

「いいや」

「あら、察しが悪くて申し訳ないけれど、わたしの境遇を利用するのでもなく、わたしを罰するのでもなければ、いったいなんのために手間暇かけてわたしを捜しだしたりしたのかしら？」

少なくとも、わたしはもう怖がってはいない。おびえを通り越し、無謀で無分別になっている。本当は彼の気持ちをなだめるべきところなのに、どういうわけか挑発してしまっている。だが、ひざまずいて慈悲を請う気がないのなら、対等に話をするしかないのだ。

卑屈にはなりたくない。たとえ、いずれそうせざるをえないときが来るとしても。エマはじっと返事を待った。ここへ来た理由さえ聞きだせれば、説得してあきらめさせることも可能だ。だが、ハートはこちらの言葉にショックを受けたらしく、眉根を寄せ、しきりに首を振るばかりだった。

エマは待ちきれなくなった。「あなたは狐でも狩るようにわたしを追いつめた。だから、わたしには知る権利があるわ。いったい、わたしをどうするつもりなの？」

ハートは、まるで武器など持っていないとでもいうように、両手を広げてみせた。

「わからない」

「いい加減にしてちょうだい。何週間もかけてわたしを捜したと言っていたじゃないの。それなのに、その理由がわからないなんて――」

「うるさい。本当にわからないんだから仕方がないだろう？　最初は復讐したいと思っていたさ。嘘ばかりついてきたきみに仕返しをしてやりたいと思った。だが、ある人物と約束したんだ。絶対に、きみに危害をおよぼさないとね。意外なことに、それを約束するのは難しいことではなかった」ハートの声が次第に低く、そして優しくなり、エマの心に染みてきた。だが、ここで情にほだされるわけにはいかない。

「あなたがここにいるだけで、わたしは困ったことになるの」それはある意味では真実だった。再会したことで自分は傷ついている。その感情を隠すために、エマは煙幕を張った。「派手な紋章をつけた公爵の馬車がうちの前にとまっていたら、近所の人たちは、わたしをあなたの愛人だと思うわ」

ハートが片眉をつりあげた。「そりゃ大変だ。つつましやかな若い女性のところへ独身貴族が訪ねてくるなんて、ほかに理由がないものな。だいたい、夫の死を悼んでいるはずの商人の妻に、なぜ公爵の知りあいなどがいるのかということになる」

どうやらわたしの嘘を徹底的に調べあげたらしい。エマは口のなかがからからに乾いた。猫が鼠をいたぶるように、彼はわたしを苦しめている。「いったい、なにが望みなの？」

「エマ、わたしは……」ハートは言葉につまり、ため息をついた。そして背後の椅子にちらりと目をやると、そこにどさりと座りこんだ。ずいぶん気が動転しているのだろう。おそらく女性より先に腰をおろしたことなど、生涯に一度もないはずだ。こんなことをするのは彼らしくない。ハートは感情的な目でエマを見あげた。

「きみがロンドンにいたとき、わたしはきみの嘘を信じた」

「ええ」

「そして、きみを未亡人だと思った」

「そうね」

「だから、すべきではないこともしてしまったし、言ってはいけないことも言ってしまった……」

男性というのはなんと奇妙な生き物なのだろうとエマは思った。考えるべきことはさまざまあるなかで、それがもっとも気になることなのだろうか？ ほかの男性が処女を奪ってさえいれば、自分はその女性を誘惑してもよいと思っているのだろう。だが、処女だとわかったことで、ハートは以前よりもわたしのことを大切にすべき存在と見なしているに違いない。

「もし罪悪感を覚えているのなら、そんなものは忘れてちょうだい。たしかにわたしは生娘だったかもしれないけれど、うぶだったわけではないもの。そんなこと、見ていればわかったでしょう」

「だが、最後の一線についてはなにも知らなかったはずだ」

「もちろん、知っていたわよ」エマはさげすむような視線を向けようとした。だがハートの顔を見ていると、とてもそんなことはできなかった。普段は斜に構えたような表情をしているくせに、今はいろいろな感情がその目に表れている。不安や胸の痛み、すべてを知ったあとの複雑な思い、それにエマとの関係を修復したいという願いも感じられる。

エマは一歩あとずさった。

「きみのお父上の屋敷では――」

「やめて」

ハートは口を閉じたが、目はさまざまなことをエマに訴えていた。

彼から見てわたしはずっと愛人にしたい女性だったが、今は違って見えるのだろう。これまで関係を持ってきた女性たちとは異なり、純粋で、か弱い存在に思えてきたのかもしれない。窮地に追いこまれたうら若き娘。怪物たちがうろつく暗い廊下をさまよっている少女。

今の彼は、九歳だったわたしが求めていたまなざし、数年前にあきらめたまなざしをしている。わたしは誰かが助けに来てくれるのを待ちつづけることに疲れ、自分で自分を助けることに決めた。その事実は決して忘れない。

「エマ――」

「わたしは処女ではあったけれど、なにも知らなかったわけじゃない。だから、そんな申し訳なさそうな目をするのはやめて。もし謝罪にいらしたのなら、用事はすんだわ。わたしはあなたを許します。だから、もう帰って」

「わたしは謝りに来たわけでもないし、きみに許してもらう必要もない。だから――」

「だったら、なにをしに来たの？　なぜ？　早く話してちょうだい。そうすれば、さっさとあなたを送りだして――」

ハートは穏やかな声でエマのいらだちをさえぎった。「知りたかったんだ」

玄関を指し示そうと振りあげた手をとめ、エマは身をこわばらせた。

「きみがこんなことをした理由を知っておきたかった。どうしてロンドンへ来て、デンモア卿の未亡人を名乗ったのか。なぜスキャンダラスな女性を装い、賭事に興じたのか。あの夜……きみはなにを思ってわたしの屋敷に来たんだ？　どうして、そのあとすぐに姿を消した？」

ハートの視線はエマをとらえて放さなかった。お願いだから答えてくれと懇願する目だ。少なくともひとつ目の問いになら答えられる。

「ロンドンへ行ったのはお金のためよ。ほかの理由はなにもないわ。大おじから少額の遺産を相続したけれど、それだけでは暮らしていけなかった。わたしにとっては賭事がお金を稼ぐ最良の方法だったの」

「最良だと？　身分を詐称し、嘘をつき、人をだまし、収監される可能性があるようなことをするのがか？」

「それなら高級娼婦にでもなればよかったと言うの？」

「ほかにも方法はあっただろう！　オズボーン夫妻はきみのことをとてもかわいがっていた。

事情を説明すれば、喜んできみを自分の屋敷に住まわせ、あれこれと援助してくれたはずだ」

「さすが、お金持ちの貴族は考えることが違うわね。他人の情けにすがって肩身の狭い思いをしながら生きていくなんてすばらしすぎるわ。ええ、オズボーン夫妻ならきっと手を差しのべてくれたでしょうね。でも、そのあとはどうなるかおわかり？　一、二年、お行儀よく過ごしていれば、オズボーン夫妻が結婚相手を見つけてくれる。でもその相手は、こんな境遇の女と結婚するしかないような男性よ。それでも、夫婦が不仲になればオズボーン夫妻の顔に泥を塗ることになる」

　ハートは頭を振った。「経済的に恵まれない貴族女性など世の中に大勢いる。だが、賭事で生活を支えている女性などひとりもいないぞ」

「ええ、それだけの腕があって度胸が据わっているのはわたしだけでしょうね。自分が誇らしいわ」

「それで得たものがこれか？」ハートは室内を手で指し示した。たしかにみすぼらしい家だし、ささやかな人生だ。

「ええ、そうよ。これがわたしの望んだものよ」

「どうしてなんだ？　きみは何週間もかけてかなりの金額を稼いだ。ちょっとした財産を手に入れたはずだろう？」ハートはもう一度、家のなかを見まわし、理解できないという顔をした。だが、そこにある胡桃《くるみ》材のテーブルは、わたしが町で見つけ、自分のお金で買ったものだ。部屋を明るくするために壁に飾った青と緑のタペストリーは、わざわざ海の色に合わせて選んできた。そういったもののよさが彼にはわからない。自分の屋敷と比較して、ただ貧弱だと思うだけだ。

「わからないの、ハート？」エマはささやいた。「わたしはこういう生き方をしたかったの。そのためにロンドンへ行ったのよ。お願いだから、このささやかな暮らしを哀れだと思って、執政官を呼んだり、近所の人たちにわたしの素性をばらしたりしないでちょうだい。どうか、わたしの人生を壊さないで。黙って出ていってほしいの。ロンドンには二度と顔を見せないと約束するから」

ハートは立ちあがった。ようやく帰る気になったのだろうと思うと、エマはかすかに胸が痛んだ。だが、ハートは正面の窓辺へ歩み寄り、青くけぶる海へ視線を向けた。

「海が好きなんだね」

エマは彼の背中を見つめた。

「今は幸せか？」窓をふさいでしまいそうなほど肩幅が広い。ハートがこちらを向いた。

「エマ？　きみは幸せなのか？」

エマは弱々しく肩をすくめてみせ、ささやきにしか聞こえない声で答えた。「ええ」

「わたしは幸せではない。どうしてだかわかるか？　きみはさんざんスキャンダルを引き起こし、そのなかにわたしを放りこんで去っていった。今やわたしはときの人だ。同じ間違いを犯すばかな公爵だと陰口を言われている」

「ごめんなさい」本当に申し訳ないと思っているが、それ以上の言葉が出てこない。エマは咳払いをし、勇気を振り絞った。「悪かったと思っているわ。でも、あなたをそんなふうに巻きこむつもりはなかったの。本当よ」

「わたしはきみを憎んだ。軽蔑もした。もし最初の数日できみを捜しだしていたら、なんのためらいもなくニューゲート監獄へ送りこんだだろう」

「ごめんなさい」

ハートは肩をすくめた。「だが、もうそんな気持ちはうせている。ロンドンを離れているからかもしれないが……スキャンダルなどどうでもいいという気がしているんだ。今はただ、きみが無事に暮らしているとわかってほっとしているよ。それにわたしは……」

エマは首を振った。なにを拒絶しているのかもわからないままに。ハートがその答えを口にした。

「きみに対して責任を感じているんだ。わたしたちはお互いに惹かれている。だったら、すべてを丸くおさめる方法がひとつあるわけだ。スキャンダルを払拭し、きみの将来も約束される方法が」

「いや」

「結婚しよう」ハートは自分の言葉に混乱しているような顔をした。エマは衝撃を受けていた。

「だめよ」

「それでもしばらく噂は続くだろうが、そんなものはやがてやむ。わたしたちは一緒にいると楽しいし、ある意味、似た者同士だ」

「違う」そんなことはないと思いたかった。プロポーズも、その理由も、なにより誠実そうなその目も、すべて嘘だと考えたかった。

ハートを恋い慕う気持ちがむくむくと頭をもたげ、エマが築いた石の檻《おり》から飛びだそうとしていた。それが解き放たれれば、希望に胸を膨らませるか、絶望に打ちひしがれることになるだろう。それでもかまわないという思いもあった。だが、エマはおのれの心を引き戻し、押し殺して静かにさせた。早く彼に立ち去ってほしい。そうしないと、心が粉々に砕け散ってしまいそうだ。

「だめ」エマはもう一度、答えた。

「突然の申し出だということはわかっている」

「ええ、突然すぎるわ。それにお受けすることもできない」

「エマ……」

「わたしは不幸せなわけではないし、困ってもいない。あなたには信じられないかもしれないけれど、本当にこれがわたしの望んだ人生なの。社交界になんて興味はないわ。あまりにせちがらくて、ぞっとするだけよ。おどおどしながらロンドンに戻り、いつか世間に受け入れてもらえることを期待しながら暮らしていくなんてできない。広すぎてこだまが返ってくるようなお屋敷も、重くて肩が凝るようなドレスも、わたしはいらないの。それになにより、あなたを夫にしたいとは思えないわ」

「びっくりさせたことは謝る。だが、社交界のことはわきに置いて、わたしとの結婚を考えてみてほしい。きみのことは愛せそうな気がするから」

「ばかなことを言わないで」

エマはぴしゃりと拒絶し、そんなことができた自分に驚いた。ハートの言葉が、暗い海を泳ぐ生き物のようにこちらへ近づいてきた。たしかに先ほどプロポーズの言葉を耳で聞いたが、今はそれが実感をともなって迫ってきているのがわかる。

顔から首、そして胸へと麻痺が広がり、全身が殻に包まれた。

「なにをばかなことを」かすれ声にしかならなかった。

ハートが近づいてきたが、それをとめることもできなかった。手足が紙のように弱り、役に立たなくなっている。

ハートは両手でエマの頬を包みこみ、長い指を髪に滑りこませた。

「きみが相手なら、きっと愛せそうな気がするんだ。きみとなら、たんに子供を儲けるためだけの結婚生活にはならず、もっと人生を楽しめると思う。喧嘩をしたり、笑いあったり、愛しあったりできるはずだ。きみはわたしをとことんまで怒らせるだろうし、わたしはきみをどこまでもいらだたせるだろう。でも、わたしたちは強く惹かれあっている。社交界に噂の種を振りまきながら、一瞬一瞬を充実させることができると思うぞ」

ハートはひと言話すたびに顔を近づけ、最後はエマの口元で名前をささやいた。「エマ……」唇が軽く触れ、それから優しく押しあてられた。

ハートを慕う気持ちがまた頭をもたげ、石の檻にひびが入り、魂の奥深くに痛みが流れこんできた。エマは身を引きながら相手を押しやった。「やめて」

ハートは美しい目に悩ましい色を浮かべながら、優しい表情でこちらを見ていた。このままではその優しさにのみこまれてしまうと思い、エマは怖くなった。

「いい加減にしてちょうだい」エマは言い捨てた。「あなたは、わたしの子供時代がぞっとするものだったと思っている。でも、そのくせ、わたしをまたその境遇に引き戻そうとしているのよ。わたしは、あなたがどんな人間か知っているわ。わたしの父と同類よ」

「違う！　そんなことはない」

「わたしがあなたのような男性の妻になりたがると、本気で思っているの？　結婚しても、あなたはすぐにほかの女性に興味を持つようになるわ。どうせ、次々と愛人を作るようになるのよ」

ハートの顔から優しさは消えたが、まだ怒ってはいなかった。「わたしは――」

「違うなどと言わないで。あなたはひとりの女性で満足できるような人じゃないわ。わたしで終わるわけがないのよ」

「過去に何人もの愛人がいたことは認める。だが、その誰とも婚約したことはない。きみのお父上がどんな人だったかは知っているが、それとこれとを――」

「なぜ父を知っているかというと、同じような場所で遊んでいたからでしょう？」ハートは氷のような冷たいまなざしになり、威厳を取り戻そうとでもするように背筋をのばした。エマはとどめの一撃を加えた。「あなたは父と同じよ。どうしてわたしがそう思ったのかわかる？　父が好みそうなことを、あなたがベッドでわたしにささやいたからよ」

ハートのなかでなにかが砕け散ったのがわかった。甘い言葉をささやいていたときの優しさはなりをひそめた。

エマはほほえんだ。

「まだ納得してもらえないといけないから、もっと単純に説明してあげるわ。ハート、わたしはあなたを愛せないの。わたしの子供時代は、無邪気というにはほど遠いものだった。家のなかにはいつも大勢のうさんくさい男たちがいて、なにかおもしろいことがないかと廊下をうろついていたわ。真夜中にひとりでベッドに横たわりながら、誰かががちゃがちゃと寝室のドアを開けようとする音を聞いているのがどんな気分だったかわかる？　お願いだから鍵が壊れないでほしいと祈る気持ちが想像できるかしら」

エマはひとつ息を吸った。

「朝起きても、いかがわしいパーティはまだ終わっていないのよ。あれこれ考えているより楽だからと、ときどき階下《した》まで見に行ったりもしたわ。でも今になれば、そんなことをしなければよかったと思う。そこで見た男たちの行為が、わたしの心に深い傷となって残ってしまったから。ハート、あなたも彼らと変わりないようなことをしてきたのよ」

ハートは怒りと恐れを顔に浮かべ、必死に自制心を保とうとしていた。

「違う、わたしはそんな人間じゃない」

「わたしの寝室に忍びこもうとはしなかったかもしれない。でも、あなたが父のパーティに来ていたことは覚えているわ。暗い廊下で会ったことがあるもの。はっきりと記憶に残っている。これでわかっていただけたかしら？　わたしはあなたの妻にはなれない。あなたを見ていると、つらい過去を思いだすから」

顔に出すまいと努めているようだが、彼が愕然としているのは伝わってきた。やがてハートは無表情になった。先ほどの優しい彼は、もうどこかへ行ってしまったのだ。

「さあ、もう帰って」エマはやっとの思いで言葉を続けた。「もし、わたしのことをいくらかでも気遣ってくれるのなら、どうかもう二度とここへは来ないでちょうだい」

ハートは息さえしていないように見えた。永遠とも思える数秒間が過ぎたあと、首をうなだれ、力ない声で言った。「きみがそう望むのなら」

ほんの数歩で部屋を横切り、玄関から出ていった。これでハートは本当にわたしの人生からいなくなってしまったのだとエマは思った。彼への思いがかなうかもしれないという愚かな希望とともに。

馬車が家の前で方向転換をする音が聞こえた。やがて車輪の音が遠ざかると、エマは玄関のドアを開け、のろのろと崖沿いの小道へ向かった。玉石の上で足が滑ったが、よろめきながらも進みつづけた。

小道をおりきっても歩を緩めることなく、打ち寄せる波のなかへまっすぐに入っていった。

海水が脚に冷たく感じられたが、エマは膝をつき、腰まで波にのまれた。

わたしはいくつもの危ない橋を渡った。さまざまなことを危険にさらしながら、それでもハートとかかわってきた。だけど、いつか彼に愛される日が来るかもしれないと思ったことはない。そして、いつか彼を愛してもよい日が来るかもしれないと想像したこともない。

わたしたちは愛しあえるだろう。だが、そのあとにはきっと悲劇が待っているはずだ。ハートのように美しくて、セクシーで、すべてを欲しいままにする男性は、結婚相手としては最悪だ。そういう夫を持つことをわたしはずっと恐れてきた。

エマは海のなかにひざまずいたまま、波が心の痛みを洗い流してくれるのを待った。

空が紫色に染まったころ、ようやく波打ち際から立ちあがり、よろよろと海岸へ戻った。波に打たれていても心の傷は癒されなかった。この傷は一生、治らないのかもしれない。


「エミリー」

エマは顔をしかめ、そのささやき声を追い払った。だが、自分の嫌いな名前を呼ぶその声は、また聞こえてきた。目を覚ませばふたたび後悔の念にさいなまれることになると思い、エマは寝返りを打ってうつぶせになると、両手で耳をふさいだ。また眠りが戻ってきた。

「エミリー」今度はなにかが顎の線をなぞった。エマはびくっとして目を開けた。ハートが来たの？

その手を押しやりながら仰向けになったとき、また声がした。

「火事だよ。でも心配することはない」暗闇のなかにぼんやりと人影が見え、体から切り離されたように腕だけがぬっとこちらへのびてきた。「ぼくが助けに来たから」

夢だ。きっと夢に決まっている。大おじを火災で亡くしてからというもの、火事の夢をよく見るようになった。ふいに煙が濃くなり、エマは咳《せ》きこんだ。いやだ、眠りに戻りたい。

「おいで、エミリー。逃げなくちゃ。家に帰ろう」

煙が目に染みた。それと同時に、今の言葉には聞き覚えがあることに気がついた。大おじの邸宅が火災に遭ったあと、ブロムリーが同じことを言ったのだ。〝おいで、家に帰ろう〟

「これはきっと夢よ」エマは声に出して言った。

「煙を吸うとよくないよ」

煙に巻かれてなにも考えることができず、エマは声の主の腕と体のほうへ助けを求めた。腕をつかまれた。エマは顔をあげた。

「いや！」そこにいたのはブロムリーだった。「ハートはどこ？」

「ぼくだよ、ブロムリーだ」腕をぎゅっとつかまれ、あたたかいベッドから引きずりだされた。室内の空気は熱かった。「きみを助けに来たのさ」

「いや、いや、いや！」エマは抵抗しようとしたが、熱い空気で喉がつまった。「これは夢よ。火事なんて嘘よ。手を離して。ハート、助けて！」戸口のほうへ引きずられた。廊下ではオレンジ色の炎が躍っている。

「ブロムリー！　やめて！」廊下へ出ると、熱で肌が焼けそうになった。

ブロムリーはエマを裏口へと引っ張っていった。エマは自分の足で歩き、そのあとについていった。前方に黒っぽい長方形が見えてきた。ドアだ。あそこを抜ければ、炎から逃れられる。そういえばベスは……。

エマはベスのことを思いだし、パニックに襲われた。

「ベス！　お願い、起きて！　火事よ！　ブロムリー、ベスを助けて」

「ぼくはきみを迎えに来たんだよ。エミリー、急ごう。こんなところにいる必要はない。ここはきみの家ではないのだから」

冷たく新鮮な空気に覆われ、エマは大きく息を吸った。戸外へ出たのだ。

「ベスを助けに戻らなくちゃ！」

「だめだ」ブロムリーが怒鳴った。エマは叫び声をあげながら必死に抵抗したが、暴れる馬のほうへと引きずられていった。馬は炎におびえ、いなないている。エマは腕を引かれながらも、肩越しに振りかえった。自室のドアからはいだし、敷地全体が炎に包まれていた。四つんばいになっている人影が見えた。ベスだ。

エマは安堵の叫び声をあげ、むせび泣いた。新鮮な空気が肺に入り、煙のせいで朦朧《もうろう》としていた頭が次第にはっきりしてきた。「あなたが火をつけたのね」なにかが手首に巻きつけられた。はっとしてそちらを見ると、ちょうどロープが結ばれたところだった。「あなたがやったんだわ」

「馬に乗りたまえ」

「いやよ。あなたはどうかしている。わたしの家に放火するだなんて」

「ここはきみの家なんかじゃないさ。きみはぼくと暮らすのだから」

「あなたって人は……。まさか、大おじの家に火をつけたのもあなたなの？　そうなのね？

あなたが大おじを殺したのね！」

「それは違うよ」ブロムリーがつぶやいた。「違う、違う」

「人殺し！」

「あれは事故だったんだ！　きみがぼくに誠実であれば、そして結婚さえしていれば、きみを家に連れていくためにあんな小細工をする必要はなかった。きみが分別を取り戻すまで、大おじ上ときみにはぼくの家で暮らしてもらおうと思ったのさ。みんな、きみが悪いんだ。きみのせいなんだよ」

「ああ、そんな……」

「エミリー、馬に乗りなさい」

「いやよ！」そう叫んだとき、エマは平手で頬を打たれた。顔中に痛みが広がったかと思うと、また平手が飛んできた。抵抗しようとすると再度殴られ、エマは地面に倒れた。何度も殴られ、エマは身を丸めて自分をかばうのが精いっぱいだった。唇から血が流れ、やがて音のない灰色の世界へ意識が落ちていった。

　体がかつぎあげられた感覚はあったが、もう抵抗する力は残っていなかった。

22

でこぼこした道で馬車が跳ね、ハートの緊張した体が揺れた。波の砕け散る音が聞こえている。本当は心が慰められる響きなのだろうが、今はいまいましいとしか感じられなかった。昨夜は一睡もできず、慣れないベッドで朝まで寝返りを打っていたのだが、そのあいだずっとこの音が聞こえていたからだ。おのれのみじめな人生を思い起こさせるものとして、これから一生、この音の幻聴に悩まされるかもしれない。波の音と、愚かな決断に。自分は自尊心もなにもかもかなぐり捨てて、もう一度、エマに会いに行こうとしているのだから。

そろそろ昼に近い時刻だ。まるで今の気分をからかうように、波に反射する光がやけにきらきらと輝いている。

もう二度とここへは来るなとエマは言った。だが、自分はその言葉を勝手に解釈し、またこの道をエマの家へと向かっている。

昨日は、これでもうエマとの関係は完全に終わったと思った。よくもあんな冷たい言葉で人をおとしめ、屈辱にまみれさせることができるものだと、さんざんエマのことを呪った。彼女はわたしのいちばん痛いところを的確に突いてきた。だが……。

エマの主張は筋が通っていない。やけ酒をボトル半分も空けたころ、ふと、そう確信した。エマ・ジェンセンは嘘をついている。

彼女はわたしをいみ嫌っているような言葉を並べ、わたしを拒絶したが、あれはおそらく本心から言っているのではない。なぜそう思うかというと、ロンドンでのエマの行動は、賭事のみならず言葉ひとつ取っても、すべてが計算ずくだったにもかかわらず、わたしとのことだけが計算外だったからだ。わたしとかかわっても、彼女の計画にとって得になるようなことはなにもなかった。それどころか、わたしのもとを訪れたあの夜、彼女は身の破滅に陥る可能性があった。もし、わたしが真実を見抜いていたら、すべての欺瞞《ぎまん》はがらがらと音を立てて崩れていただろう。

それでもエマはわたしの家に来た。自分の意志で。それが無謀なことだとはわかっていながら。

そんな彼女がわたしのことを嫌いなわけがない。

エマは嘘つきだ。たちが悪いことに大事なところで嘘をつく。人生のこと、過去のこと。それに自分の感情や、自分の考えについて。だが、どういうわけか、それは少しも気にならない。われながら愚かだとは思うが、彼女を信じているのだ。わたしには彼女の気持ちがよくわかる。わたし自身も長いあいだ、世間に対して、そして自分に対しても、ずっと嘘をつきつづけてきた。人はときとしてわが身を守るために、ほかの人間をすべて拒絶するしかない場合がある。たとえそれが愛する人であってもだ。

エマの場合、守るべきものは心だけではなかった。父親があんな人間だったせいで、自分の体も自分で守るしかなかったのだ。親が自分をかばってくれないというのがどういうものなのか、わたしは身に染みてわかっている。

だから彼女は嘘をつく。だが、こちらが冷静でさえあれば、彼女の嘘を見抜くのは難しいことではない。彼女は自分を縛ろうとするものに対して食ってかかる。自分の心を守ろうとして、わたしの心を傷つける。わたしはそれを覚悟するしかない。自分の心が、自尊心が、そして魂が傷つけられることを。

そこを乗り越えないことには、彼女は絶対にわたしを信じようとはしないだろう。だが、ひとりでロンドンへ帰ることなど、考えただけでも……。

ハートは首を振った。そんなことはとても耐えられない。ひとりでロンドンへ戻れば、またすべての感情を押し殺して生きていくことになる。本音でものを言ってくれる人間など誰もいない。世間というものは、わたしが近づくとうやうやしくお辞儀をし、わたしが離れるとくすくす忍び笑いをもらすものだ。

腹のなかで石炭が燃えているようないらだちがくすぶった。エマも、彼女が引き起こすさまざまな騒動も、わたしにとってはなくてはならないものだ。とにかく彼女を納得させるしかない。スカーバラに住まいでも借りようか。一年も誠意を尽くせば、きっと彼女もわかってくれるようになるだろう。

笑みがこぼれそうになったとき、馬車がぐいと引っ張られ、大きく揺れた。

「おっと！」御者が叫んだ。「落ち着け、落ち着け」

馬車の進みが少し遅くなった。

「旦那さま、申し訳ありません。馬がおびえているんです。前方で煙があがっているものですから」

馬車のなかにいても薪《まき》が燃えたようなにおいが少しずつ増しているのは感じていたが、御者に言われるまで、それがいかに強いものかは気づかなかった。奇妙だ。このあたりにはそれほど木は生えていなかったはず。

かすかな不安を覚えて緊張したとき、御者が鋭い声で叫んだ。「旦那さま！」

ハートは馬車のドアを押し開き、身を乗りだして立ちあがった。馬車はちょうど小高い丘をのぼりきったところだった。開けた景色のなかを道がまっすぐに続いている。その先に、大きな水たまりのようにいびつに広がった焼け跡が見えた。薄く立ちのぼる煙が絶え間なく海風に舞い、ときおり陸地のほうへ細く棚引いている。数人の人々が焼け落ちた建物のそばをうろついていた。黒ずんだ木材のところどころにまだ火が残っているが、もう燃えるものはたいしてなさそうに見えた。小さな納屋は飛び火を免れたが、建物のそばにある低木の茂みは焼けていた。

手入れの行き届いた庭が目に入ったとき、ハートは事実を察して心臓が縮んだ。

「まさか……」もう一度その庭に目を凝らし、その向こうに広がる草地や、家の裏手にある低い石壁や、草むらのあいだをうねうねと崖の端まで続く小道を見まわした。

いる。


間違いなくエマの家だ。御者が悲痛な表情で振り向いた。ハートは急げと怒鳴りたかったが、無駄なのはわかっていた。わきへ一、二メートルも行けば崖っぷちだというのに、馬はおびえて手綱に逆らっている。

ハートは我慢しきれなくなり、草むらへ飛びおりると、残りの一〇〇メートルほどを走った。三人の男たちがしゃがみこみ、地面に横たわる白い姿をのぞきこんでいる。ハートは足を速めた。

「エマ！」地面に投げだされた手がぴくぴくと動いたのが見えた。「ああ、よかった」ハートは駆け寄ると、男たちが場所を空けた。ハートは膝をつき、ぐったりした顔を見おろした。唇には色がなく、閉じられたまぶたの下で眼球が動いている様子もない。エマではなかった。

「ベス……」声がつまった。「この女性はベス・スマイスだ。エマは？　この家の女主人はどこだ？」

ハートはどこかにエマが倒れていないかと、周囲をぐるりと見まわした。男たちに目を戻すと、三人とも視線をそらし、まだくすぶっている焼け跡のほうへ顔を向けた。

「あそこにはいない」ハートは力強く言いきった。「逃げたはずだ。庭を見てきてくれ」

「このあたりは全部捜しました、旦那。ミセス・スマイスは裏庭で見つけたんですが、ミセス・カーンは……。使用人部屋には外へ出るドアがありますが、ふたつある寝室はどっちも玄関まで少し距離があるんです。旦那、ミセス・カーンのことをご存じで？」

ハートはそれには答えず、ベスの腕を取って脈に触れた。

「医者に診せなくては。誰か――」

「今、ジャージー先生を呼びに行っています」

「ラーク！」ハートは立ちあがった。御者が駆け寄ってきた。「このあたりを徹底的に捜すぞ。目の届くところはすべてくまなく調べてくれ。レディ……いや、ミセス・カーンがどこかにいるはずだ」

　ふたりはすぐに捜索に取りかかった。一時間ほどかけ、草むらのなかから岩の裂け目や茨《いばら》の茂みまで、あらゆる場所を捜した。必ず見つかるはずだと信じていた。だが、エマの姿はどこにも見あたらなかった。焼け跡のすぐそばにぼんやりと立ちながら、ハートは初めて別の可能性について考えてみた。風に流されてきた煙と熱が目に染みて涙が出た。

　家はすっかり焼け落ち、真っ黒に焼け焦げた木材や炭の塊に灰が積もっていた。エマはあのなかなのだろう。あれほど生き生きと輝いていた体も、今はほかの瓦礫《がれき》と区別がつかないほど焼かれているに違いない。

「ご指示どおり、ミセス・スマイスは公爵の馬車のなかに寝かせておきました」鼻にかかった物憂げな声にハートはいらだった。エマは逝ってしまったのに、なぜこの医者は生きて、しゃべっているんだ？

「もうこれ以上、処置できることはありません。彼女はしばらくすれば目を覚ますでしょう。もう失礼してもよろしいでしょうか。患者が待っていますし、分娩《ぶんべん》の近い妊婦が――」

「行け」

時間が流れた。太陽が傾き、ぎらつく西日が目を差す。ハートは焼け跡のなかで永眠しているであろうエマにつき添っていた。そして焼け落ちた家をにらみながら、ふと思いだした。なんの脈絡もなく、突然、記憶が戻ったのだ。ずっとなにかが心に引っかかっていた……。だが、エマの言葉でそれがなにかわかった。

〝暗い廊下で会ったことがあるもの〟

少なくともあの言葉は本当だったのだ。わたしはエマに会っている。そのときのエマの姿も思いだした。妹より少し年若い少女で、わたしを見るとびくっとしてすくみあがり、忍び足で暗がりに戻ろうとした。少女がいるべきではないような場所へ。目は恐怖に見開かれ、背中に二本の三つ編みを垂らしていた。

そうだ、思いだした、少女はこう言ったのだ。〝誰かがわたしの部屋に入ってきたの〟まるで友達に秘密を打ち明けているようなささやき声だった。だが、わたしは彼女を助けてやれなかった。自信過剰で横柄な青二才だったわたしは、エマの父親に辛辣な口調で二言三言忠告し、もし少女の身になにかあったら、そのときは覚悟しろと脅した。そして……。

そのまま屋敷を立ち去り、少女のことはきれいさっぱり忘れた。

風に吹かれ、一瞬、煙のなかからゆらりと炎が立ちのぼり、そのまま空へ消えていった。

〝会ったことがあるもの〟

少女の目には、あのときのわたしがさぞや頼もしく見えたことだろう。それは間違いない。

そうなると、エマのほかの言い分もそのとおりだったのかもしれない。おそらく、彼女はやがてわたしを憎むようになり、わたしのことを父親と同類だと思うようになったのだ。

充分な時間さえあれば、彼女の気持ちを変えることもできたものを。

もう二度と一緒に過ごすことはかなわないのだと悟り、ハートはがっくりと膝をついた。ズボンの薄い生地に冷たい湿り気が染みてきた。この草の下には土があるのだ。やがて、わたしと彼女を永遠に隔てることになる土が。

エマは強い女性だった。わたしにも、そして自分自身にも挑んでいた。無謀とも呼べるほど大胆だったし、道徳観念があるかどうかは怪しいものだったが、それでも自分の人生を切り開き、心が麻痺したひとりの公爵を大いに楽しませた。

そしてわたしはといえば、感情を取り戻した心を抱えたまま、こうしてぽつんと取り残されている。この心を楽しませてくれるはずのエマは、もうこの世にはいない。

また残骸《ざんがい》のなかから炎があがり、ゆらゆらと揺らめいたあと、空高くへと消えていった。あの炎はなんと美しく、そして自由なのだろう。焼け跡のにおいに胸がふさがれ、ハートは息ができなくなった。

何度も呼吸をしようとしたが、つまった喉を空気が通っていかない。ハートは焼け跡から顔をそむけ、空気を求めてあえぎ、深く息を吸いこんだのと引きかえに大粒の涙をこぼした。

ハートは泣き方を知らなかったし、泣くことが怖くもあった。白煙の立ちのぼる空を見つめながら、ただ嗚咽《おえつ》がもれるに任せ、涙がとまるのを待った。

「旦那さま」

　ハートはうつむいた。

「ミセス・スマイスが意識を取り戻しかけています」

　そうだ、ベスがいた。彼女のことをなんとかしてやらなければ……。ハートはよろよろと立ちあがった。御者が近づいてこないことがありがたかった。

　庭を半分ほど横切ったとき、ベスの咳が聞こえた。「水は飲ませたのか?」

「はい」

　ベスに伝えなければいけないと思いながら、ハートはその場に立ちどまり、後ろを振りかえった。そして焼け跡をしっかりと記憶にとどめ、馬車のほうへ向き直った。

「では出発しよう。彼女にはゆっくり休める場所と看病が必要だ」

「部屋はわたしのほうで手配いたします」御者が答えた。

　馬車の座席には何枚かの毛布で一時しのぎのベッドが作られ、ベスが寝かされていた。ハートは反対側の座席に腰をおろした。「ベス、わたしの声が聞こえるかい?」

　そっと手を包みこむと、ベスは弱々しく握りかえしてきた。

「なにがあったのか覚えているか?」

「火事です」ベスはかすれた声でそう言うと、こほこほと咳をした。閉じたまぶたの片端から涙がにじんでいる。

「そうだ、火災があったんだよ。きみは火傷《やけど》をしたわけじゃない。ただ、煙にやられただけだ。これから宿屋に連れていくから、そこでゆっくり休むといい」

　ベスは手を握る力を強め、痰《たん》を切ろうとしたが、そのせいでまた咳きこんだ。

「残念だが……」こんなつらい務めは早くすませてしまいたい。「残念だが、エマは……」

　ベスはまぶたを開け、目におびえた表情を浮かべた。

「エマは逃げられなかったようだ」

　唇が〝いいえ〟と動いたが、声は出なかった。

　信じたくないのだろう。ハートは自分も〝いや、やっぱりそんなはずはない〟と言いそうになる衝動を抑えこんだ。罪作りな期待を抱かせるのはかわいそうだ。今は真実を伝えるしかない。「あたりは全部、捜したんだよ」こみあげる感情に声が途切れそうになり、ハートは唾をのみこんだ。「だが、どこにもいなかった。焼け跡に埋もれているのだと思う」

　ベスはハートの手に爪を食いこませ、目に激しい動揺の色を浮かべた。首を振り、起きあがろうとしている。

「落ち着きなさい。無理をしてはいけない」ハートは前かがみになり、ベスの肩を押さえようとした。するとベスが手首をつかんできた。

「聞いて……」ベスがかすれ声で言った。「聞いてください」

「もちろんだ」馬車が柔らかい地面から硬い道へ入り、速度が増した。

「奥さまは……」苦しそうな声が車輪の音にかき消された。ハートはベスの口元に耳を近づけた。「家のなかにはいらっしゃいません。男の人が……」

「なんだって？」

ベスがまた呟きこんだ。ハートは悪い予感に包まれ、ベスの肩をつかみそうになるのをこらえた。「どういうことだ？」

「男の人が……」ベスは苦しそうに顔を真っ赤にしながらそこまで言うと、ハートの手首を放し、言葉を押しだそうとでもするように喉元に手をあてた。「奥さまを連れていったんです」

ハートは心臓がとまりそうになった。にわかには信じられない。「見たのか？」

「ええ。男の人が奥さまを……引きずっていきました」

「知っている男か？」

「いいえ。でも、名前を呼んでいらっしゃるのが聞こえました。たしか……ブロムリーと」

心臓が激しく打ちはじめ、ハートはこぶしで馬車の天井をたたいた。今すぐにでもふたりの追跡を始めたいところだが、馬車で追ったのではらちが明かない。丸一日、出遅れてしまった。おそらく、すでに何キロも距離を空けられてしまっているだろう。

ハートは乱暴にドアを開けた。「とまれ！」馬車から身を乗りだして立ちあがった。「ラーク！　大急ぎでウィッツビーへ戻ってくれ。彼女は生きている。マシュー・ブロムリーという男に誘拐された。日が暮れる前にウィッツビーへ戻り、誰か目撃した者がいないかきいてまわる」

「かしこまりました」

「それから、とにかく足の速い馬を見つけてきてくれ。彼女を捜しに行く」

「任せてください！」ハートがドアを閉めるのも待たずに、御者は馬を急《せ》きたてた。ハートは倒れこむように座席に座りこんだ。激しい怒りがこみあげている。

彼女は死んではいなかった。生きている。それがわかったからには、なんとしてもエマを見つけだし、あのげす野郎に彼女の名前を一度でも口にしたことさえ後悔させてみせる。

「奥さまをお助けください」ベスが弱々しく言った。ハートははっとした。ベスがそこにいることすら忘れていたのだ。

「もちろんだ」

ベスはすすり泣きをもらしはじめた。「奥さまは公爵さまにひどいことをされました。それはよくわかっております。でも、悪い方ではないのです。どうかお助けくださいませ」

どこかにこぶしを打ちつけたい衝動をこらえながら、ハートはまたベスの手をそっと握った。「必ず彼女を見つけだして助けると約束するよ」

「どうか神のご加護がありますように」

ハートは無理にほほえんでみせた。わたしに必要なのは神のご加護ではなく、悪魔の呪いかもしれない。これから人をひとり殺そうとしているのだから。

「こんな場所にいたら、寒くて凍えてしまうわ」エマは嚙みつくようにそう言い、四苦八苦しながら毛布を体に巻きつけた。ネグリジェが湿っているため体は冷えきり、手首と足首にきつく巻かれたロープのせいで肌がひりひりしている。

寒さで鼻が赤くなっていたブロムリーは、エマの言葉を聞き、顔をさらに真っ赤にして目を血走らせた。「きみが悪いんだ。そのうるさい口を閉じろ」

「あなたは人殺しよ」頬を平手で打たれ、エマはかえって闘志がわいてきた。あまりの寒さに体も心も麻痺しかけていた。ときどきは憎しみを思いださないと、湿った土の冷たさに負けてしまいそうだ。

「慎み深い女性は口の利き方に気をつけるものだ」ブロムリーは歯を食いしばった。

「悪魔を前にしているというのに？」

「きみがぼくを裁くな。そんなことができるのは、いと高きお方だけだ」

「あら、そう？　じゃあ、わたしの大おじを殺したことを、あなたはどうやって神さまに言い訳するつもり？」

ブロムリーの顔から怒りが消え、力ない後悔の色が浮かんだ。「言ったはずだよ、あれは事故だったんだ。きみの大おじ上を殺すつもりなんかなかった」

「違うわ。自分勝手な理由で殺害したのよ」

「ごめんよ、エミリー」

「その名前を呼ばないで！　わたしはエマよ。家に帰してちょうだい」

「きみの家はぼくのいるところだ」

「わたしのたったひとりの身内をあやめたくせに！　ベスだって死なせていたかもしれない

のよ。わたしがそんな男性の妻になると本気で考えているの？　あなたって、思っていたよりずっと異常だわ」

「そのうちにきみもわかってくれるはずだ」

「そのうちにあなたの寝首をかいてやるわ」エマは縛られた脚をブロムリーに打ちつけ、代わりにこっぴどく腰を蹴られた。「ロープをほどいて！」

ブロムリーはエマに覆いかぶさり、両肩をつかんで地面に押しつけた。

「ロープをほどいたら、その脚のあいだに入るはめになる。またそうやってぼくを罪に引きずりこむつもりか？」

「ブロムリー」エマはすすり泣きはじめた。誘拐されて以来、初めてブロムリーのことが本気で怖いと感じたからだ。唇が押しつけられた。「どうしてこんなふうにわたしのことを傷つけるの？」

「きみがぼくを傷つけているからだ。もう何年も前からね。愛しているよ、エミリー。こんなにひどいことをされても、きみがどれほど罪深い女性かを見せつけられても、それでもぼくは結婚するつもりだ」ブロムリーはエマの上で体を動かしはじめ、うっとりと目を閉じた。

「そうすれば……やっとぼくの魂は救われる。きみの魂を……救うことによって」エマの肩をつかむ手に力をこめ、リズミカルに体を動かしつづけている。エマは声を殺して泣いた。

「お願い、やめて」

「それに、もしロープをほどいたら、ぼくはきみの手足に残った赤い筋を優しくなでたくなる。そのあとは……。きみはふしだらな女性だ。これまでに何人もの男たちに、そうやって体を触らせてきたんだろう。ああ……神さま、もうこれ以上、彼女に罪を犯させるわけにはいきません。ぼくが結婚してやらなくては……ああ……エミリー」

ブロムリーは激しく体を震わせた。二度とロープのことは口にするまいとエマは心に誓った。ロープをはずそうとして、すでに指の皮がむけている。これ以上、痛い思いをさせられるのはいやだ。

「エミリー」ブロムリーが絞りだすような声でエマの名前を呼び、息をあえがせながら上体を起こした。そして、馬乗りでエマの体を押さえつけたまま、顔を殴った。「どうしてきみはそんなに悪い女なんだ？　イヴよりも邪悪じゃないか。でも、ぼくが救ってあげる。結婚さえすればぼくの魂は清らかになるんだ。そうしたら、きみを神のもとへ導くこともできるようになる」

エマは顔をそむけ、目の前で揺れている雑草をぼんやりと眺めた。小さなたき火の明かりは草の葉までしか届かず、その向こうには真っ暗な闇が広がるばかりだ。あと何日持つだろう。スコットランドに着くのはまだまだ先だ。わたしがうまく足手まといになれば、きっと一週間以上はかかるはずだ。だが、そのあいだに、きっとブロムリーは本当にわたしの体を奪いたくなるだろう。いや、その前に、彼をそそのかした罪だといって死ぬほど殴られるかもしれない。

ベスは一命を取りとめた。だが、彼女にわたしを助けるすべはない。誰も頼る相手がいないからだ。わたしはありとあらゆる人間関係を断ち切ってきた。ハートでさえも……。ハートはもう、わたしにすっかりいやけが差していることだろう。

彼を引きとめておけばよかった。本当はそうしたかったのだから。あの悩ましい目に流されてしまえばよかった。でも、これ以上、彼を愛しつづけることはできないと思った。いずれ自分が傷つくことになるのはわかっていたから。いつなんどき胸が裂けるほどの悲しみを味わうはめになるかとおびえながら生きていくのは、とても耐えられない。

それに比べれば、今の状況のほうがずっとましだ。これなら理解できる。ブロムリーはわたしの体を求めているがゆえに誘拐した。わたしは彼が怖いし、顔が腫《は》れあがるほど殴られているけれど、それでも次にどんなことが起こるのかは想像できる。わたしが小さいころからずっと見てきた、情欲と憎悪の世界が繰り広げられることになるのだ。どうしてわたしはあの世界から逃げられると思ってしまったのだろう。

それでも絶対に屈服だけはしたくない。エマは暗闇に向かってささやいた。

「絶対にあなたを裁きにかけてみせるわ」

ブロムリーはエマの手をそっと握り、手首のロープが緩んでいないかどうか確かめた。「いや、きみはぼくを愛するようになるんだよ、エミリー。さあ、もう眠りなさい」エマの腰から胸へと手をはわせ、片方の膨らみを包みこむと、深いため息をこぼした。「ぼくがあたためてあげるから」

エマのなかで絶望が激しい怒りに変わった。どんなことがあっても、絶対に最後まで抵抗してみせる。「手を放しなさい、ブロムリー。結婚もしていないのにわたしの体に触ったりしたら、神さまを冒瀆することになるわよ」

ブロムリーはさっと手を引き、エマを押しやった。エマは心のなかで誓った。もし今夜、逃げだせなかったとしても、明日も明後日も、あきらめずに逃亡をはかってみせる。もし、彼がまたわたしを町に連れていくようなことがあれば、今日、通り過ぎた村でそうしたように、わたしは大騒ぎをしてみせる。なんとしても彼から逃げるのだ。

ブロムリーは勝手に自分の汚れた魂を救っていればいい。わたしは自分のことで精いっぱいで、彼につきあっている暇はないのだ。

23

ハートは一時間ほど前から寒さで震えていた。初めのうちはなんとかこらえようと努力したが、すぐにあきらめた。震えることで少しでも体があたたかくなるのなら、今はそれも大歓迎だ。真夜中を過ぎたころから深い霧が出てきた。そのせいですべてのものが湿気を帯び、ハートの道中がさらに危険になった。馬は足が速くて健脚だったが、そんながっしりした去勢馬でも、霧の立ちこめた道では神経質になった。道は崖から一〇メートルは離れているが、ときおり、馬の足元からほんの数十センチのところまで崖が迫ってきているのではないかと思うほど、真下から波音が聞こえることがあった。

霧はすべてを包みこみ、奇妙な音を運んだ。ハートは一度、女性の叫び声を聞いたような気がし、内陸のほうまで調べに行った。だが、なにも見つからなかった。おそらく鷗か烏《からす》の鳴き声だったのだろう。なにかがきしむような音が聞こえたり、ちらりと光るものが見えたりしたが、それがなんなのかはわからなかった。海側である東の方向だったことから考えるに、おそらく通りすがりの船だろう。

そんな状況なので、ハートは今夜の捜索をあきらめ、今はとぼとぼと馬を進めていた。日がのぼってこの霧が晴れないことには、なにもできない。

ブロムリーは北へ逃げたと思われた。昨晩、ウィッツビーを出たときは、捕まえるのは時間の問題のような気がしたのだ。昨日、ハートと御者はウィッツビーの町を調べた。そして、三日前にブロムリーが部屋を借りたことを突きとめた。だが、それ以来、町でブロムリーの姿はいっさい目撃されていない。そこでハートは馬を駆ってエマの自宅がある北の方角へ向かい、さらにその先へ追跡を進めた。だが……こうして寒空の下で成果のあがらないまま何時間も馬に揺られていると、ブロムリーは別の方角へ逃げたのではないかと思えてきた。船に乗ったかもしれないし、内陸の森へ入ったかもしれない。だが、マシュー・ブロムリーに会ったときの印象では、彼が野宿をするようには見えなかった。ふたりは風にでものって消えてしまったのだろうか。

前方から牛の鳴き声が聞こえ、それに応える女性の声もしたような気がした。ハートは丸めていた背中をのばし、なにか見えないかと目を凝らした。しらじらと夜が明けはじめている。追跡のことを考えると、どうか今日も一日晴天であってほしいとハートは祈った。

犬が吠《ほ》えた。朝日がのぼったのだろう。明るさが増し、幽霊のようにぼんやりと人影が見えた。

「マダム？」

太った女性がはっとしてあとずさった。「ああ、驚いた！」

「驚かせてすみません。ランズウィック・ベイはもう近いのでしょうか？」

「ここがそうですよ」ハートが周囲を見まわしたのを見て、女性もつられたようにあたりに目をやった。「というか、まあ、その端っこぐらいですけどね。どうせ村のなかに入ったって、たいして変わりはありませんよ。村の北側に宿屋が一軒ありますけどね。気をつけないとぼったくられますよ」

「ご忠告どうも」ハートは馬を進めた。前方から、船に打ちつける波音と、遠くから漁師の怒鳴り声が聞こえている。数歩行ったところで、ハートは馬をとめた。「今朝はほかに旅行者を見かけませんでしたか？」

「いいえ。まだ朝が早いですもの」

「そうですね」

「でも、昨晩なら奇妙なふたり連れを見ましたよ」

ハートは馬を引きかえした。「どんなふたりでした？」

「夫婦ですよ。手に負えない妻だと旦那のほうが言ってましてね。どうやら奥さんは家出したらしいんですけど、うちへ戻りたくないのか、馬に乗せられるとき、そりゃあもう大暴れしたんですから」

「茶色っぽい髪の若い女性でしたか？」

「さあ、どうでしょう。マントを着ていたもので、あんまりよく見えなくて。でも、たしかに旦那のほうはまだ若かったですよ。ブロンドで、頬にひっかき傷がありましたっけ」

ハートの鼓動が速くなった。「時間はいつごろ？」

「夕食の前くらいでしょうかね。まだ暗くはなっていませんでしたから」

ハートは馬の腹を蹴り、村のなかを走り抜けた。霧が少し晴れ、のそのそと動きまわる牛を避けられる程度の視界は利いた。

数分後、ハートはまだいびきをかいていた宿屋の亭主を揺り起こした。亭主は汗くさく、ビールのにおいをぷんぷんさせていたが、金貨を見るとしゃきっと目を覚ました。

「ああ、そのふたりなら来やしたよ。旦那のほうがうちのドアをたたいたんですが、女房がわめきだしたんで、泊まるのをやめちまいました」

ハートは鳥肌が立った。「わめいていたのか？」

「死人も目覚めちまうかってなほどの大声でしたぜ。この人は人殺しの誘拐犯だとか言って叫んでましてね。亭主のほうは女房を黙らせることができなかったんで、とにかく村から出ていきやした」

「きさまは黙ってふたりを行かせたのか？」

「そりゃあ、だって、亭主が女房をしつけようってんなら、あっしが口を出すことじゃありやせんからね」

「彼女は助けを求めて叫んでいたんだぞ。その男は夫などではない。女性を誘拐したのは間違いないし、おそらく殺人も犯している。きさまのせいで彼女は死ぬはめになるかもしれないんだ」

宿屋の亭主は鼻を鳴らした。「そいつが人殺しだってんなら、なおさら、あっしにどうしろってんです？　こっちの身を危なくしてまで助けろってんですか？」

「そのとおりだ」ハートは怒りをこめて言った。「その役に立たない体を張って女性を守るべきだったんだ」さっさと外へ出て、馬にまたがったとき、亭主がシャツの裾をひらひらさせながら宿屋から飛びだしてきた。

「旦那、金貨は？」

顔に唾をかけてやりたい衝動に駆られたが、公爵がすべきことではないと思い直した。敷地の北側にある広いぬかるみに向けて、ハートは金貨を投げた。

「勝手に拾え。その金を使ってしばらく村から出たほうがいいぞ。もし彼女の身になにかあったら、わたしは必ずここへ戻ってきて、助けを求めても無視される気持ちを、きさまにたっぷりと味わわせてやる」

ハートは道へ向けて馬を駆けさせた。背後では、宿屋の亭主が必死に言い訳の言葉を叫んでいた。

ふたりは近くにいるとハートは確信した。ひしひしと肌で感じることもできた。彼らがこの村を出たのは昨日の夕刻だ。この村で宿を取るつもりだったところを見ると、ひと晩中、移動を続ける気はなかったはずだ。次の町は目と鼻の先だ。ふたりはそこに泊まっているか、それまでのどこかで野宿をしている可能性が高い。この時刻だと、まだ目覚めて間がないだろう。ここからそれほど遠くへ行っているとは思えない。

揺れる馬上でハートの筋肉がこわばった。恐怖と希望が胸のなかで渦巻いている。

どうか無事でいてほしい。それだけがハートの願いだった。ブロムリーが殺害目的でエマを誘拐したのではないと思いたい。

もし殺されているとしたら、エマはどんな苦しみを味わっただろうかという想像がちらりと脳裏をかすめたが、ハートはののしりの言葉を吐き、その考えをわきに押しやった。

「エマは生きている」自分に言い聞かせるようにつぶやいた。「おびえてはいるかもしれないが、きっと無事でいる」恐怖をのみこもうとしたが、うまくいかず、それはいつまでも喉の奥に絡みついていた。

気がついたときには、ハートはふたりに接近していた。崖から一、二メートルのところに、ささやかな野宿の痕跡が残されていた。毛布が数枚と、すでに冷たくなっているたき火の跡だ。人影はなかった。ハートは馬上で腰を浮かし、周囲に目を走らせた。遠くでなにかが動いた。

崖の端に白く揺らめくものと、それをつかんでいる黒い姿が見えた。最初は形と色しか見えなかったが、やがてそれがエマとブロムリーだとわかった。

ハートは近づいた。ブロムリーは片手をエマの首にかけたまま、もう一方の手でハートを制した。エマはひどく青ざめていた。顔の左側にあざができている。ブロムリーはエマのこめかみに顎を押しあてていた。

ハートは銃を取りだした。

「なぜ、おまえがここにいるんだ」ブロムリーが叫び、エマを自分のほうへ引き寄せた。ハートはエマの足元に目をやった。はだしであるうえに足首を縛られている。ブロムリーはブーツを履いているが、立っている場所から崖の端まで一〇センチほどしかない。ふたりが動くたび、もろくなっている岩肌がぼろぼろと崩れ落ちた。

ハートは鞍《くら》からおり、ふたりのほうへ近づいた。

「彼女を放せ！　正気か？　それ以上後ろにさがったら落ちて死ぬぞ」

ブロムリーはちらりと背後に目をやり、動揺した様子も見せずにこちらへ向き直った。

「なんでここに来た？」

ハートはエマのおびえた目を見た。「エマを取り戻すためだ」

「おまえにそんなことをする権利はないぞ」ブロムリーはエマの首にかけた腕をきつく締めた。エマは縛られた両手で抵抗した。

「もちろんあるさ。わたしは彼女に結婚を申しこんだ」

「ハート」エマはやめてというように首を振った。

「だめだ」ブロムリーが叫んだ。「エミリーはぼくのものだ。ぼくのために存在しているんだ」

いざとなれば飛びかかれる位置まで近づこうと、ハートはじりじりと距離を狭めた。

「彼女はきみなんかいらないとさ」

「なんにも知らないくせに。ぼくは彼女を愛している。ぼくらは結婚するんだ。エミリーもうんと言ってくれたぞ。体を触らせながらね」

鼓動が速くなったが、ハートは気にしないように努め、相手をなだめるように片手をあげた。「考えてもみろ。彼女を幸せにできると思っているのか？　デンモア卿の邸宅に放火したのはきみだろう？」

ブロムリーの目に動揺の色が浮かんだ。

ハートはうなずいた。

「きみは殺人罪で牢獄に入ることになる。結婚などできるわけがないだろう」

「違う！　あれは事故だったんだ！　もう牢獄なんかいやだ！」

「ブロムリー」

「さがれ！」ブロムリーの片足が岩の向こう側へ滑った。エマは体をこわばらせた。

ハートはエマをつかもうと駆けだした。エマはなすすべもなくブロムリーに引きずられ、助けを求めるように縛られた両手を差しだした。

「ハート、ごめんなさい」

つぶやくような声が聞こえたあと、エマの体が崖の向こうに落ちた。

ハートは拳銃《けんじゅう》を落として飛びだしたが、むなしく宙をつかんだだけだった。そのまま倒れこみ、岩肌に体を打ちつけた。エマ……。

だが、エマは崖底まで落ちてはいなかった。崖の向こうにまだ顔と肩が見えている。ハートはその目をじっと見つめた。エマはまだ無事だ……。

ハートはさっと立ちあがり、潮風に石を蹴りあげ、崖の淵へ寄った。

「ぼくたちにかまうな！」ブロムリーが叫んだ。ふたりは狭い岩棚の上にいた。ブロムリーはエマの腰に腕をまわし、傾斜のきつい岩棚から下に進もうとしている。「ぼくたちにかまうな！」

「エマを放せ。寒そうに見えるし、怪我をしているじゃないか。どこか安全なところへ連れていこう」

「結婚してぼくのそばにいれば安全さ。少なくとも、それで彼女の魂は神の手にゆだねられる」

「スコットランドへ行ったところで、エマが拒否している限り結婚はできないぞ」

「そのころにはエミリーも納得しているさ」

怒りがこみあげ、ハートは岩棚に飛びおりた。エマははっとした顔を見せたかと思うと、乱暴に引っ張られ、後ろによろめいた。

「頼む！　彼女に危害を加えるな。こんな傾斜の急なところを連れていくのは無理だ。手を放すんだ。きみを追いかけたりはしないと約束するから」

「彼女を愛しているんだ！」ブロムリーは叫ぶと、エマを引きずりながら岩壁の向こう側へまわりこんだ。「おまえなんか、どこかへ行ってしまえ。エミリーはぼくのものだ！」エマは必死に抵抗している。

エマの体が岩壁の向こうに引きずりこまれそうになるのを見ながら、ハートは落ち着けと自分に言い聞かせた。近づきすぎれば事態を悪化させ、エマの身をさらなる危険にさらすことになる。ハートは飛びかかりたい気持ちを抑え、じりじりと接近した。怒鳴りたい衝動を抑え、息を凝らした。

　エマはハートをじっと見ていた。その目から大粒の涙がこぼれ、唇が「ごめんなさい」と動いた。ハートが首を振ったとき、エマの体が岩壁の向こう側に消えた。

　ハートは黙ったまま、足早に進んだ。足が滑って片膝をつくと、背中を痛みが突き抜けた。ハートはてのひらに爪を食いこませ、よろよろと立ちあがりながら、自分に言い聞かせた。焦るな、焦るな、焦るな。

「あいつにあっちへ行けと言え」ブロムリーは涙声になっていた。「あいつはおまえを汚した。ぼくが知らないとでも思っているのか？　それでもぼくはきみと結婚するつもりでいる。なのに、どうしてぼくのことを見てくれないんだ？」

「見ているわ、ブロムリー」エマの声は震えていた。ハートは胸が痛んだ。「あなたを見ているから」

「こんなにきみを愛しているのに」

　ハートは岩壁の端にたどりつき、そっと顔を出した。その先の岩棚は行きどまりになっている。ブロムリーは岩の裂け目にエマの体を押しつけ、片手を肩に置き、もう一方の手で自分の腿のあたりを探っていた。

　ハートのことなど忘れているように、こちらに背中を向けている。いや、本当に忘れているのかもしれないとハートは思った。ブロムリーは頭がおかしくなっている。決して自分のものにはならない女性に執念を燃やしているのだ。

エマから目を離さないようにしながら、ハートは慎重に膝をつき、なかば土に埋まっていた大きめの石を持ちあげると、その重みを確かめた。たとえ拳銃を取りに戻ったとしても、ここでそれを使うことはできない。ブロムリーのすぐ後ろにエマがいるからだ。だが、このまま忍び寄り、石でブロムリーを殴ってエマを引き寄せれば、助けることができるかもしれない。

「どうしてぼくを愛してくれないんだ？」

エマは泣きながら首を振った。「あなたのことは大好きだったわ。大切な友人だったの。お父さまはあなたのことを心から愛しているし、あなたのことを頼りにしていらっしゃる。お願い、こんなことはしないで。あなたがいなくなったら、お父さまはきっと途方に暮れるわ」

ブロムリーはいらだたしそうに片手をあげた。日光を反射してきらりと光るものが見え、ハートは凍りついた。ナイフだ。しかも、これまでお目にかかったことがないほど長くて鋭い。「きみはぼくのものだ。それが運命なんだよ」

ハートは石を振りあげ、そっと近づいた。だが、かすかな足音に気づいたのか、ブロムリーがさっと振りかえった。「あっちへ行け！」エマから手を離し、こちらへ向けて大きくナイフを振りまわす。ハートの顔のそばで、風を切る音がした。

後ろに飛びのいたとき、不吉な音がした。低い地鳴りとともに足元の岩棚が揺れ、ときおりぴしっと岩の割れる音が響いている。

エマが叫び声をあげ、手近な岩をつかんだ。足元の岩棚が崩れはじめ、小石が雨のように崖下へ落ちている。

ハートは叫んだ。「動くな！」だが、ブロムリーはふたたびエマに近づき、岩の裂け目から突きだしている古い木の根をつかむと、ぐらつく岩棚の上でよろめきながら彼女にナイフを向けた。

ハートは懇願した。「頼む、お願いだ、彼女を傷つけるな」ナイフが動いた。ハートにはなすすべがなかった。「エマ！」

ナイフはエマの腹に突き刺さったように見えた。エマが叫び声をあげ、両手をあげる。ハートの心臓がとまった。

「行け」ブロムリーが鋭い声で言った。「早く行け」

エマとハートは同時に腹を見た。血は流れておらず、エマの両手が自由になっていた。ふたりは唖然とした表情で、エマの足元に落ちたロープに目をやった。

ハートのほうが先にわれに返った。「エマ、急げ。足元が危ないぞ。壁にしがみつきながら、こっちへ来るんだ」

エマはうなずき、震える手で、ブロムリーの肩の近くにある岩の突起をつかんだ。そろそろと進みはじめたとき、足元の岩が落下し、エマはすすり泣いた。岩棚はいつ崩れ落ちてもおかしくない状態だった。

「急ぐんだ」ブロムリーが片手で木の根をつかんだまま、もう一方の手でエマの体を抱き、自分のわきを通した。枯れた木の根がねじれ、ふたりの上にぱらぱらと小石が降った。

エマがブロムリーのそばを通り過ぎたとき、ふたりの足元の岩が二〇センチばかり沈みこんだ。エマは転び、まだ崩れていない岩棚のほうへはって進んだ。ハートは膝をつき、その痛みに顔をしかめながら、エマの手をつかもうと前進した。エマの体がずるりと後ろへさがった。また地響きが聞こえ、三人はすくみあがった。

エマは体を支えようと、両腕を大きく開いて地面についた。

「こっちへ手をのばせ」ハートが怒鳴ったが、エマは首を振った。

「無理よ」

ハートとエマは互いの目を見ていた。ふたりを隔てる一メートルほどの岩棚に次々と亀裂《きれつ》が入っていく。ハートは視線を離し、ブロムリーの顔を見た。異常な執念の色はうせ、今はただ深い悲しみだけが浮かんでいる。

ブロムリーはハートの視線を受けとめた。こちらの気持ちが伝わったらしい。ゆっくりと木の根から手を離すと、崩れつつある岩棚に膝をつき、エマの足首を縛っていたロープをナイフで切った。エマは自由になった脚ではい進みはじめた。

ブロムリーがうなずいた。「エミリー、愛している。ぼくが愛した女性はきみだけだ」ハートは腕をのばし、エマの手をつかんだ。ブロムリーが下からエマを押しあげた。ハートがエマの体を引きずりあげた瞬間に、ブロムリーの足元の岩棚が崩れ落ちた。

ブロムリーは静かな悲哀の情をたたえたまま、ハートの視界から消えた。一瞬の静寂のあと、崖下から鈍い音が響いた。

エマは震えながらハートにしがみついていた。ハートはブロムリーに対して哀れみを覚えることができなかったが、エマには少し違う思いがあるようだ。まだすすり泣きながら、ハートから離れ、落下した岩棚のほうへはっていった。

「エマ、下を見るんじゃない。危ないぞ」

「でも、彼が……」引きとめようとするハートの手を払いのけ、岩の淵から下をのぞいた。遺体が見えたのだろう。体をこわばらせ、真っ青な顔をしている。事実を確認するために、ハートも崖下を見た。ブロムリーが死んでいるのは間違いない。ハートが引き寄せると、エマはもう抵抗することなく膝の上に倒れこんだ。

「早く上にあがろう。警察を呼ばなくては」

エマの目から恐怖の色は消えていたが、それとともにほかの感情もすべて失われていた。死人のように虚ろな表情で、ただぼんやりと前を見つめている。ハートは不安を覚えながら立ちあがり、エマを連れて岩棚をのぼった。崖の上に体を押しあげると、エマはそのまま地面に座りこんだ。そんなエマを見ているのがハートにはつらかった。それはもうハートが知っているエマではなかった。心がどこか遠くへ行ってしまっている。どうか正気に戻ってくれますようにと、ハートは神に祈ることしかできなかった。

ハートはブロムリーの年老いた牝馬の手綱を取り、エマの肩に毛布をかけて立ちあがらせた。そして自分が乗ってきた馬にふたりでまたがった。

「北へ行くとステイスという町がある。昨日、きみが通った村より遠いが、ずっと大きい町だから、そちらへ向かおう」

エマは返事をしなかった。ハートはエマの体を抱き寄せ、馬を駆けさせた。

24

「きみをひとりにしておきたくなかったんだ」ハートは説明した。ひとつしか部屋を取らなかったことをわたしが気にしているとでも思ったのだろう。彼が部屋にいようがいまいが、そんなことはどうでもいい。裸でベッドにもぐりこんでいることを知られてもかまいやしない。わたしにはもう着る物も、持ち物も、そして家もない。

「食事を食べなかったんだね」

「お風呂に入っていたの」エマはつぶやき、ハートに背を向けた。

「なにか食べるものをもらってこようか？」

「いらないわ」

「おなかがすいているだろうし、喉も渇いているはずだ。お願いだからなにか食べてくれ」

考えが甘かった。やっぱり、彼がいるのは気になる。どこかへ行ってくれればいいのに。どうしてそんなにわたしにまつわりつき、優しく気遣ってくれるの？　彼からそんなふうにされるのはいやなのに。

「じゃあ、せめてワインでもどうだ？」

エマは体を起こし、毛布の下から手をのばした。

「もっと早くにこれを勧めておけばよかったな」ハートはそう言いながら、エマの手にグラスを握らせた。そうよ、もっと早くにこれをくれればよかったのよ。わたしは賭事と同じくらいワインが好きなのだから。どっちも自分の感情と向きあうよりずっと楽だ。

エマは濃厚な赤い液体を飲みくだした。だが、相手の視線に気づき、グラスをおろした。ハートはわたしの手首を見ている。ブロムリーによってつけられた赤くて生々しい擦り傷を。

エマはグラスを置き、またベッドにもぐりこんで丸くなった。

「きみを置いて帰ってしまってすまなかった。ひとりにすべきじゃなかったのに」

「わたしがあなたを追いかえしたのよ」

「ああ、きみはわざとわたしを挑発し、傷つけようとした。それにのせられてしまうなんてばかだったよ」

エマは首を振った。「わざとじゃないわ。本心をしゃべっただけよ。作り話なんかじゃない。今でも同じことを思っているわ。あなたにはそばにいてほしくないの」

ハートがベッドに腰をおろし、マットレスが沈んだ。エマの背中に彼の腿の重みがかかる。その脚をどけてくれればいいのにとエマは思った。そんなふうに重みやぬくもりを感じたら、もっと欲しいと思ってしまう。エマはさらに体を丸くした。

「あの夜、なにを思ってわたしの屋敷を訪ねてきたんだ？」

「どの夜のことかしら」

ハートは大きなため息をつき、エマの髪をなでた。

「わたしの屋敷に来たのは一度しかないだろう?」

エマは毛布のなかへ顔をうずめた。

「話したくないわ。お願いだから、しゃべりかけないで」

「いやだね。あの夜、なぜきみがわたしのもとに来たのか、どうしても知りたいんだ。もし、きみが本当にわたしと父上を同類だと思っているのなら、それが理由でわたしを嫌っているのなら、きみはあんなことはしなかったはずだ。いったい、なぜなんだ?」

エマはぱちっと目を開け、クリーム色のシーツをじっと見つめた。彼がどんな表情をしているのかは手に取るようにわかる。きれいな顔に憂いを浮かべ、心配そうにわたしを見ているのだろう。今日のハートに公爵然としたところはまったくない。二日分の無精ひげがのび、疲れきった目をし、いつもよりずっと人間らしく見える。

エマは唾をのみこんだ。「どうしてそんなことを知りたがるの?」

ハートは親指でエマのこめかみをなで、髪をなぞった。「あの日、きみにはわたしを訪ねてこなければいけない理由などなにもなかったはずだ。それなのに、きみは来た。関係を持てば困ることが山ほどあったろうに、それでもわたしに抱かれた……」

エマの目に涙があふれ、シーツがにじんで見えた。

「あのとき、わたしはきみを愛しはじめていた。気づいていたかい?」

「いいえ」エマはつぶやいた。「そんなことに気づくわけがないわ。だって、ありえないことだもの。あなたは冬《ウインター》の心《ハート》と呼ばれるほどの人だし、わたしには……わたしにはなにもないのだから。

「だからこそ、どうしてもききたいんだ。あのとき、きみもわたしのことを思ってくれていたんじゃないのか?」

「いいえ」

「あんなに酔っていなければ、わたしはきみが生娘だということに気づいただろう。そうなれば、きみの壮大な計画は台なしになっていたかもしれない。それを押してまでわたしのところに来たのはなぜなんだ?」

「ねえ、お願いだから出ていってちょうだい。頭が痛いの。ここにいられると迷惑だわ」

ハートが体を動かした。出ていくのだろうかとエマが思ったとき、髪に唇が押しあてられた。「これで頭痛はましになったかい?」

「いいえ。あなたがここにいるうちはよくならない」

「きみはわたしのことを嫌ってなんかいない。憎んでもいない。それどころか、わたしと同じ気持ちでいるのかもしれない。愛しているよ、エマ。結婚したいと思っているし、子供も欲しいし、一緒に人生を歩みたいと望んでいる。エマ、わたしの妻に――」

「いやよ!」エマは毛布をきつく体に巻きつけると、ハートから離れて寝返りを打ち、こぶしを握りしめた。無性に怒りがわいてくる。「冗談じゃないわ。結婚なんかしないわよ。聞こえた? あなたなんか大嫌い。あなたも、そういうしゃべり方もよ。それに子供ですって？　子供なんてろくでもなくて、弱々しくて、それに……」

「また嘘をついているな。きみには幼い弟がいた。きっと心から愛していたはずだ。それなのに――」

「やめてよ！」嗚咽がこみあげた。「弟の話なんかしないで」大きく息をのみこんだが、こみあげる悲しみをとめることはできなかった。エマは激しくむせび泣き、差しのべられた手を払いのけた。「なにも知らないくせに！」

「だから聞きたいんだ」

「ええ、もちろん、心から愛していたわよ。それなのに逝ってしまった。わたしのまわりでは多くの人が亡くなったわ。母も、父も、大おじも、それにブロムリーも。全部わたしのせいなの。わたしが元凶なのよ」

「エマ」優しくなだめるような声だ。「きみが原因を作ったわけじゃないだろう」

「わかったようなことを言わないでちょうだい。母は、わたしを産んだことで体が弱くなった。ふたり目なんて妊娠しちゃいけなかったのよ。わたしとウィルで殺したようなものだわ。それに大おじは……わたしがブロムリーをかまったりしたから……。あの夜、彼の誘いなんか断るべきだった。それなのに、わたしは……。あのころのわたしは退屈していたの。彼と会うことが唯一の楽しみだった。愛してなんかいなかったけれど、そんなことはどうでもよかったわ。彼を追いつめていたのに、それがいけないことだとさえ思わなかった。わたしがそんなことをしていたから、彼は大おじを殺し、自分も死ぬはめになったのよ」

「ブロムリーはけだものだ。二度もきみの家に放火したんだよ」

「どっちもわたしのせいだわ。わたしの体に流れているいまわしい血が、彼を異常な状態へ追いこんでしまった。わたしは罪深くてひどい人間よ。父と同じだわ」

「きみはお父上とはまったく違う。感受性が強く、女性として健全な体を持っているだけだ」

「ウィルのことだってそうよ」エマは毛布やシーツをしっかりと体に巻きつけながら、ゆっくりと上半身を起こし、暖炉に目をやった。炎が生き物のように舞っている。あれに似た炎が、わたしの人生に死と苦痛をもたらしたのかもしれない。「あの日、父は酔って上機嫌だった。どうせひと晩中、お酒を飲みながら、女性と遊んでいたのよ。前の晩、賭事で馬車を手に入れたとかで、弟を乗せたがっていたわ」

エマは話を続けた。

「わたしはやめてと言ったの。本当よ。でもウィルは大喜びだった。普段、父親からかまわれたことなどなかったからでしょうね。行きたい、行きたいと駄々をこねたわ。父はわたしに黙れと言った。静かにしていないと鞭《むち》で打つぞとね。わたしはおびえた。昔、うちのなかで女性が鞭打たれているのを見たことがあったのよ。だからとても怖くなった。わたしは黙りこみ、父がウィルを馬車に乗せるのをじっと見ていたわ。父がかなり酒に酔っていることはわかっていたのに。一瞬、馬車が横転する場面が頭に浮かんだのに。それでもウィルを行かせてしまった」

「きみはまだ子供だった。しかも相手は父親だ」

エマは泣きはじめた。細い声が喉からもれ、涙でシーツが濡れた。ハートに抱き寄せられたが抵抗しなかった。自分の弱さが悔しいが、今は心の底から慰めが欲しかった。

「あの子はまだ小さかった……。事故のことを聞かされたとき、それが信じられなくて、乳母をしていた女性にひどい言葉を投げつけたあと、そのまま屋根裏部屋に逃げこんだの。きっと何時間もそうしていたんでしょうね。階下におりてきたときは家のなかが暗かったわ。そして使用人が……誰もいなくなっていた。父は何カ月も給金を支払っていなかったのよ。だから使用人たちは、銀製品や絨毯やクリスタルのグラスをごっそり持って逃げたの。家のなかは寒くて、真っ暗だった」

「怖かっただろう」

「どうしていいかわからなかった」

「そんなこと、子供にわかるわけがないさ」

ハートはベッドに入り、エマの体をしっかりと抱きしめ、むきだしの背中を優しくなでた。そこにエマを誘おうとする意図はまったく感じられなかった。エマはハートの腕のなかにもぐりこみたくなった。そのたくましさとぬくもりに包まれたかった。だが、そうするわけにはいかない。

「床に蠟燭が転がっていたから、それを拾いあげ、火をつけて、誰かいないかと家のなかを捜してみたわ。きっとウィルは寝室か勉強部屋にでもいるのだろうと思っていた。蠟が垂れて手にかかったけれど、ぬぐいもしないでね。そうしているうちに見つけてしまったのよ」

ハートの鼓動が乱れた。それに気づいたとき、エマは自分がハートの心臓に耳をあて、力強い鼓動を聞いていたことを悟った。

「父と弟は食堂のテーブルに寝かされていた。使用人たちがそこへ置いたのね。ただ置いてあるだけだった……。わたしがいることは知っていたはずだし、いずれわたしが見つけることになるのもわかっていたでしょうに、どういうわけか……遺体はきれいにされていなかった。血痕さえふきとられていなかったの」

「つらかっただろう」

「弟は……ウィルは……母親を知らない子供だった。わたしが母親代わりだったのよ。わたしがあの子を愛し、あの子の世話をした。転んだときには抱きあげてやったりもしたわ。それなのに、馬車が横転して、その下敷きになり、あの子が苦しんでいるときにわたしはそばにいてやれなかった」

「きっと痛みも感じないうちに息を引きとったと思うよ」

「いいえ。あの子はまだ意識があったらしいの。痛がっていたのよ。家に運ばれてきたとき、ウィルの体は泥にまみれ、乾いた血がこびりついていた。冷たくて、みじめな遺体だった。そして頰にはきれいな筋が何本もついていたわ。涙の跡よ。ウィルは血を洗い流すほどに泣いたの。硬い地面に倒れたまま、わたしを求めて泣きじゃくったのよ」

「エマ、もういい」

「わたしには、それがどんな泣き方だったかもわかる。今でも耳に聞こえるわ。わたしに痛いよと訴えながら泣いていたの。どれだけそうしていたのだろうと思うと、わたしはときどき死にたくなる」

「もうしゃべらなくていいから」ハートはエマを胸に抱き寄せた。「きみは充分に愛情を注いだ。きみのようなお姉さんがいたからこそ、ウィルは幸せだったと思う。事故はきみのせいじゃないんだよ」

「あんな結果になることはわかっていたのに……」

「きみ自身もまだほんの子供だった。なにもできないのは当然だ。かわいそうに」

エマは泣いた。弟のために。死んでいった家族たちのために。そしてブロムリーのためにも。ハートはそんなエマの頭を抱き寄せ、背中をなでながら、言葉にならない慰めの言葉をささやきつづけた。

ようやく涙がおさまると、ハートはエマの額にキスをした。

「きみのことを思いだしたんだ。きみは三つ編みをして、ネグリジェ姿で暗い廊下にいた。勇気があって、賢い子供だった。あんな家にはいるべきじゃなかったんだ。きみを助けだすことができなくて本当に申し訳なかったと思っている」

エマはため息をこぼした。ハートが自分のことを思いだしてくれたと知り、魂の底から安堵がこみあげた。自分が幻のような存在ではなかったと認められたような気さえした。あのとき、まだ大切なものをすべて失ったわけではないと、そして一生懸命心を配りさえすればみんなが幸せになれると信じていた子供は、本当にこの世に存在したのだ。「あなたにできることはなにもなかったと思うわ。血がつながっているだけの存在だったとはいえ、一応、父親がいたのだから」

ハートはエマの背中をさすりつづけた。

「わたしにはもうひとり妹がいてね。アレックスの姉だ」

エマはうなずき、ハートの濡れたシャツに頬を押しあてた。

「その妹は一歳の誕生日を迎えてすぐに亡くなった。誰もわたしになにが起きたのか教えてくれなかった。ある日まではそこにいて、おぼつかない足取りで歩きまわったり、わたしに笑いかけたり、わたしの玩具《おもちゃ》をかじったりしていたのに、二日間ばかり姿を見かけないと思ったら、妹の部屋が空っぽになっていた。怪物がさらっていったのだとわたしは子供心に思った。家のなかの静けさがつらかったよ。三階にあった自分の部屋でぼんやりと座りながら、赤ん坊の泣き声が聞こえないかと耳を澄ませてしまうんだ」

「お気の毒に」エマはささやいた。また涙がこみあげてきた。人生とは、誰もがこんな不幸を抱えなくてはいけないものなのだろうか。

「きみは子供を持つのが怖いんだね？」

エマは黙っていた。声が出なかったのだ。

「そのあとアレックスが生まれたが、わたしは近づこうとしなかった。妹の部屋には玩具がたくさんあり、いつも笑い声が聞こえていたけれど、わたしはいつもさっさとその前を通り過ぎた。妹を見るのが怖かったし、笑いかけられるたびに腹が立った」

「それでどうしたの？」

ハートがふっと笑ったのが、胸にあてたエマの耳に響いてきた。

「アレックスのほうから近寄ってきたのさ。はじめはよちよちとだったのが、そのうちにぱたぱたと走れるようになってね。わたしが学校から戻ると、部屋まで追いかけてくるようになった。ドアを開けることを覚えたものだから、わたしは逃げ場がなくなったんだ。それで一巻の終わりだよ。わたしはあの娘がかわいくて仕方がなくなった」

「怪物にさらわれることはなかったのね」

「ああ、おかげさまでね。それでも、アレックスにはひやひやさせられてばかりいる。肝をつぶしたことは二度ばかりあったし、いつもいらいらさせられているよ。彼女はわたしを怒らせるのが得意なんだ」ハートは言葉を切った。「きみらは絶対にうまくいきそうだ」

エマは思わず笑い声をあげ、そんな自分に驚いた。ほんの数分前までは、もう一生、笑うことなどないかと思っていた。それなのに今はぐったりとした疲れを覚えているだけだ。ハートに髪をいじられていることが心地よく、思わずまぶたがさがってくる。

「わたしを愛したりなんかしないで」エマはささやいた。「わたしには愛し方がわからない。とくにあなたのことはそうなの」

「わかるよ」ハートはエマの額にキスをし、髪に指を絡ませた。「愛し方なんていずれわかるようになるさ。お互いにね」

「わからないほうがいいと思うわ。つらい思いはしたくないもの」

「きみは、わたしがいちばん恐れていたことをしでかしてくれたんだぞ。どういうことかわかるかい？　いや、わかるわけがないか」

「あなたに恥をかかせてしまったことかしら？　これじゃわたしも、昔、あなたの愛人だった方と同じね」

ハートの鼓動が少し速くなったのがわかった。だが、ハートは首を振ってそれを否定した。

「たしかに彼女には恥をかかされたよ。傷つきもしたし、おかげで世間の笑いものにもなった。きみのしたことと同じだな」

「ごめんなさい」

「あのころは彼女のことを愛していると思っていた。でも、それは間違いだった。どのみち、いずれ傷は癒えていたさ。自分で勝手に作りあげた理想の女性に恋をしていただけだからね。幻のようなものだ」

「じゃあ、やっぱりわたしと同じね」

「いや、全然違う。彼女には悪意があり、生活も堕落していた。裏切られたとわかったときにはひどく傷ついたが、それだけなら話は簡単だったんだ」

「でも――」

「ところがだ」ハートはエマの言葉をさえぎった。「そこにわたしの父親が介入してきた。まったくもってひどい親さ。冷徹で完璧主義者だった父は、わたしが女性関係にばかりのめりこみ、愚かなまねをしていることが我慢ならなかった。かねがね息子を公爵としてふさわしい男に更生させたいと考えていたんだ。そこへちょうどよい機会が舞いこんだ。それがあの手紙だ。別れた相手が恋文を持っているというのはよくあることだろう？　父は大金を出し、何通もあったその手紙を彼女から買いとった。そして、それをわたしに見せた。父はわたしに謝罪させ、感謝の言葉を述べさせ、そんな女性を好きになってしまったことを恥じ入らせた。わたしはひたすら、ひれ伏すしかなかった。だが、この話にはまだ続きがあってね。父はそのなかでもいちばん恥ずかしい手紙を選びだし、それを友人に送ったんだ。その友人は、また別の知りあいにそれを見せた」

「いったいなぜ？」

「わたしを立派な男にするためには、その前に一度たたきつぶしておく必要があると父は考えたのさ。それにはこのうえない屈辱感を味わわせるのがいいと思ったのだろう。とても親とは思えないな。世間がわたしを笑いものにするのを父は黙認したんだよ」

ハートは言葉を続けた。「それから二年して、わたしは公爵の爵位を受け継いだ。そしてスキャンダルを終わらせた。並大抵の努力じゃなかったぞ。必死になって自分のまわりに要塞《よう さい》を築いたんだからな。ところが、きみがそれをぶち壊してくれたのさ」

「ハート……本当にごめんなさい。そんなつもりはなかったの……」

「違うよ。ここからが本題だからよく聞いてくれ。わたしはそれでもかまわないと感じてしまったのさ。わかるかい？　それでもきみと結婚したいと思った」

「そんなはずないわ。そんなふうに思ってほしくない」

「父のせいでわたしは別の人間に変わってしまった。だが、きみに出会えたおかげで、本当の自分を取り戻せた。そんなきみと別れられるはずがないだろう？　どうだ、わたしの屋敷に来ないか？　客人としてきみを迎えたい」ハートはごくりと息をのんだ。「手は出さないと誓うから。もっとお互いのことをよく知りあいたいんだ。もっとも……」背中をさする手がとまった。「念のために寝室の鍵はいつも開けておくつもりだがな」

エマはほほえみながらも気だるい睡魔に襲われていた。

「結婚なんかしないわ……。だめよ」

そしてハートの心音を聞きながら、眠りへと落ちていった。愛されるはずのない相手に愛される夢の世界へと。

25

「エマ」耳元でささやく声がした。エマはハートを手で押しやった。体は疲れているし、ベッドのなかはあたたかいし、とても目を覚ます気分にはなれない。ところが今度は体を揺さぶられた。

「なに？」エマはかすれた声で抵抗した。

「もうすぐ夜が明けるぞ。自分のベッドに戻る時間だ」

エマはハートに向けてひらひらと手を振り、またしっかりと目をつぶった。

「どうせ、もう使用人たちには知られてしまっているわ。メイドがね、ひと晩中、廊下に蠟燭の火を並べておいてくれるのよ。わたしが転ばないようにという気遣いね」エマは丸くなった。ハートの体のとりわけ興味深い部分に腰が触れた。

それを誘いと受けとったのだろう。ハートはエマを自分のほうへ引き寄せた。

「じゃあ、結婚しよう。わたしもそろそろ使用人たちから尊敬される主人に戻りたい」

「今、その話はしたくないの」

「いつもそれじゃないか。もう一カ月もこの屋敷にいるというのに、きみはこの話題になると避けてばかりだ」

「そうよ」

「それなのに、毎晩、わたしの寝室に忍びこんでくる」

「忍びこんでなんかいないわ。堂々と廊下を歩いてきて、ドアをノックしているもの」

「ノックなんかしたこともないくせに」

「わかったわよ。自分のベッドに戻ることにするわ。ここにいたんじゃ寝かせてもらえそうにないから」

ハートはエマを強く抱きしめた。エマは身動きしようともがいたが、かえって相手の情熱をあおるだけの結果となった。腿をつかまれ、その力強さに体が熱くなる。命を吹きかえした硬いものが下半身に触れた。

エマは逃げようと腰を折り曲げたが、そのせいでなおいっそう強くハートに下半身を押しつけることになってしまった。ハートは腿を握る手の力を強め、片脚をエマの両脚にまわして動きを封じ、長い指を脚のあいだに滑りこませた。

エマは潤った茂みを探られ、甘い吐息をもらした。足の裏でハートを押しのけようとしたが、脚の力でがんじがらめにされた。こういうふうに自由を奪われるとわたしが燃えあがるということを、彼はよく知っているらしい。

「やめて」そう言いながらも、エマはわずかに脚を開いた。

ハートはなにも答えずに、エマの体の奥へ指を分け入らせた。「ハート！」

「結婚しよう」ハートの指がリズムを刻みはじめた。「こんなにきみのなにもかもをよく知っている男はいないぞ」

「べつにそんな人がいなくても……ちっともかまわないわ」

「きみの体が嘘だと言っている」ハートは体を押しつけて、エマは悩ましい声をもらした。

腿のあいだから指が離れていき、エマをうつぶせにさせた。だが、願いは聞き届けられた。ハートはエマの腰を持ちあげると、ゆっくりと入ってきた。

ハートは本当にエマのすべてをよく知っていた。あっという間にクライマックスへ押しあげることもできれば、一時間も絶頂の間際で焦らしたりする。今朝はほんの数分でエマを至福へと導いた。ふたりは肩で息をしながら、汗に濡れた体で、ともにベッドへくずおれた。

エマは咳払いをした。またしても声をあげてしまった。使用人に聞かれたかもしれないと思うと顔が赤くなる。

「ご機嫌うかがいが終わったところで……」ハートの息はまだ荒かった。「一カ月後に結婚式を挙げよう。明日、結婚予告を出すことにする」

エマは笑った。「どうして結婚予告なんて手続きを踏むの？　あなただったらすぐにでも結婚特別許可証を取れるでしょうに。あら、べつにプロポーズを承諾したわけじゃなくてよ」

「ロンドン中の新聞に婚約発表の記事を載せるのさ。きみを妻にすることをわたしがどんなに誇らしく思っているか、世間に知らしめたいんだ。だから特別許可証はなしだ」

「ねえ、どうして急にそんなことを言うの？　わたしとあなたの関係が変わったわけでもないのに」

「大いに変わったさ。きみはわたしの屋敷で暮らしているし、毎晩、わたしのベッドに来る。注意はしているが、いつ赤ん坊ができてもおかしくない状況だ。それにわたしはきみを愛している」

　エマは唇を引き結び、首を振った。

「きみがわたしとの結婚を怖がっているのは知っている。でも、試してみるだけの価値はあると思うんだ。きみはいつかわたしに裏切られると思っているようだが、ちょっとはその賭事で鍛えた頭を使うといい。たしかにわたしは男としての欲求が強いほうだとは思うが、心はとてもロマンチックだ。なんといっても恋の情熱に突き動かされて、ほかの男の愛人に結婚を申しこんでしまったくらいだからな」

　エマは不本意にも笑ってしまった。

「たしかに、わたしは多くの女性とかかわってきた。だが……」ハートはエマの顎に指をかけ、そっと自分のほうを向かせた。「誰かに心を許したことは一度もない。これは本当だ。きみとの信頼関係はとても大切なものだと思っている。きみがいてくれるからこそ、わたしは本当の自分になれるんだ。それを失うくらいなら死んだほうがましだ」

　エマの目に涙がこみあげた。最近は涙腺《るいせん》が弱くなっているらしい。これはよくない兆候だ。

「わたしもあなたと一緒にいると本当の自分になってしまう。それが不安なの」

「自分が父のようになってしまうことが怖いのよ」やっと本心を打ち明けられたことにエマはほっとした。

ハートは親指でエマの頬をなでた。

「だって……」声がつまった。「父のようにはなりたくないから」

「どうしてだ？」

「そうはならないよ」

エマはハートの肩に顔をうずめた。

「こうしてあなたと一緒にベッドにいると、わたしは自分を抑えられなくなるわ」

「そうだな」

エマは激しく首を振った。

「それでいいのさ。妻がベッドで淡々としていたら、夫としては寂しい限りだ」

「でも、しとやかな妻というのは――」

「わたしは慎み深い妻なんて望んでいないよ。それに、本当は誰もが……ときどきシルクのリボンで手足を縛られてみたいと思っているんだぞ。知っていたか？」

「ハート！」エマはどきっとして、彼の顔を見あげた。そういうことは口にしないと言ったくせに、約束違反だ。ハートはエマの両手を優しく握った。

「みんな同じだ」ハートはそっと唇を重ね、いたずらっぽい目でエマを見おろした。怒りはどこかへ吹き飛び、エマは思わず笑ってしまった。いけない人だ。

「あなたもそうなのかしら?」ゆっくりと笑みを浮かべたハートを見て、この人はまるで堕天使だとエマは思った。ハートの視線がエマの唇をさまよった。

「そうだ、わたしもだ」

それは試してみるだけの価値がありそうだわとエマは思った。こちらの心を読んだのか、ハートが勝ち誇ったような顔をした。この人は本当にわたしのことをよくわかっている。

「子供が欲しいの?」その話題に触れてしまったことをエマはすぐに後悔した。

「きみがそれを望むようになるまで待つよ。すべてはきみ次第だ。わたしとの結婚は……きみにとっては一世一代の大ばくちだな」ハートはエマの左手の甲にキスをした。「なんといってもきみ自身の人生をわたしに賭けるわけだから。不安かもしれないが、わたしを愛してみてほしい」

幸せがこみあげ、エマの胸が高鳴った。本当にいいのだろうか?

ハートはもうひとつ、エマのことをよくわかっているという証拠を見せた。

「一年間に一万ドルの賭け金でどうだ? 悪くないと思うぞ」

エマは泣きそうになりながら笑みをこぼした。お金などどうでもいいが、こういう言い方をされれば、貪欲《どんよく》なふりを装いながら心を開くことができる。「のるわ」エマはささやいた。

「のるか?」

「ええ、あなたの妻にしてちょうだい」ハートの目が輝いた。「あなたを愛することに決めたわ。きっと、ずっと心穏やかではいられないでしょうけれど」

ハートはため息をこぼし、唇を重ねた。どういうわけかエマは少しも不安を覚えなかった。それどころか自分の幸運がうれしく、心に希望が生まれている。ただし、釘《くぎ》を刺しておくことも忘れなかった。「もし、わたしを裏切ったりしたら、スティンプを雇うわよ」

ハートはそれだけは勘弁してくれという顔をした。

「あの子、御者になりたいみたいよ。あなたの近侍に育てるという手もあるわ」

ハートは真面目な表情に戻った。「それできみが安心できるのなら勝手にしてくれ。その代わり、わたしの愛を心の底から信じてほしい」

「ええ、信じるわ」

どういうわけか、エマは本当にそれを信じられそうな気がしていた。

訳者あとがき

『ひめやかな純真』に続くヴィクトリア・ダール渾身の二作目“*A Rake's Guide To Pleasure*”をご紹介します。

ヴィクトリア・ダールは二〇〇七年にデビューするやいなや、二〇〇八年に一冊、二〇〇九年に三冊、二〇一〇年には六冊、二〇一一年には刊行予定のものを含めて五冊を上梓《じょうし》。ヒストリカルもコンテンポラリーもこなし、精力的に作品を世に送りだしている新進気鋭の人気作家です。デビュー作である『ひめやかな純真』は二〇〇七年に米国ロマンス作家協会ゴールデン・ハート賞ヒストリカル部門を受賞し、初のコンテンポラリー作品である“*Talk Me Down*”はロマンス作家協会 RITA賞および National Readers' Choice Award にノミネートされました。彼女の作品は、その後も二度、RITA賞にノミネートされ、USAトゥデイのベストセラー・リストにも入るなどしています。まさに目をみはる大躍進ぶりを見せている作家だと言えましょう。

本作品の舞台は一八四四年、冬のロンドン。一作目に登場したアレックスの兄であるサマーハート公爵がヒーローです。一〇年前、サマーハートはある女性に恋をしたのですが、屈辱的な裏切りに遭い、それがスキャンダルとなって世間から笑いものにされます。それ以来、愛人はつくるけれども女性には決して心を許さず、社交界とのかかわりを最小限に保ち、おのれの身を律しながら生きてきました。

一方、ヒロインのエマ・ジェンセンは早くに母親を亡くし、堕落した父親のもとで育てられました。父親は男爵という爵位を持つれっきとした貴族でありながら、妻が他界すると娼婦を家に引きこみ、賭事と色事に溺れ、自宅でみだらなパーティを開くような男性でした。家庭とすら呼べないような劣悪な環境でエマは育ったのです。

一〇年前、まだ九歳だったころ、エマは一度だけサマーハートに会っていました。ある夜、父親のいかがわしいパーティを廊下の暗がりからこっそりのぞいていたとき、客として来ていたサマーハートから優しい声をかけられたのです。その長身で美しい男性をエマは天使のようだと思います。そして、きっとこの男性が自分をひどい人生から救いだしてくれると思うようになり、幼心にも強烈な恋に落ちるのです。

物語は、ふたりが再会するところから始まります。エマはつつましいながら穏やかな人生を送るための資金源を稼ごうと、デンモア男爵未亡人と身分を偽り、まだ本格的な社交シーズンが始まる前のロンドンでぎりぎりの生活を送りながら、賭事で金を稼いでいました。そんなとき、遠い昔に思いつづけた男性と再会し、初めて相手の名前を知ります。まさかこんなところで初恋の男性に巡りあうなどとは思ってもおらず、エマは激しく動揺します。それと同時に、サマーハートに自分の正体を見破られてしまうのではないかという大きな不安を抱えることにもなりました。

サマーハートにとってエマは出会ったときから気になる女性でした。公爵である自分に対してずけずけものを言うし、無茶なことばかりをしてはらはらさせられるし、とにかく目の離せない相手だったのです。ですが、彼には葛藤がありました。昔のスキャンダルを打ち消すために一〇年間も静かに生きてきたというのに、平気で無謀なことをするエマとかかわれば、またゴシップに巻きこまれることになるからです。

こうしてふたりは内心では惹かれあいながらも、なかなかお互いに心を許しきることができずに物語は進みます。官能あり、事件あり、意外な展開あり。まさにページターナーと呼べる作品です。

一九世紀に繰り広げられる孤独な男女の愛の物語を、どうぞじっくりとご堪能ください。

二〇一一年八月

ライムブックス

冬《ふゆ》の公爵《こうしゃく》の愛《あい》を手《て》に

著　者　ヴィクトリア・ダール
訳　者　水《みず》野《の》凛《りん》

2011年9月20日　初版第一刷発行

発行人　成瀬雅人
発行所　株式会社原書房
〒160-0022東京都新宿区新宿1-25-13
電話・代表03-3354-0685　http://www.harashobo.co.jp
振替・00150-6-151594
ブックデザイン　川島進(スタジオ・ギブ)
印刷所　中央精版印刷株式会社

落丁・乱丁本はお取り替えいたします。

定価は、カバーに表示してあります。

©Hara Shobo Publishing Co., Ltd　ISBN978-4-562-04416-0　Printed in Japan